厦门大学百年校庆系列出版物 · 编委会

主　任：张　彦　张　荣
副主任：邓朝晖　李建发　叶世满　邱伟杰
委　员：（按姓氏笔画排序）
　　　　王瑞芳　邓朝晖　石慧霞　叶世满　白锡能　朱水涌
　　　　江云宝　孙　理　李建发　李智勇　杨　斌　吴立武
　　　　邱伟杰　张　荣　张　彦　张建霖　陈　光　陈支平
　　　　林　辉　郑文礼　钞晓鸿　洪峻峰　徐进功　蒋东明
　　　　韩家淮　赖虹凯　谭绍滨　黎永强　戴　岩

学术总协调人：陈支平
百年校史编纂组 组长：陈支平
百年院系史编纂组 组长：朱水涌
百年组织机构史编纂组 组长：白锡能
百年精神文化系列丛书编纂组 组长：蒋东明
百年学术论著选刊编纂组 组长：洪峻峰
校史资料汇编（第十辑）与学生名录编纂组 组长：石慧霞

厦门大学百年校庆系列出版物

百年精神文化系列

霜叶红于二月花

王亚南随笔、书信集

林间 ◎ 选编

厦门大学出版社 国家一级出版社
XIAMEN UNIVERSITY PRESS 全国百佳图书出版单位

图书在版编目(CIP)数据

霜叶红于二月花:王亚南随笔、书信集/林间选编.—厦门:厦门大学出版社,2020.12
ISBN 978-7-5615-7812-4

Ⅰ.①霜… Ⅱ.①林… Ⅲ.①随笔—作品集—中国—当代 ②书信集—中国—当代 Ⅳ.①I267

中国版本图书馆 CIP 数据核字(2020)第 087399 号

出版人	郑文礼
选题策划	宋文艳
责任编辑	冀 钦
封面设计	李夏凌
技术编辑	许克华
出版发行	厦门大学出版社
社　　址	厦门市软件园二期望海路39号
邮政编码	361008
总　　机	0592-2181111　0592-2181406(传真)
营销中心	0592-2184458　0592-2181365
网　　址	http://www.xmupress.com
邮　　箱	xmup@xmupress.com
印　　刷	厦门集大印刷厂

开本　787 mm×1 092 mm　1/16
印张　21.25
插页　2
字数　318 千字
版次　2020 年 12 月第 1 版
印次　2020 年 12 月第 1 次印刷
定价　80.00 元

本书如有印装质量问题请直接寄承印厂调换

厦门大学出版社
微信二维码

厦门大学出版社
微博二维码

总　序

厦门大学 | 党委书记　张　彦
校　　长　张　荣

　　2021年4月6日，厦门大学百年华诞。百载风雨，十秩辉煌，这是厦门大学发展的里程碑，继往开来的新起点。全校师生员工和海内外校友满怀深情地期盼这一荣耀时刻的到来。

　　为迎接百年校庆，学校在三年前就启动了"百年校庆系列出版工程"的筹备工作，专门成立"厦门大学百年校庆系列出版物编委会"，加强领导，统一部署。各院系、部门通力合作，众多专家学者和相关单位的工作人员全身心地参与到这项工作之中。同志们满怀高度的责任感和紧迫感，以"提升质量，确保进度，打造精品"为目标，争分夺秒，全力以赴，使这项出版工程得以快速顺利地进行。在这个重要的历史时刻，总结厦大百年奋斗历史，阐扬百年厦大"四种精神"，抒写厦大为伟大祖国所做出的突出贡献，激发厦大人的自豪感和使命感，无疑是献给百岁厦大最好的生日礼物。

　　"百年校庆系列出版工程"包括组织编撰百年校史、百年组织机构史、百年院系史、百年精神文化、百年学术论著选刊、校史资料与学生名录……有多个系列近150种图书将与广大读者见面。从图书规模、涉及领域、参编人员等角度看，此项出版工程极为浩大。这些出版物的问世，将为学校留下大量珍贵的历史资料，为学校深入开展校史教育提供丰富生动的素材，也将为弘扬厦门大学"自强不息，止于至善"校训精神注入时代的新鲜血液，帮助人们透过"中国最美大学校园"

的山海空间和历史回响，更加清晰地理解厦门大学在中国发展进程中发挥的独特作用、扮演的重要角色，领略"南方之强"的文化与精神魅力。

百年校庆系列出版物将多方呈现百年厦大的精彩历史画卷。这些凝聚全校师生员工心血的出版物，让我们感受到厦大人弦歌不辍的精神风貌。图文并茂的《厦门大学百年校史》，穿越历史长廊，带领我们聆听厦大不平凡百年岁月的历史足音。《为吾国放一异彩——厦门大学与伟大祖国》浓墨重彩地记述厦门大学与全国34个省级行政区以及福建省九市一区一县血浓于水的校地情缘，从中可以读出厦门大学在中华民族伟大复兴征程中留下的深深烙印。参与面最广的"厦门大学百年院系史系列"、《厦门大学百年组织机构史》，共有30多个学院和直属单位参与编写，通过对厦门大学各学院和组织机构发展脉络、演变轨迹的细致梳理，深入介绍厦门大学的党建工作、学科建设、人才培养、组织管理、社会服务等方面的发展历程，展示办学成就，彰显办学特色。《厦门大学校史资料》（1992—2017年）和《厦门大学学生名录》（2010—2019年），连同已经出版的同类史料，将较完整、翔实地展现学校发展轨迹，记录下每位厦大学子的荣耀。"厦门大学百年精神文化系列"涵盖人物传记和校园风采两大主题，其中《陈嘉庚传》在搜集大量史料的基础上，以时代精神和崭新视角，生动展现了校主陈嘉庚先生的丰功伟绩。此次推出《林文庆传》《萨本栋传》《汪德耀传》《王亚南传》四部厦门大学老校长传记，是对他们为厦大发展所做突出贡献的深切缅怀。厦大校友、中国共产党早期会计和银行业奠基人高捷成的传记《我的祖父高捷成》，则是首次对这位为中国人民解放事业做出杰出贡献的烈士的事迹加以宣扬。新版《陈景润传》，把这位"最美奋斗者"、"感动中国人物"、令厦大人骄傲的杰出校友、世界著名数学家不平凡的人生再次展现在我们眼前。抒写校园风采的《厦门大学百年建筑》、《厦门大学餐饮百年》、《建南大舞台》、《芙蓉园里尽芳菲》、《我的厦大老师》（百年华诞纪念专辑）、《创新创业厦大人2》、《志愿之光》、《让建南钟声传响大山深处》《我的厦大范儿》以及潘维廉《我在厦大三十年》等，都从不同的角度，引领我们去品读厦门大学的真正内涵，感受厦门大学浓郁的人文精神和科学精神。

此次出版的"厦门大学百年学术论著选刊"，由专家学者精选，重刊一批厦大已故著名学者在校工作期间完成的、具有重要价值的学术论著（包括讲义、未刊印的论著手稿等），目的在于反映和宣传厦门大学百年来的学术成就和贡献，挖掘百年来厦门大学丰厚的历史积淀和传统资源，展示厦门大学的学术底蕴，重建"厦大学派"，为学校"双一流"建设提供学术传统的支撑。学校将把这项工作列入长期规划，在百年校庆时出版第一辑共40种，今后还将陆续出版。

"自强！自强！学海何洋洋！" 100年前，陈嘉庚先生于民族危难之际，抱着"教育为立国之本，兴学乃国民天职"信念，创办了厦门大学这所中国历史上第一所由华侨独资建设的大学。100年来，厦大人秉承"研究高深学术，养成专门人才，阐扬世界文化"的办学宗旨，在实现中华民族伟大复兴的征程上书写自己的精彩篇章。我们相信，当百年校庆的欢庆浪潮归于平静时，这些出版物将会是一串串熠熠生辉的耀眼珍珠，成为记录厦门大学百年奋斗之旅的永恒坐标，成为流淌在人们心中的美好记忆，并将不断激励我们不忘初心继承传统，牢记使命乘风破浪，向着中国特色世界一流大学目标奋勇前行！

张彦　张荣

2020年12月

选编说明

王亚南是我国现代杰出的马克思主义经济学家、教育家，中华人民共和国成立后厦门大学首任校长。在他跌宕起伏的人生历程中，不仅留下了许多研究马克思主义政治经济学和经济学史、中国经济史和社会主义经济问题以及世界经济的长篇论著、译著和学术论文，而且留下了不少短小精悍、文采斐然的随笔、报告、书信和日记。

为了充分反映王亚南的学术成就、办学理念和治校经验，本书从二十世纪三十年代至六十年代王亚南撰写的随笔、报告、书信和日记中，选编出部分具有现实意义和教育意义的作品，辑为《霜叶红于二月花——王亚南随笔书信集》一书。

本书题材广泛，内容丰富，力求展示王亚南在不同时期的精神风貌，以及他对待教育、文化、科学的独到见解和对社会生活的深邃思索，使读者从中领略其坚定的理想信念和深刻、感人的精神内涵。全书分为"随笔和报告"、"书信和日记"两辑以及附录。

第一辑"随笔与报告"分为"教书育人"、"岁月留痕"、"书山有路"、"家国情怀"四个部分，收录了王亚南在战争、革命和建设等不同年代撰写的六十余篇随笔、报告，包括《生活与战争》、《抗战结束有感》、《到祖国最需要的建设岗位上去》、《前进吧，亲爱的同学们》、《跟青年教师谈谈怎样治学》、《十年前线大学教育

霜叶红于二月花
—— 王亚南随笔、书信集

生活的体验》以及《战时经济的读物》(书评)等。

第二辑"书信与日记"分为书信和日记两个部分。书信部分主要收录了王亚南在中山大学任教和在厦门大学担任校长时与学校的领导、老师、同学、校友们的通信二十余封,包括《致中山大学经济学系同学一封公开信》《复林尚炘等十一位同学的信》《给应届毕业生杨恩瑜等的复信》,以及致陈嘉庚先生和陆维特、张玉麟、卢嘉锡等同志的信件。此外,还有个别与读者和亲人的通信,如《关于经济学初学几个问题的通信》等。日记部分则从一九五七年王亚南作为中国教育专家赴缅甸指导教育改革,在繁忙的工作间隙书写的近百篇日记中,收录了十余篇日记作为其代表性作品,以反映其在缅甸工作、生活的概貌。这些日记及部分书信均系首次公开发表。

在附录一中,收录了陈嘉庚先生、卢嘉锡教授致王亚南校长的信;在附录二中,收录了王亚南之子王洛林撰写的《难忘的一九四九》《深切怀念我的父亲》,王亚南之女王岱平撰写的《生活·人格·精神——琐忆我的爸爸王亚南》等三篇纪念文章。

本书选编的内容均出自历史文献、档案及作者家属提供的原始资料。为保留历史原貌,原则上不做更改,以保留特定时代的风貌及语言习惯。

"停车坐爱枫林晚,霜叶红于二月花。"在急剧变革的社会生活中,静下心来,仔细品读这些经历了火红的战争、革命和建设岁月淘洗的作品,一定能从中感受到作者的渊博知识、良苦用心以及时代前进的脚步。

王亚南一生勤奋笔耕,著述丰富,本书选编内容难免沧海遗珠、挂一漏万;加之时间较为仓促,编者水平有限,难免存在种种不足乃至错误之处,尚祈读者批评指正。

编者

2020年5月15日

新中国成立后的厦门大学首任校长王亚南(1954年摄于卧云山舍)

1953年冬天，邓子恢（左二）、张鼎丞（左一）视察厦门大学，与王亚南校长（右一）合影

目录

第一辑　随笔与报告

Ⅰ. 教书育人 / 3
愿大家为端正学风、加强学习而努力 / 3
我们今年努力的方向 / 5
厦大三年来的成就及今后的展望 / 7
一天参加三个会议所得的教育和启示 / 10
为养成自觉地遵守学习生活纪律的优良品德而奋斗！ / 16
前进吧，亲爱的同学们！ / 17
正确认识节约粮食的重大积极意义 / 19
和同志们谈谈几点比较原则性的科学研究经验 / 21
大学里必须加强政治思想教育 / 23
关于红与专问题的一点体会 / 31
认真改进科学研究工作 / 37
十年前线大学教育生活的体验 / 40
跟青年教师谈谈怎样治学 / 47

Ⅱ. 岁月留痕 / 51
厦大诞生三十年 / 51
到祖国最需要的建设岗位上去 / 53
送别本届毕业同学 / 56
厦门大学在战斗中的成长 / 58
光荣愉快地走上建设社会主义的工作岗位 / 61
祝三十五周年校庆 / 63
总结一九五六年，迎接一九五七年 / 65

在三十六周年校庆中的一点感想 / 70
在缅甸工作三个月的观感 / 72
欢迎文艺界福建前线慰问团（诗）/ 75
悼念陈嘉庚先生 / 77
陈嘉庚先生与厦门大学 / 80
回顾与展望 / 84

Ⅲ. 书山有路 / 87
一个有益于作者读者的启事 / 87
中国出版界最近十年的几个演变倾向 / 88
亚当·斯密《国富论》述评 / 94
战时经济的读物（书评）/ 100
翻译小论 / 107
《中国经济原论》序言 / 110
《中国官僚政治研究》序言 / 115
《厦门大学学报》编辑后记 / 119
关于《红楼梦》研究问题 / 121
《学术论坛》发刊词 / 124
雨果的长篇小说《九三年》读后 / 129
我们研究经济的方向与实践 / 131
写在《〈资本论〉通俗讲座》前面 / 134

Ⅳ. 家国情怀 / 145
当前的两个紧迫问题 / 145
对于三中全会的观感 / 149
第二期抗战与国际形势 / 153
生活与战争 / 157
今年经济的展望 / 165
抗战七周年来的经验与教训 / 170
抗战结束有感 / 172
迎一九四八年 / 174
在国庆日谈保卫世界和平 / 180
教育工作者在抗美援朝运动中应当做些什么？/ 182

响应政府关于青年参加国防建设的号召 / 186
省人民代表会议与一九五二年福建的新展望 / 188
为在本市开展反对使用原子武器签名运动而斗争 / 190
中国是一个伟大的现象 / 193
人民生活中的一件大喜事 / 200
庆祝中华人民共和国成立六周年 / 202
一九五八年国庆献词 / 204
在全国经济理论讨论会中的学习心得 / 206
为建国十周年而欢呼 / 212

第二辑　书信与日记

Ⅰ．教育书简 / 217
关于经济学初学几个问题的通信 / 217
致吴大琨先生的信 / 226
致中山大学经济学系同学一封公开信 / 228
致张鼎丞主席的函电 / 233
复林尚炘等十一位同学的信 / 235
复志愿军总分团张秀川副团长及志愿军代表团全体同志的信 / 241
致陈嘉庚先生的信 / 243
致章振乾、张玉麟诸同志的信 / 247
致吴兆莘、林莺同志的信 / 250
致章振乾、张玉麟、卢嘉锡诸同志的信 / 253
致陆维特同志的信 / 255
致沈翰奎同志的信 / 257
致蔡启瑞先生的信 / 259
给应届毕业生杨恩瑜等的复信 / 261
致吕振羽等同志的信 / 263
给在苏联学习的校友的复信 / 266
致乌里扬诺夫斯基、华西里耶娃同志的信 / 274
致列维逊同志的信 / 276
致胡培兆同志的信 / 277

致伍远资先生的信 / 279
致女儿王岱平的信 / 282

Ⅱ．访缅日记 / 284
1957年9月17日（星期二）/ 284
1957年9月21日（星期六）/ 285
1957年9月23日（星期一）/ 285
1957年9月28日（星期六）/ 287
1957年10月1日（星期日）/ 288
1957年10月8日（星期二）/ 289
1957年10月22日（星期二）/ 289
1957年11月7日（星期五）/ 291
1957年11月9日（星期日）/ 292
1957年11月11日（星期一）/ 293
1957年11月22日（星期五）/ 294
1957年11月23日（星期六）/ 295
1957年12月14日（星期六）/ 297
1957年12月25日（星期二）/ 297

附　录

附录一
陈嘉庚致王亚南校长的信 / 302
卢嘉锡致王亚南校长的信 / 307

附录二
难忘的一九四九（王洛林）/ 311
深切怀念我的父亲（王洛林）/ 314
生活·人格·精神——琐忆我的爸爸王亚南（王岱平）/ 320

第一辑

随笔与报告

教书育人

愿大家为端正学风、加强学习而努力
我们今年努力的方向
厦大三年来的成绩及今后的展望
一天参加三个会议所得的教育和启示
为养成自觉地遵守学习生活纪律的优良品德而奋斗！
前进吧，亲爱的同学们！
正确认识节约粮食的重大积极意义
和同志们谈谈几点比较原则性的科学研究经验
大学里必须加强政治思想教育
关于红与专的问题的一点体会
认真改进科学研究工作
十年前大学教育生活的体验
跟青年教师谈谈怎样治学

岁月留痕

厦大诞生三十年
到祖国最需要的建设岗位上去
送别本届毕业同学
厦门大学在战斗中的成长
光荣地愉快地走上建设社会主义的工作岗位
祝三十五周年校庆
总结一九五六年，迎接一九五七年
在三十六周年校庆中的一点感想
在缅甸工作三个月的观感
欢迎文艺界福建前线慰问团（诗）
悼念陈嘉庚先生
陈嘉庚先生与厦门大学
回顾与展望

书山有路

一个有益于作者读者的启事
国出版界近十年的几个演变倾向
当·斯密《国富论》述评
时经济的读物（书评）
译小论
中国经济原论》序言
中国财政政治研究》序言
厦门大学学报》编辑后记
于《红楼梦》研究问题
学术论坛》发刊词
果的长篇小说《九三年》读后
国研经济的方向与实践
在《资本论》通俗讲座》前面

家国情怀

当前的两个紧迫问题
三中全会的观感
第二期抗战与国际形势
生活与战争
今年经济的展望
抗战七周年来的经验与教训

Ⅰ. 教书育人

愿大家为端正学风、加强学习而努力

一九五〇年度上学期的学习就要开始了。为了我们以往在学习态度上还存在着一些偏向，当着这学期开始的时候，需要我们大家发挥批评与自我批评精神，共同来开展端正学风、加强学习的运动。

我们学校所在地的厦门，是解放较迟的；我们接受先进的学习经验，也是较为缓慢的；加上地处前线的特殊情况和要求，遂使我们在新教学运动过程中，错综地形成了急性病与慢性病的偏差，形成了不务正课的事务主义，和不重视政治课的纯技术主义的偏差。

王亚南与军代表、师生代表合影

不重视具体条件的急躁改进，定然要把学习运动导向脱离实际脱离群众的极端，使惮于改进的另一极端，得到更多的抗拒口实。这种欠缺团结精神和统一步调的零散现象，显然违反了我们新民主主义的大学教育的方针和任务，违反了"学生的基本任务在学习"的原则。

为了及时纠正这一类的偏向,为了使我们全校师生职员工友有一个相互督促检讨的机会,我特号召我们全体同仁同学,结合我们已有的学习经验,正视我们尚存的缺点,对最近政府颁布的高等教育政策,对全国教育工会颁布的法令,对各种新民主主义的学习文献,分别展开一次较深入的学习与讨论,以为我们这一年度待实行的新教学计划作一个思想准备和良好的开端。

我相信我们的同仁和同学,一定会发挥高度的爱国家、爱人民、爱学校以及相互团结友爱的热忱,以响应我这一"端正整风、加强学习"的号召。

一九五〇年九月廿三日

(原载《新厦大》1950年9月23日第6期)

我们今年努力的方向

照应着我们学校现有的一般情况和动态，或者照应着我们学校现有的条件和其存在的缺点，今后的一年，应把我们的努力，放在以下几个方面：

一、坚决贯彻和执行新的教学原则和办法

新教学的基本精神，就是要在我们现有的师资和设备条件下，尽可能地增进教学效率，尽可能地使学生所习的每一学科、每一课程、每一讲授和实习，都符合我们国家各种建设（经济的，文教的，国防的）的实际要求。要依靠教师们相互帮助，要依靠师生间相互协作，以便有目的、有计划、有步骤地布置教学工作的教学研究组织，这是我们改造旧教学，实行新教学的理想的有效方式。但因大家囿于传统的想法与做法，也因大家还不曾全面地建立新的工作态度与作风，我们这方面的措施，显然不曾受到应有的重视。

二、强化工作检查制度

学校的基本生产工作是教学，但要增进教学工作的效率，必须在各方面努力求其配合。我们已初步建立起工作检查制度，但显然还不曾做得好，做得彻底，而且也做得没有重心。我们今年度必须把工作检查制度的重心，放在教学工作方面，对每个科系、每门课程，希望能定出一些可能施行的办法，作定期的汇报性检查；再从那当中看其他方面的工作，能不能配合教学上的要求。

三、健全人事组织领导

在新旧制度的交替过程中，健全人事组织领导的功用是极大的。我相信在我们同仁中，有许多先生的才能和积极性，还不曾充分发挥出来，也就是说，不能"人

尽其用"的现象，在我们学校中还是非常值得重视的。

近几个月来，行政部门有些方面有极大的改进，就是由于我们有一部分先生或同事，被安置在适合于他们的才能与积极性发挥的位置，多承担起了一部分组织领导工作。假使我们能进一步注意到这些方面，一定还会有不少一直被埋没着的干练领导人物被发现出来。领导人物的基本要求不单在他自己能匹马单枪干什么工作，而尤在他能团结所属部门的同仁，一同努力完成一定的任务。如其我们不能以新的作风，以认真踏实的精神，去感动、去影响自己所属部门的同仁，那这个部门就会像一盘散沙，自己就是有多大的本领也是枉然的。这，不但行政部门是如此，教学部门也是如此或尤是如此。

四、多方重视学生健康问题

我们要为新中国培育的建设干部，一定要有专门学识、组织才能和政治头脑。这三者缺少一样，不能算是一个理想的干部。可是，一个青年如其备这三种品质，而没有一个健康的身体，或者，我们在多方设法培育他们的过程中，忽视了他的身体健康，那将是一个非常大的错误。由于种种原因，我们一般大学生的身体，已经达到了使人忧虑的不健全程度。今年，我们除了应在有关课外活动，有关生活，有关例行或突击方面，注意到学生健康外，尤得用最大努力，依照部令，进一步精简课程及课程内容，以减轻他们不必要的或有害的负担。自然，在这方面的努力，不但要取得我们教师的协作，同时还要通过同学自觉自动的促成。

近几个月，学校设备费用的不绝增加，同仁生活的不绝改善，以及各级教师的连续聘定，已经为我们进一步努力创造了一些前提条件，而陈嘉庚先生一秉其一向爱护厦大及为国家人民服务精神，为我们募建校舍，在学校大兴土木，更给予了我们无上的便利与鼓励。

我们大踏步面向着我们应当努力的方向前进罢！

（原载《新厦大》1951年1月1日 第8期）

第一辑
随笔与报告

厦大三年来的成就及今后的展望

厦门是一九四九年十月十七日才解放的。厦门大学被看作一份人民的文化事业，由人民政府来接管办理，迄今还不到三年。

中华人民共和国在它成立的三年中，以它的伟大成就来说，以它所给予我们生活上的变革创造的意义和丰富内容来说，仿佛它不只成立三年，而是三十年、三百年，虽然我们生活在这样加速度的变革创造的气氛中，每个人并不是变得更老，而是变得更年轻。

在一个长期受着高度发达的封建文化束缚的国家，在一个长期受着帝国主义统制腐蚀的国家，变革原是一件难事，但使人习惯于变革，并积极奋勉地投进变革的高潮中，尤其是一件难事。我感到，在三周年国庆日来检视中华人民共和国的成就，与其着重它自己的变革成果，毋宁着重它基于那种成果或由那种成果显示出来的加速变革和创造的可能潜在力量。因为只有这种力量，才是使我们由新民主主义迅速过渡到社会主义的最确实可靠的保障。

厦门大学是整个人民事业的一部分。我们今天来考察它三年来的成就，考察它的变革成果，那显然是不能同整个社会的变革分开的，那也显然是在整个社会变革的影响下获得的，而它的发展前途，虽然也要由整个国家建设前景中去理解，但个别的来说，却不能不重视它现有的改造基础。

解放以前，厦门大学在国内是一个规模不算大也不算小的中型大学。它的第一个特点，原来是由陈嘉庚先生私人创办的，直到抗战刚开始才改为公立，这个历史事实使它对国民党反动派的腐蚀和把持，有了某种程度的"独立"；第二个特点是，它在抗战前招收的学生，多半是华侨子弟，而毕业离校的学生有许多是到南洋工作，因而成为祖国与海外侨胞间的一座文化桥梁；第三个特点是，由于它设立在祖国东南门户港口的海岛上，它在解放前所受国内政治风波的惊扰和激荡虽较少，所受帝

国主义经济文化侵略毒害的影响却较深,宗教的买办的形象从各方面刻画得非常明显。八年抗战期间的内地生活,和解放前数年间由买办官僚罪恶统治普遍造成的朝不保夕的状况,不但使它变得朴实了一些,还使它表现了一些革命的战斗气氛,尽管如此,它归到人民管辖时,仍然是一座被买办资产阶级意识毒害相当严重的旧大学。

对于这样一所旧大学,要将它解放三年来的成就,从它的房屋建筑,图书仪器设备,乃至教职员工及学生人数的数量增大增多的情况上去看,显然是不妥当的。到此刻为止,由于陈嘉庚先生的帮助,学校的校舍在三年中,差不多比原有的增加了一倍;人民政府在图书仪器方面,增投下了几十亿人民币的设备费;教员增添了一百几十名,学生人数快接近解放时的三倍。然而,图书、仪器、房屋是在怎样的情况下被使用的呢?教职员工是在怎样的精神状况下利用这些设备和房屋的呢?归根结底地说,作为他们劳动结果的离校的乃至在学的学生,究竟在思想意识上发生了怎样的根本变化呢?假使一个工厂是粗制滥造一些不合规格的成品,它的设备人数的增加,都将成为更大的浪费。量的增加,是要从质的改进上显出它的意义。

在"三反"运动以后,学校的房屋、图书、仪器设备虽然还是那样没有感觉,但使用它们的人的思想的变化,却使它们发挥了更大的力量,收到了更大的效果。举例来说罢,以前大家差不多都反对仪器设备统一管理调配,认为那样做有不可克服的困难;以前对于房屋的分配,对于图书的采购和借用,都不惜充分发挥个人主义和本位主义精神,现在完全两样了;以前学校员工师生间,同事同学各别相互间,都因等级思想、宗派主义、地方观念,分别存在着不易接近的距离,现在大家都公认那都是落后意识作祟;有谁对于承担的任务(无论是教学上的还是其他方面的)不肯认真实行;有谁为了个人便利损及公共利益;有谁自高自大,目无旁人,他不是很快受到指责,就是很快受到互助或劝告。

所有这些事实,说明大家的人生观,大家的工作作风和态度开始从根本上发生了变化。如其说在前一阶段,教职员同事们比起同学来,一般是落后得很远了;但在这一阶段,他们经过思想上深刻的变化,却把那距离缩得很短,有不少教职员工,在工作中表现得非常积极,得到广大同学的尊重和热爱。人的改变,人的品质的改变,是一切自然事象、社会事象改变的前提条件。所以,我把这件事看为我们厦大三年来最大的成就。

到现在,我们已经用不着指明,这样的成就,是在怎样的条件下获得的。在"三反"运动后的思想改造学习中,大家都深深体会到,离开了中国共产党,离开了人民政府,离开了党和政府的号召和督促,我们将是一事无成的。我们既已在党及人民政府的爱护督促下振作起来,我们就能够跟上时代,就能够使我们的学校,承担起党及人民政府依照国家建设需要所交给我们学校的任务;就能够使我们的学校随着国家建设事业,从而,随着国家文化科学事业的发达,而担负起人民政府依照我们本身条件所交给我们的更大更多的任务。

在人们当家做主的社会,一个大学的发展前途,就取决于它能否为人民为工农大众服务。讲到这里,我不禁以充满喜悦的心情,提到以下的事实:当中央人民政府教育部决定厦大附设工农速成中学的时候,厦大人都由衷地感到兴奋和光荣,许多毕业生乃至青年教师,都表示愿在速成中学服务;当福建省人民政府教育厅委托厦大办数理化师资轮训班的时候,有关科系的教师及行政负责人,都十分高兴地愿把这个责任担当起来,即使在师资感到不够的条件下,仍由大家协商出最适合担当那个轮训班教学和行政的人选。本位主义不存在了,大学教师怕担任中学教学降了格的等级思想不存在了,怕困难怕麻烦的个人打算也不考虑了。不论是速成中学的教师,还是轮训班的教师,都负责认真地把教学行政工作,作为人民政府付托他们的严肃任务来进行,这同这次厦大三百八十多个毕业生百分之百地服从统一分配所表现出的高度爱国精神和组织性纪律性,充分说明了我们厦门大学三年来在党和人民政府教导下的成就,也说明了我们厦门大学作为一个人民的大学,会有怎样光明的发展前途。

(原载《新厦大》1952年10月1日第42期,略有删节;《厦门日报》1952年10月1日)

一天参加三个会议所得的教育和启示

十一月十七日这一天，我曾参加学校的三个会议：上午出席政治经济学教研室检查教学的例会，下午出席生物系的教学检查会，晚上出席教育系的有关全国高等师范教育会议的传达报告。

三个会议的性质不大相同，但都是为了解决教学上存在的一些问题，即为了改进教学。三个会议都抓紧时间，在两小时内完成。我分别做了简要的总结。到了夜里，确实有些疲困了，但却非常兴奋，因为我从这一天的工作过程中，得到了不少教育和启示。我想先分别把这三个会议的大概内容写出来，然后再谈谈我所受到的教育和启示到底在哪里。

一、政治经济学教研室检查教学的例会

政治经济学教研室，一共有十九位教师参加，其中有八位担任主讲；同时修习政治经济学的同学合计有七百八十六人。

教学的组织和领导，是一个相当繁重的工作。我虽兼充教研室主任，但因时常出差，照管不了。如在学校，必定出席两周一次检查教学的例会。

这次教学检查，事前会发给学生教学检查表格，要他们分别就各个主讲人教学各方面的优缺点，毫无保留地填写，并就他们认为需改进的地方提出建议。我在参加会议前，大体看过了学生所填的表格；每位主讲的教师也都看过了学生对他委婉而善意地提出的意见。

检查工作分两组进行，每位主讲人先结合学生所提意见，讲他自己在教学上的优点和缺点，然后由参加听讲的其他教师或班教员，分别提出相同相异或相反的看法。大家知无不言，言无不尽：由教学的最高原则或思想性，到写黑板，作小结，向学生发问的技术，讲课的声调，举例的多少，联系实际的恰当或牵强……全都指

摘出来了。尽管彼此相互批评得非常尖锐，但却非常生动和谐，没有谁表现出不愉快不自然的痕迹，至少是没有人认定旁人对自己所作的批评，有一点恶意。

这种团结和民主的精神，是政治经济学教研室今年在审稿、讲授、培养师资的试讲试教以及经常检查计划执行诸方面，向前跨进了一大步的可靠保证。根据大家的反映，除了个别教师在讲授时应力求避免概念化和更多注意认真辅导工作外，在执行计划的进度方面，还有参差不齐、先松后紧的现象；而课堂讨论使学生看作是考试，花费许多时间去准备冗长的发言提纲，学生对课堂临时发问感到是一个负担等等，都是需要进一步努力改进的。

二、生物系二年级的教学检查会

本学期开学以来，生物系二年级在教学上就出现了一些忙乱的现象，教改会一听到这种反映，即由教务处会同生物系负责研究改进。但历时较久，忙乱现象似更趋严重。同时其他系或专业，其他年级，也从同学星期天加紧赶工的人数增多，而或多或少地显出忙乱迹象来。

为求根本解决问题，乃就生物、化学两系二年级做一深入了解研究，生物系这个教学检查会，就是依此目的召开的。教务处负责人，在校各系负责人或其代表，生物系负责人及二年级的任课教师，辅导员、班委、课代表全部参加。在会议中，首先由同学方面反映学习紧张情况，再由各任课教师分别提出讲授困难情况。二年级学生共七十二人，课程有六门，由此可以初步看出两种紧张状态的缘由：

（1）每周（包括体育）在讲授实习上占去33小时，依部定54小时的学习时间标准，同学只有21小时做这几项工作：自修，作实习报告，做俄文练习及物理化学计算题，写政治经济学课堂讨论发言提纲。计算安排得好，可按部就班做去，21小时尚可应付，但实习报告如有拖延，练习特别是物理化学计算题如因原有基础关系遇到困难，再加上集中全力去完成赶考任务，54小时的防线，就没有理由不突破了。积压愈久愈多，忙乱就愈加变得严重。

（2）六门功课，属于生物系本系的只有动物学、植物学两门，据同学反映，这两门课学习起来并不怎么困难；比较困难的，反而是属于其他系科的四门，特别是物理、化学那两门。物理、化学两系不大清楚生物系学生的学习基础，生物系也很难了解那些课程的内容，以及理化教师们所采用的教材与教法，未必完全适合生物系学生的水平和实际要求；事前相互协商讨论不够，教学计划、教学大纲一经定下来，中途变更就颇费力气。特别是在教师与同学两边俱发挥教学积极性的情况下，教的人宁愿多教，学的人宁愿多学，贪多冒进的场面，显然无法遵守学时规定，把星期天全部占用了，还是不能帮助同学从积压课业和赶考的负担下解脱出来。

但会场上同学及大多数教师们的意见，似乎都集中在考查方法欠妥（如多半用笔试），考查次数太频繁（六门课由第五周到第九周，一共举行过十一次考查），以及同学对待考查过于认真，以致临到考查前一段时间，把其他作业放下，举全力去争取五分优胜。他们认为，只要把同学课外自修、练习、做实习报告时间，抽出一部分作为固定计划配合起来就没问题。

在会场中，还由数学系负责人介绍了数学系克服同学赶考现象的办法，即对每门课排定自修练习时间的时候，预留一定的机动时间，好让同学掌握着去应付考查。如果问题单是发生于考查的方式方法，和同学对待考查的不正确态度，那是可以采用一些技术性的补救办法去纠正的。如其还有更根本的原因存在，如同学程度参差不齐，一般对理化的基础不佳，系与系间的协作不够紧凑，加之缺乏即时的有效的辅导，那就需要多方法去求得问题的较根本的解决了。这次教学检查会，不是一下子解决了什么问题，而是更好地暴露出问题，使我们至少找到了解决问题的途径。

三、教育系有关全国高等师范学校会议的传达报告

这个会的性质，似乎同前两者不大一样，而我的参加，也并不是为了去了解该系的教学情况，而宁是为了去解决存在于该系师生方面的关系教学的思想问题。

问题是这样发生的：院系调整以后，全国各综合性大学中，只有我们厦大还保

留下一个教育系，一部分师生是希望调整到师范大学里面去的，还有一部分师生认为厦大的教学环境值得留恋，不调整出去也可以。不过，不论是愿留的，还是愿去的，对于前月在北京召开的全国高等师范教育会议，没有通知厦大教育系参加，以及对今年暑期毕业的厦大教育系同学，有几个竟被派送到非其所学的工作岗位上去这两件事，却是一致地表示不满；因为他们认为，被忽视了，被统一分配到非所学专业的工作方面，就像证示学教育系不重要，学教育心理学这类专门科学没有用场，因而影响到教学。

尽管他们根据这两件事推论出教育系没有前途，教育心理学这类科学没有用途的逻辑，是很不妥当的，但他们就这两件事提出意见，却是应当谅解的。我们学校在全国高等师范教育会议召开之前，不曾通过中央高等教育部向中央教育部反映；之后，又不曾及时去争取了解会议的内容和决议，使教育系师生在教学工作上有明确的新的方针途径可循，那确实是应当受到责难的。直到我从参加华东文教计划会议归来以后，还是由教育系方面提出，才请教育系的一位教师到福州去向师范学院参加会议的先生那里，获得会议的一些有关材料和记录，这次的传达报告会，就是为了传达高等师范教育会议的基本精神及具体决定召开的。

当大家听到会议所讨论到的高等师范教育的重要性，当前高等师范学校还不能满足实际需要，以及教学改革工作的基本原则和教学计划中的专业课程，政治课及文史课等方面的具体决定的时候，他们一部分人头脑中原来存在的一些关于教育系及其专业课程是否重要，是否被重视的问题，就已经大体解决了；而一般的注意，却宁是集中到究竟是否要调整出去及毕业后统一分配是否会依据学用一致原则等比较具体的问题方面。

我最后讲话，表示学校自始就明确决定支持教育系调整到师范性质高等学校的主张，并说明高等教育部依据安定教学及节约经费原则，虽指示1954年度高等学校院系非万不得已，暂不调整，但我们学校仍打算把调整的主张再向上级反映。无论如何，我们距离明年暑期的调整期还有半年多，现在不应为这件事情妨扰我们的学习。

教育系的课程大体包括三个基本部分：有关马列主义的诸学科，教育专业课程，加上文史方面的几门课。中国革命史、政治经济学、马列主义基础以及辩证唯物论历史唯物论，是我们搞任何专业的基础，而我们学校对于开出这些学科，也比较不大费气力；教育系诸教师今年在业务及教学态度上的进步是显著的，教育学、心理学等课程大家都有比较满意的反应；至于文史课程的被重视，不但是为了由此丰富大家学习的内容和扩展大家研究的眼界，同时还注意到了大家在毕业以后，可能因实际需要被派充文史方面教师。

我们人类的生活过程，就是一个教育思想过程。教育系专业诸学科，随时随地都有它应用和验证的机会，它应当成为任何一个科学教育工作者的必修学问。难道我们已经学过了一年两年教育学的人，还有理由怀疑它的重要性，还有理由相信个别毕业同学不被派到专业工作上去，就能得出教育系专业课学了也没有用场的结论么？事实上大家的这种不问耕耘早计收获的思想，不已经是一个值得应用教育学心理学原理来加以分析研究的好题材么？

结局，大家似乎都联系到自己的思想实际，把教学的顾虑打消了，把教学的信心提高了。我一天参加以上三种会议，分别得到了以下几种相关联的深刻体会：

在参加政治经济学教研室教学检查例会中，我深刻感到，不提高到思想性原则上的团结，不以批评与自我批评方式进行思想斗争的教学组织，那根本就是貌合神离的拼凑，那必然要成为发挥积极性和改进教学的障碍。政治经济学教研室在检查教学上能够展开批评与自我批评，至少已对于发挥大家的积极性和进一步改进教学，进一步去解决前面所提到的，还存于教学上的那些问题，提供了一个有力的保障。

在参加生物系的教学检查会中，我感到在教学改革上学习苏联，如其不同中国具体条件相结合，那就是违反了马列主义从实际出发的精神。我们生物系及其他单位目前还在教学上存在的忙乱现象，并不是因为我们不会学习苏联，而是没有认真切实的学习，学得没有到家。因为苏联教学计划、教学大纲以及教材和考查讨论等等的优越性，是要在具备一定的前提条件下，被适当地放置在它所作用的整体中才能表现出来的。也就是说，不但要考虑学生程度和设备等等，更重要的还是教师间的合作和教学单位间的相互协助。没有这种环境，即使讲授辅导工作做得不错，考查检讨等方式的基本精神也把握住了，那也不一定能很好解决问题。

在参加教育系的传达报告会中，我联想到我们做高等学校的行政领导工作，随时得注意两件事情：其一是大家的认识水平相当高；又其一是，虽然认识的水平相当高，但并不能就理解为一切都想得很通，不需要打通思想。照我的粗浅解释：领导似包含着这样两个相关联的内容：（一）一切意见必须提高到原则上去解答，把说服过程看为是一个思想斗争过程；（二）在大的方向和总的政策中，去处理切身的具体的个别的问题。

前者是关系理论的一面，后者是关系政策的一面。我们所说的大家认识水平相当高，就是指大家能接受有说服力的理论，能体会现实意义和长远打算的政策。这就叫什么都讲得通。而问题却在于我们领导的认识水平是否能处处根据原则根据政策来讲啊！

（原载《新厦大》1953年11月26日第76期）

霜叶红于二月花
—— 王亚南随笔、书信集

为养成自觉地遵守学习生活纪律的优良品德而奋斗！

在我们新的人民社会，每个人都要具有新的集体主义的品德，而这种品德，首先具体表现在自觉地遵守劳动纪律、学习生活纪律上面。

大学生在学校里自觉地遵守学习生活纪律，就是为了在将来建设工作岗位上自觉地遵守劳动纪律，打下坚实的基础。

自觉地遵守纪律，是同养成高度政治觉悟有密切联系的；而要掌握现代科学知识，养成健全体魄，也非具有这种集体主义的纪律精神不可。

但是，遵守学习生活纪律，特别是自觉地遵守学习生活纪律，并不是一件容易的事。它需要大家"念兹在兹"地以团结友爱的精神互助勉励督促，为养成这种集体主义优良品德而奋斗，为响应毛主席"身体好、学习好、工作好"的号召而奋斗！为实现本校《学生守则》的要求而奋斗！

（原载《新厦大》1954年5月22日，第88期）

注：

《厦门大学学生守则》于1954年5月14日由厦门大学第十届二次学生代表大会讨论通过，定于5月24日由校长办公室公布施行。王亚南校长为此发表《为养成自觉地遵守学习生活纪律的优良品德而奋斗！》的短文。

前进吧,亲爱的同学们!

最近一次的学校行政会议通过了优秀生、优秀班奖励办法。为了培养合乎规格的国家建设人才,这是一个有极大积极意义的步骤。这个步骤的执行,并不单是要求学生以正确的态度来看待这个办法,号召学生如何依据奖励办法来努力争取的问题,同时还应当是我们全校各方面,特别是关系学生学习、思想、生活最大的教师方面,明确认识它的重要意义,在各个教学环节上正确指导学生如何去努力争取的问题。

优秀生和优秀班的奖励办法,不但和以往的所谓天才教育、高才生教育没有什么共同点,在本质上恰好是相反的。一个优秀生,不只是要考查全部及格、考试均为优等和劳卫制预备级体育锻炼测验成绩及格,同时还要思想进步,作风正派,遵守学生守则,积极参加社会工作并关心同学的进步。也就是说,除了成绩好,身体好,还须具备爱国主义和集体主义精神,或共产主义品德。在我们的社会,一个人缺乏爱国主义热情,缺乏劳动观念和组织纪律教育,缺乏集体主义精神,一切把个人利益放在前面,他就是学得好,身体锻炼得好,也是不配成为一个合乎规格的国家建设人才的。也就因为这个缘故,学校在制定优秀生奖励办法的同时,还制定了优秀班奖励办法,要求全班学生相互勉励,互相帮助,在学习方面、工作方面、集体锻炼方面做出成绩,发挥集体主义教育精神。

在学校党团的教育关怀下,在教师们的积极指导下,我们学校绝大多数同学近几年来,已在不断向着毛主席指示的"三好"目标奋勉前进。不错,我们学校还个别存在着过于自由散漫、不大求上进的同学,但一般来讲,我们确已具备了采行更积极教育方针来予以鼓励表扬的有利条件。这次学校公布的优秀生、优秀班奖励办法,就是这种教育方针的具体表现。通过这个办法的推行,我相信,我们每个同学、每个班,都会考虑如何检查自己、督促自己,并相互帮助,在党团的领导下,在教师的指导下，争取获得优秀生、优秀班的光荣称号。

学校是我们陶冶锻炼的洪炉。我们每个青年都在发育成长过程中，我们的教育可塑性是极大的；不够优秀的，大可以振奋起来，向着优秀生的要求努力；已经是相当优秀的，应当在已经取得成绩的基础上，更前进一步。为了我们伟大的祖国，为了我们大家美满幸福的前途，前进吧，亲爱的同学们！

（原载《新厦大》1955年3月22日，第104期）

注：

一九五五年三月，学校颁布施行《厦门大学优秀生、优秀班奖励办法》，王亚南校长为此发表《前进吧，亲爱的同学们！》的短文，勉励每个同学、每个班，检查自己，督促自己，并相互帮助，在党团的领导下，在教师的指导下，争取获得优秀生、优秀班的光荣称号。

王亚南关心学生

正确认识节约粮食的重大积极意义

中国人，特别是中国劳动人民，一向就有珍惜粮食的优良传统。我们每个人在幼小时，就从我们父母或前辈那里受到了一粒粮食也不要任意浪费的教育。"一粥一饭，当知来之不易"，"谁知盘中食，粒粒皆辛苦"，都是非常好的古训。但我们今天提倡粮食节约，还有更大的更深刻的新的意义。

我们国家正在大踏步地向着社会主义迈进，社会主义工业的迅速发展，一方面使得都市的人口急速增加，粮食需要相应增大，同时又使得农村各种经济作物，如棉、麻、豆、蔗等等的产量要求不断提高，这已对粮食生产加大了压力；而广大农业劳动人民自身生活的改善，他们由一向的半饥饿状态要变到吃多一些吃饱一些，粮食需要的数量就是非常惊人的。粮食需要大增，而一般还是分散的个体农业又不能很快地把耕地面积扩大起来，把单位面积产量提高起来，加上水利工程无法全面兴修，水旱灾一时还难避免。因此，粮食的问题，就作为社会主义工业化与落后农业间的矛盾，作为发展中的困难而产生出来了。

目前党及人民政府在农业合作化方面，在大规模兴修水利方面，在粮食统购统销方面所采行的一系列措施，就是要根本解决这个矛盾，克服这个困难。而同时提出的节约粮食的号召，则是要全国人民明了我们当前粮食问题的意义，并尽可能在这个问题上尽自己的一份力量。人人做到不浪费粮食，人人都进一步考虑想办法节约粮食，积少成多，贡献甚大。

我们学校膳食科的同志们工友们，经常注意不浪费粮食，那是值得称道的。而在目前，由理科生物系高年级同学签名厉行节约开始，大学部许多班级同学、速中同学都相率联名向学校提出建议，提出保证，提出各种节约办法，足见大家对于这个问题的关怀。学校已经召集各有关方面的会议，将通过工会、学生会、眷委会分途酝酿讨论，务期做到：

1. 根绝任何点滴浪费；
2. 实核购粮证，不使有一点虚报冒领的漏洞；
3. 实行每人每日节约一两粮的有效办法。

作为大学中的人，我们不但有责任带头节约，我们还有责任向我们周围的人，向我们的亲戚朋友宣传节约政策，宣传所以要节约粮食的道理。

我相信，我们学校的全体教职工同志们，眷属同志们，同学们，一定都乐于在粮食节约运动中，表现出拥护我们祖国社会主义建设事业的高度热忱。

（原载《新厦大》1955年5月11日，第107期）

和同志们谈谈几点比较原则性的科学研究经验

首先,我要谈一谈科学研究工作所需要的社会的政治的条件。人们进行思想工作,不管他在主观上表现怎样遗世而独立的气概,但科学的任何一点研究成果,都是客观环境或现实社会要求的产物。作为一个科学工作者,他不能也不愿做没有社会意义的事。国家的要求、社会的重视、时代的召唤,是时刻鼓舞他、督促他孜孜不懈地推行研究工作的最大动力。从这里,同志们就会体认到:我们科学工作者是处在怎样一个伟大的时代;为了不辜负这个时代,我们应该如何使我们的研究,和党所指示的总路线,和国家提出的总任务相结合。可以说,正确的研究方向是一切工作的出发点。

其次,如果说,理论联系我们国家的建设实践,是我们进行研究工作的正确方向;那么,马克思主义的辩证唯物主义,就是指示我们牢固地把握那个正确方面的指导原则。教条主义式地在观念上乱逞思辨,从概念通过概念、到达概念的抽象研究,根本是脱离实际的;经验主义式地在零碎枝节的现象上,做格物致知的功夫,见不到事物的普遍联系,就无从很好地理解实际的全貌。这都是反马克思主义的,也都不能对我们国家的建设实践有什么帮助。从这里,同志们就体认到:我们科学研究工作者的幸运,不仅是因为我们处在这个伟大的社会主义建设时代,使我们的研究工作时刻受到激励和敦促,同时还因为我们有了作为这个时代的指导原理的马克思列宁主义,使我们的研究工作时刻受到测验和考验。毫无疑问,正确的马克思列宁主义是我们一切科学研究工作的指南。

又其次,科学研究工作是一个较长期的极艰巨的思想工作过程。每一个科学工作者,由特定专属部门的严格基本训练,到独立思想研究,再达到创造性地发挥和发现,是需要坚持的毅力和顽强的战斗精神的。但应当明了:这样的坚持毅力和战斗精神,并不是天生的,而是在学习研究过程中逐渐养成的。

　　有效的学习研究方法和有秩序有规律的工作习惯，对于需要较长时期才能获得结果或有所成就的科学研究工作，是非常重要的；把所有有效的研究方法变成研究生活中习以为常的工作习惯，更是非常必要的。问题在于，什么是有效的研究方法？各种不同的科学，都由其不同性质决定了研究方法的特点，但同是科学，同是反映客观存在及其规律的学问，学习钻研起来，毕竟有它共同一致的途径。

　　事实上，我们在前面谈到的正确研究方向和马克思主义的指导原理，就已经为我们的研究途径和方法，设定了一个范围。也就是说，我们进行研究工作，并不是要等待在书本上学习好了、研究好了，再把研究所得的结果拿去应用；而是要在研究过程中，把科学上已经作了结论、已经获得了应用效果的原理和规律，不断地回到实际中去，加以验证，加以比照，加以应用，加以创造性的发挥。

　　不通过实验，不通过调查研究，不通过实际生活经验的体验，我们是不能很好弄清科学上的原理概念，也是不能希望获致任何有助于生活实践和社会斗争实践的结果的。我体会，我们的研究过程，就是一面把它们分别应用到我们实际中来的反复的思想工作过程。当然，由于各种科学的性质不同，各个人的研究条件不同，从实际到实际的具体做法是不一样的。但我们必须体会这种精神，养成结合实际的研究工作习惯，这样，就能不断地赋予我们以研究生命和活力，并能经常使我们的研究更好地符合马克思主义的原理和国家的建设实际。

　　　　　　　　　　（原载《新厦大》1956年8月8日第120期，收入《王亚南与教育》）

大学里必须加强政治思想教育

—— 在第一届全国人民代表大会第四次会议上的发言

我完全同意周恩来总理的政府工作报告及大会的其他各项报告。现在请允许我谈谈大学中的政治思想教育问题。为了说明的方便，我的谈话分作以下几点：

一、从厦门到北京途中一直想到的问题

我在厦门大学担任行政工作。当我这次来北京开会，刚要动身的时候，一位负责政治课的教师告诉我，有一些学生在酝酿反对政治课考试。提出的理由是：政治课原应改为在自愿基础上选修的课程，目前政治课问题很多，考试就没有多大的意义。措辞颇为激烈，并要求通过校广播台广播他们号召大家一齐来反对考试的意见。我因仓促就道，临时提了几点看法，要他劝告学生，并提请学校党委处理：

1. 我们国家的社会主义建设，是在中国共产党领导下进行的。党是把马克思列宁主义作为指导思想来进行领导的。我们要社会主义建设，要共产党领导，就必须进行马克思列宁主义学习。大学生是被培养出来充当国家建设干部的。他们不学习马克思列宁主义，就不懂得我们为什么必须建设社会主义，为什么要在共产党领导下才能建设社会主义；更不会懂得他们自己是受人民委托，为服务人民而学习。大学里的政治课，是我们进行马克思列宁主义的政治思想教育的重要工具。要使大学生在目前学习中，在今后工作中有一个方向，有一个动力，就一定要把政治课当作非学习不可的课程。

2. 目前政治课方面无疑存在着不少问题：教学内容，教学质量，教学门类，都有值得商讨的余地。党中央及高等教育有关领导部门，正在考虑逐步解决和改进。但所有发生在政治课方面的问题，也都不同程度发生在基础课乃至专业课方面，那

不应当成为我们青年学生对政治课学习抱着否定态度的根据。

3. 当然，认为学习政治课没有多大意义，因而对于正在学习中的政治课，提出不考试的要求，这种学生也许不是很多，但即使有不少学生，甚至有大部分学生受其宣传鼓动，也必须坚持非考不可的原则。事关国家政令、学校纪律，不能作无原则的迁就。

在我把这几点意见提出而离开学校以后，一路不时想到这个问题。在全国正在大放大鸣的气氛中，我并不怎么担心学校竟会因为这个问题引起什么乱子，而所放心不下的在于学生即使勉强接受劝告考试了，他们有些人不重视政治课、不重视政治思想教育的问题，并没有好好得到解决。为什么呢？

二、学生不重视政治课并非偶然发生的

在解放后，特别在解放后的最初四五年间，一般大学生对于政治课，对于马克思列宁主义的政治思想教育，是非常认真学习的。大家把政治课考差了看作是很不光彩的事。对于抗美援朝、"土改"、"三反"、"五反"一类社会政治运动，绝大多数人都愿意踊跃参加，因而他们在服从国家需要、担任困难工作等方面表现的社会主义觉悟和政治品质，也大大提高了。但最近一年多以来，尽管学校仍有很大一部分学生，还保持着相当重视政治课和社会政治活动的倾向，但有种种迹象表明，他们的这种思想动态，已因校内外愈来愈大的精神压力，而感到难于勉强维持了。

我们知道，青年学生的感染性和可塑性是相当大的。当校内外充满了政治变革气氛，学校的教师，特别是那些对他们有威望的教师，也都认真学习政治，积极参加政治及教育改革活动，有的人还通过夜大学系统钻研马克思列宁主义理论的时候，对于大学生重视政治思想教育显然具有决定的影响。但当情形不是这样的时候，相反的影响也就很快要跟着表现出来。

一九五六年原是中国社会大转变的一年。党中央预见到顺利完成这种社会大转变，紧接着就要提出加速提高科学技术水平的要求，于是就对进一步贯彻知识分子

政策做了种种努力，就对全国文教科技界提出了向科学大进军的号召。而为了增强这一措施的积极效果，同时还广泛宣扬艺术科学上的"百花齐放，百家争鸣"的方针。

所有这些方面的努力，本来丝毫也没有减弱政治思想教育的意图，但也许因此把大家的注意力更多地导向业务方面或科学研究方面了，以致在教师中，甚至在一般青年教师中，很快就把政治和业务对立起来考虑，以为学习政治成了专精业务的绊脚石；马列主义夜大学愈来愈像成为大家的思想负担了，马克思列宁主义也像愈来愈没有什么好学了，有关工会活动的工作几乎没有什么人想搞了；兼任行政工作的教师有的还多方要求减少教课或不教课，以便让他们有更多时间钻研出一个什么一鸣惊人的名堂来；政治课的教师以及搞党团工作的干部，也似乎变得劲头不大了。

这种情况，这种环境，对于学生学习政治课已够不利了。适逢高等教育部根据"百家争鸣"方针，提示我们在学习苏联先进科学和先进教学制度的同时，也不妨适当吸收资本主义国家的有益经验，并强调要改变学生的刻板生活。于是，依照事物内部的逻辑发展联系或连锁反应，忽视纪律组织的个人自由主义倾向，很快就感到教学计划对于教者学者都是一个拘束，学习俄文的热潮也不那么高了。对于有些人来说，英美的科学和教育制度当然更合胃口；在他们心目中，马克思列宁主义已不是什么指导思想，一降而为只不过是百家争鸣中的"一家之言"，再降而为纯系过了时的"教条"了。

这一切，不正好说明有些学生对政治课抱有反感，反对政治课考试，无非是当前大学中存在的一系列偏差问题的连锁反应的一个环节。这些问题（不论是把政治和业务对立来看，是把学习苏联和学习英美等同来看，抑是把关系人类历史命运的马列学说和资产阶级的某个派系的理论看得没有差别），对于有的人来说也许是带有根本性质的，而在多数人却只不过是一时认识不清、处于盲从的结果。但无论从哪方面来说，加强大学的政治思想教育，加强知识分子的思想改造，都被证明是刻不容缓的，虽然我们还有必要进一步说明其中的道理。

三、进一步分析大学中的知识分子改造的必要性

是的,现在已有个别高级知识分子倡言反对思想改造,并在论坛上引起了有些人的共鸣。其实仔细想想,我们活到五十岁以上的人,我们的思想已经不自觉地或自我适应地改造过了好几次。

直到十九世纪二十年代,我们大家恐怕满脑子还是封建思想;到了三十年代、四十年代,资产阶级的思想意识占了上风,同时有些人还被灌输了一些在当时有些危险的社会主义思想;临到五十年代,危险思想不危险了,大家或者还自觉地感到,多吸收一点也不妨或有必要了,所以,哪怕是在口头上非常反对思想改造的人,或者决意要保持"清高"令誉和"硬骨头"风格的人,也实在无法阻止他们自己"日日新,又日新"的倾向。

因为人有所思想,就不能不有思想的原料或环境,思想的原料改变了,环境改变了,他就不能不跟着想一些新的东西了。过去人民非常穷困,社会风习非常坏,不讲卫生,各种疫病流行,生活不下去的劳动人民,不时铤而走险,有了这样一些思想的原料,所以当时在国内主张"好人政治"的胡适其人,便慨然叹息于"贫、病、愚、弱、顽"、"五鬼闹中华";而和他一样有些自愧是中国人的高等华人们,一见到洋大人在全国各地横行阔步,气势十足,同时又痛心疾首于本国人民都不争气,自然会成为种族优劣论的拥护者。

我们试想想吧!解放以前,诸如此类的不利于人民革命事业,不利于民族解放事业的学说理论,该有多少啊!现在不都无意地收敛起来,或潜移默化地在改变么?对于社会来讲,我们个人的潇洒出尘的、遗事而独立的"自由",总是太有限制的。在目前,社会主义的本质和整个面貌全改变过来了,谁要想原封不动地保留住过去的念头或想法,生活在旧的观念世界中,怕不怎么容易吧。不管谁愿意不愿意,喜欢不喜欢,我们大家在一定程度上竟是唯物主义者,如果不太健忘的话,甚且还像是辩证唯物主义的"实践者"哩!

不过，当我们说，环境改变了，社会性质和面貌改变了，任谁都不能不在一定程度上逐渐自发地改变或改造他的思想的时候，这只能看作我们进行政治思想教育的有利条件，决不能看为我们无妨放松政治思想教育的什么理由。因为就我们大学说，我们还有许多应当加强思想改造的特点：

1. 人们的思想，一般总是落后于现实的。而要加速进行社会主义改造或建设工作，又要求作领导工作的干部的思想至少能跟上现实，或者不太落后于现实。大学是培养国家建设干部的场所，在我们文化技术落后的国家，由大学培养出来的干部，更迫切需要有较高的政治觉悟，以便带动大家一同前进。因此，以各种方式加强他们的政治思想教育，就是万分必要的。

2. 我们今天的社会变革，不仅不同于中国历代封建王朝的更替，也不同于以往各种私有社会的不同所有形态的改变，而是由私有社会到公有社会的大转变。因此，我们所遭遇的阶级反抗，就不限于来自资产阶级，以往一切阶级社会有关私有权或特权的遗制遗习和残余思想，都要成为我们前进的阻力。要想用几年的改革改造工作，完全根除几百年的剥削制度特别是剥削思想，那显然是非常不够的。而况我们社会的翻天覆地的大变化，惟有在农村中看得比较明白，到了只采用和平方式改造都市，就不那么明显了；而在一般都设置在大都市或中等都市中的大学里面，由于贯彻了有关知识分子的多方照顾政策，变革气氛自然更要稀薄一些，有些人指责大学是逃避社会革命斗争的防空洞，那并不是全无根据的话。

3. 今日大学中的教师，无疑绝大部分是过去官僚、地主、资产阶级以及小资产阶级家庭出身的；就是今日的大学生，真正是出生于工人阶级或贫困农民家庭的，也实在有限得很。这样出身的一般人，没有通过火热的革命斗争锻炼，一向生活在上述那种性质的大都市或中等都市的大学里，而所从事的教与学的工作，又多少甚或大大地和社会实际生活保持着距离。这一来，我们的社会和国家，尽管对大学、对大学的教育工作者，特别是对大学生，有着殷切的期待，但一般地说，我们大学中人的种种自由散漫表现，由于有些脱离实际，更加严重地脱离工农群众，遂不期

然而然地被少数有野心的政客、学者看作是他们撒播资产阶级自由民主种子的大好园地。这是我们大学中人应当引以为耻辱、引以为鉴的。

4. 熟习大学实况的人，都清楚我们今日大学中几乎是愈来愈明显地存在着一种倾向，就是大家对国家似乎要求得过多过苛了一些，而对自己又似乎要求得太不够了一些，这表现在有关日常生活条件、工作条件、家庭照顾、疾病照顾等方面的斤斤计较上。就大学生方面讲，他们有所要求，大概从自己愿望出发的多，从国家具体条件和需要出发的少。每年度应届毕业生所填的分配工作志愿表，就充分反映了这种思想情况；而且从解放后历年来的一般趋势来看，他们的那种倾向，不是愈来愈减弱，而是愈来愈加强，愈来愈露骨了。在享受公费医疗等方面，力求取得社会主义的合理待遇，而在工作分配上则强烈要求资本主义的自由选择。就我所服务的大学的全部应届毕业生的志愿讲，大家几乎不约而同地要求在大城市、大机关、大的科学研究机关和大学中工作，怕到小城市，怕到边远地区，怕到农村，甚至去当专科学院的助教，也认为是大材小用、耽误了前途——这倾向还不值得我们注意和警惕么？！

四、如何加强大学的政治思想教育工作

当然，我在上面指出的这种趋势，也许在全国各大学各高等学校的表现是不尽相同的或者是颇不平衡的；并且，解放以来，我们全国的大学教育工作者、学生也同全国人民一样，在党的领导和教育下，结合各种改革运动大大地改造了自己，辛勤努力地完成了各项教学任务和教学改革工作，说我们高等学校几年来没有取得很大的成绩，没有很大的改进，那决不是事实。而我在这里所不能忌于言的，乃在我们新社会对于大学的期待太殷切，因而要求也就不能不稍高一些，而由于上述的大学教育的特点，一年多来逐渐滋长的资产阶级或小资产阶级的个人自由倾向，实在需要我们有足够的重视。我认为，扭转这种偏向的关键，是在于加强马克思列宁主义的政治思想教育，我们以往在这方面是做得太不够的。如何加强大学的政治思想

教育，在各个发生的历史阶段，可以有不同的内容和做法，而目前迫切需要采行的补偏救弊途径，我以为应从以下几个方面着手：

首先，学校党委需要更加重视全校的政治思想教育工作。但我不同意有些别有用心的人的讲法，以为党委在学校里只需要管社会活动和政治思想教育，而把人事、财务及科学教育工作，委之于所谓学术委员会，这样就无异于削弱或缩小党在学校的领导范围，把党委通过方针政策来进行全面领导的首要任务给取消了，这是非常错误的。但从学校党的工作性质出发，从学校思想教育的重要性出发，以往党在学校的领导工作，确是没有把全校教职员工甚且没有把党团员的政治教育工作，放在适当的地位；对学校一般事务管得太多，抓得太紧，就一定要失去领导核心，降低领导质量。在过渡期间，学校任务成堆，工作打滚，为了完成任务，推进工作，这情况也实在难于避免。但长此下去是不行的，如有些人所指责的政治教育工作一般化、形式化、教条化，是会造成并且已经造成了不少损害的。

其次，学校党委如其把注意力更多地集中到政治思想教育工作方面，它就会发现在大学里进行这项工作，要特别注意大学和一般行政机关或群众团体的不同特点，大学里的群众或知识分子，一般是有相当文化的，是比较能通过文字了解党的方针政策的。但是，我们的阶级出身一般是不怎么好的，怎样才能较好地、逐渐地改变我们的阶级思想意识呢？我们的教学工作的性质是有些难免脱离实际的，怎样才能使我们的教学研究工作更多地联系实际呢？我们在大学里面是不易见到乃至体会到工农劳动群众的疾苦和工作动态的，怎样补救这个缺点，使我们不要把自己看为超越劳动人民之上的特殊人物呢？这是相互有密切的本质联系的一些特点，同时也应该是学校党委进行政治思想教育工作的出发点。

又其次，对准了上述的大学特点，或者对准了大学知识分子的思想动态，学校党的政治思想教育工作，除了应利用一切可能的机会，多方灌输马列主义的阶级理论及揭示我们社会的阶级消长变化实况，以提高其政治认识外，似乎还当在如何使我们的教学和科学研究工作更密切地联系实际，以及如何使我们的生活、思想、习惯、感情更多地明确方向，也无疑是学校党组织进行政治思想教育的确定方针。

党中央一方面正在通过全国性的科学规划，通过教学条件配备及生产实习等方式，以期逐渐端正科学界和高等教育界的理论脱离实际倾向，同时又在大力宣扬劳动教育，宣扬脑力劳动和体力劳动结合，确定高级干部率先从事一定生产劳动，并准备拟制大学生从事一定期间的生产劳动办法，以期端正他们脱离劳动群众倾向。方向方针明确了，问题就在如何结合学校的具体环境、具体条件，依据教师、学生的不同思想情况，定出一些切实有效而又相互配套的做法。学校党委如其把更多的注意力集中到这方面来，运用学校群众或各种组织的智慧，我看一切有效的具体办法，都会紧随着党的号召而发现出来的。

大家知道，我们国家的社会主义改造已基本完成，我们的社会主义建设又在一日千里地向前猛进，同时，党中央及毛主席结合这种改造建设实践不断提出的新的理论，又在不断启迪我们，号召我们，教导我们。尽管我们大学的教师乃至学生的家庭成分或阶级关系，和工农劳动人民有一定距离，但我们都是精神劳动者，或将要成为精神劳动者，我们一般是热爱我们的国家，热爱社会主义，并衷心维护党的领导的。有了这许多有利条件，只要我们党、学校的党委加强领导，今后更好地依据正确处理人民内部矛盾的团结说服教育方法，来进行政治思想教育工作，我相信，我们大学的教师和同学，是一定会给予热烈的拥护和支持的。

我的不成熟意见，希望得到诸位代表的原谅和教正。

（原载《人民日报》1957年7月5日）

关于红与专问题的一点体会

在知识分子中间展开的红与专问题的辩论，已在全国范围内相当普遍地进行着。知识分子最集中的高等学校，对于这个问题的辩论也最为热烈。

一、大家的不同看法

由于我们每个知识分子在思想上不同程度地存在着红与专的问题，于是这个带有普遍性的问题辩论起来，就必然要表现出它的规律性，也就是说，必然要发生大体一致的若干共同倾向。

我们学校展开这个辩论在不同科系间表现出的共同倾向，有两点显得突出：一是辩论自然而然地形成三种不同的看法，那就是有的人主张边红边专，以专为主；有的人主张边红边专，以红为主；有的人主张边红边专，齐头并进。二是在这三种不同看法中，辩论似乎让第一种看法占了上风，它显得"持之有故，言之成理"一些。

国家在飞跃式地进行社会主义建设，需要大量的科技建设人才，而这些人才的培养又需要集中精力，加快速度。对于以专为主的主张来说，这已经像是无法推翻的有力论据；如再加上学生时代以学习为主要任务这一点，则以专为主似乎更加振振有词了。结局，以红为主的主张俨然要站不住脚，就连强调齐头并进也像有些不易自圆其说了。大家辩来辩去，总感到难以说服准技术观点派和准业务观点派。有些人把这种现象称之为"西风压倒东风"。

二、问题的历史意义

然而，就在这个"西风压倒东风"的事实中，已经存在着必须强调红，必须更多地重视政治的强有力论据。同一个问题，用资产阶级的形而上学的观点看，用形式逻辑来处理，会得出一种结论；用马克思主义的唯物史观来看，用辩证逻辑来处理，会得出另一种结论。一切现实的社会问题，必须把它放在历史发展过程中才能得出它的真正意义。

我们目前为什么提出红与专的问题呢？我们是在怎样的社会历史条件下提出这个问题的呢？更推进一层：在资本主义社会里面，为什么不会发生类似问题，或者曾否发生过类似问题呢？我认为，只要我们对这些问题作了很好的回答，红与专问题的辩论就会有一个比较正确的结论。

在这里，我无法分别详细地解答这类问题，我只想集中谈一点，就是类似红与专的问题，在资本主义社会初期或前期，确曾在知识分子中间发生过。我们知道，资本主义教育包含三个内容：一是科学的，一是技术的，一是公民的。这种性质的教育，在资本主义发生之初，甚至在资本主义社会秩序已经建立起来很久以后，还受着基督教义、诫律和神权的严重束缚。在文艺复兴、宗教改革时，哪怕是自然科学家，如果他没有社会的战斗精神，没有面对着宗教裁判所判罪处刑的坚强意志，他就不可能从教会的思想束缚中解脱出来，对于科学真理做出任何贡献。此后，经过相当长期的启蒙运动，及英国产业革命、法国大革命的震动，封建社会生产关系的上层建筑始逐渐解体，而符合资本主义新生产关系的政治法律制度、社会思想意识，才慢慢确立并充实起来。

而在这个新旧交替的过程中，无论哪一个科学家、著作家、技术工作者、学校教师、律师、会计、新闻工作人员或其他什么自由职业者，在他获得这样那样的专门技能，乃至后来在应用这样那样的技能当中，都同时被严格要求训练成为能好好遵守这个社会秩序，接受这个社会新宗教规律，并根据这个社会的道德信条、思想生活来确定自己人生观、世界观的典型公民。

对这个公民的第一个考验，就是看他是否把拥护个人私有财产权看作是出于人类天性的要求。资产阶级的统治者利用汗牛充栋的出版物，利用由幼儿园到大学的教学机关，利用一切可能的宣扬教谕机会，同时也毫不留情地利用法庭、监狱、警察、军队，来分别教育人们，强迫人们，如何拥护财产神圣权以及如何遵守根据那种神圣权建立起来的政治法律秩序、道德信条和生活准绳。而人们的非历史的形而上学观点和非辩证的思想方法，也就在这每日每时家喻户晓地教育强制的不断反复过程中逐渐形成，被默认乃至被顽固地坚信为理所当然。

经过这样长期的公民教育和思想强制训练，在一般人特别在一般知识分子的人生观中，在他们的整个思想生活中，就不期然而然地把人剥削人、少数人剥削压迫多数人的不自然的现象视为自然，把不合理的现象看成合理的。到了这时，聪明的资产阶级统治者怕人们怀疑乃至反对那种现象，再回过头来，强调只重视科学技术，只重视业务，叫人们不要过问政治，不要谈什么阶级。我们由此知道，类似红与专的问题，或政治与业务的问题，在整个资产阶级社会，曾依着资本主义发展的不同要求，表现出三个不同的倾向：

1. 在僧侣贵族还占统治地位的近代初期，为了解放社会生产力，为了开展自然科学、社会科学的研究，无论哪一个代表市民阶级利益的知识分子，首先必须是一个社会政治的革新运动者，必须是反宗教诫律、反愚昧统治的叛徒。

2. 在资产阶级已推翻僧侣贵族统治而确立起它自己的政权的阶段，为了发展生产，为了培养出大批为它服务的科学技术人才，它曾以种种色色的教育强迫方式，使资本主义的思想意识在他们思想生活的深处扎下根子，使他们在有意无意中都能按照资本主义的精神来思考、工作和生活。在这里，谁都可以看得出政治重于业务，或至少政治和业务并重的倾向。

3. 到了资本主义后期，一切属于上层建筑的政治法律思想体制，已经基本符合资产阶级和无产阶级结成的社会生产关系或社会基础了，资产阶级统治者似可不再为此烦心了，但无奈好景不长，资本主义的发展同时也发展了它的对立物——无产阶级并相应发展了代表无产阶级利益的危险思想。而当这种危险思想是以强调阶级斗争，强调无产阶级专政的强烈政治要求表现出来的时候，资产阶级的狡猾统治者及其代言人就高嚷大叫他们不重视政治，不强调容易引起偏见的阶级观点。事实上，他们恰好是以超政治超阶级的幌子，掩饰其极端狡猾自私的阶级政治阴谋。

三、认取历史教训，提高政治警惕，加强自我改造

从上面的说明，我们就知道，关于红与专这种性质的问题在历史上是存在过的，并且必然要依据上层建筑适合社会经济基础的原则，在原始社会以后的一切历史阶段存在的。虽然它的表现形态，它的本质要求，在各别历史阶段可以颇不相同。

就它发生在资本主义社会的情况来说，我们今天也许不能说它是红与专的问题，而是白与专的问题；在当时也许没有像我们今天这样在全国范围内组织大辩论。还有，以往的几个历史阶段，如奴隶制、封建制、资本主义制，虽然都要求有分别适合它们的不同社会思想意识形态，但围绕着生产资料私有及人剥削人这种社会基本特点而产生的有关思想意识乃至法律观点，它们却是大体可以相通的。比如，要用肯定奴隶劳动或农奴劳动为合理的思想意识，来赞同雇佣劳动；要用肯定奴隶主统治或封建贵族统治为合理的思想意识，来接受资本家阶级的统治。其间虽有一定的思想距离，但和采用无产阶级专政来废除一切剥削制度的天翻地覆的思想认识比较起来，那就有本质的差别了。

也就因为这个缘故，我们今天的思想改造，或者，我们今天要求大家能按照社会主义精神来思考，来工作，来生活，就不但要和几百年来的资产阶级的思想训练发生抵触，还要和几千年来一切奴役劳动人民的思想意识残余做斗争。

也就因为这个缘故，我们在不同程度上一脉相承着统治阶级的传统思想、正统思想的知识分子，为了要在社会主义建设事业中起骨干作用，就有必要在较短时期内，彻底改变自己的人生观，改变自己的思想生活和思想方法。

也就因为这个缘故，我们国家对于建设的需要愈迫切，对于科学技术的需要愈迫切，对于具有科学技术知识的建设人才的需要愈迫切，就愈要求我们准备去满足国家这些需要的知识分子，能够更快地更彻底地摆脱或清除历来统治阶级特别是资产阶级遗留给我们的思想毒害。

也就因为这个缘故，不论是年事较大的知识分子，还是青年知识分子，也不论是学自然科学的，还是学社会科学的，如其说，他有必要兢兢业业学会一门专长为国家建设服务，他就更有必要在我们社会新旧交替的过程中，在旧制度、旧思想、旧作风还时时刻刻在给予他学习生活和工作态度以不良影响的当下，努力提高思想政治认识，使自己加速用马克思主义的语言来学习和思考，按照社会主义集体主义的精神来工作和生活。

也就因为这个缘故，我们这一代人，至少是我们这一代人，不能用任何理由，用这样那样的学习或工作特点，来回避历史和时代加担在我们身上的政治责任。一切非历史的、非阶级的、非政治的想法和做法，都说明它正好是上了资产阶级宣传的大当，也说明他正好是需要更坚决地加强自我改造。

要而言之，我们今日在全国范围展开辩论的红与专问题，是一个在我们目前的新历史条件下，如何改造培养知识分子的大问题；而从知识分子方面说，又是如何改变自己的人生观，改变自己的阶级本质和面貌，使自己由资产阶级小资产阶级知识分子变成工人阶级知识分子的根本问题。

作为一个知识分子，应当有他的专门知识，但如其说，资产阶级的思想生活作风和思想方法，会大大妨碍他获得那种专门知识，尤其会大大妨碍他应用那种专门知识，他就必须在获得并应用专门知识的全过程中，在学习、生活、工作的每一瞬间，提高自己的思想政治认识，把自己改造成为一个在言行思想上符合于社会主义实质要求的工人阶级的知识分子。因此，红与专问题的正确答案，并不是如有些人所设想的那样，在一天、一周或一年中分出多少时间来红；也不是在一生中的学习阶段用更多的时间来专，到了工作阶段再用更多的时间来红；也更不是机械地把某些工作划在专的范围，同时把另一些工作划在红的范围，然后再来先做这、后做那或同时并做，决不是这样的。

我们的人生观，我们的思想生活工作作风，我们的思想方法，是随时随地在一切方面都会发生影响的。我们在大学里学习工作，我们无论教学什么专业，我们讲习演算试验这样那样的专门论题，都存在着为谁教学，如何看待教学，怎样才算是最有效地进行教学的政治思想问题。在一切场合，在一切具体问题的考虑上，在一切工作进行的过程中，都向自己提出严格的要求：看自己的言行是否符合社会主义精神，看自己是否认真学习了党的文献，站稳了工人阶级立场，是否已经在用马克思主义的语言来进行思维。我们应从这里去找红与专问题的正确答案。

在我国的社会主义新生产关系还建立不久的现阶段，在资产阶级遗留给我们的思想毒素还严重残存着的现阶段，在资本主义的罪恶统治还在企图从四面八方来破坏我们、毒害我们的现阶段，我们每个热爱我们的国家、我们的社会主义、我们的党的知识分子，是应当知道用怎样的行动，来回答这个历史性的问题的。

（原载《新厦大》1958年4月23日第207期；《厦门日报》1958年5月16日）

认真改进科学研究工作

这次讨论会开得很好，校外的来宾及校内的同志，都以我们事业的参加者的热情与厚意，对论文、研究方案、规划，坦率地很少保留地提出意见。在这些意见当中，提到我们的优点成绩，也指出我们的论文和整个研究工作中的缺点，这些都是值得重视的。但我们有些同志，由于论文的自我评价和客观评价有距离，一听到批评，就由高兴到一定程度的扫兴，由感到不太难到有些觉得不太容易，由自高到有些自卑。个别同志还因为提意见的人太直率了一些，觉得劳动被全部否定了，有抵触情绪，我们的领导同志也由此感到领导一个研究工作机关不容易。总之，通过这次讨论会，每个人都有些"震动"，这是和风细雨的，但却是深透得很的社会主义政治思想教育，许多同志都在动脑筋改进工作，改进自己的研究作风态度，这应当说就是这次讨论会的一个最大的收获。

一、讨论会是一个去伪存真、沙里淘金的过程

对待讨论会和自己的研究工作，应有一个正确的态度。就我们这些人来说，一本著作，一篇论文，一个论点，一个调查报告，不能希望全部对，全都没有问题；同样，也不是一无是处。讨论会就是要叫大家争鸣，各抒己见，把正确的和错误的分别指出来，把各种不同意见相互对证起来，联系起来，从中发现正确的有分量的见解。这叫作凿磨（刮垢磨光），叫作钻研，叫作切磋，也就是去伪存真、沙里淘金的意思。有些真知灼见在讨论会中可能不被大家所理解、所承认，但讨论会毕竟有比较可靠的客观标准，因为讨论会上人多，都是同行，而且没有夹带着日常中不健康的个人成见。

二、讨论会又是一个批评与自我批评的过程

批评与自我批评的过程，应该理解为最有效的学习研究过程和思想改造过程。

同样学习，同样搞研究工作，有的人进步得快，摸瞎路少，除了个人天赋、智慧和正确工作思想方法外，还有一个重要因素，就是能接受批评。虚心接受批评，勇于自我批评，是一个科学工作者对人民事业负责的表现。发表一篇论文，不是为了满足发表欲，而是为了读者、为了社会。为了避免或减少错误，就要尽力而为，倾听各方面的意见。把自己个人看得比集体重要，把自己的名望看得比事业重要，就不能接受别人意见，也不会公正批评别人。我们应该以批评与自我批评的精神来对待自己的工作和所里的工作。

三、要通力协作改进工作

我希望大家以这种正确态度，根据讨论会中揭露出来的研究工作中存在的问题来着手改进。首先是进一步明确研究方向，定下方向，定下专业和区域，定下重要研究项目，定下工作计划，定下人事安排，对有关研究的各个方面各项措施，在力求稳定的基础上完成必要的中心任务。其次要求大家通力协作，把资料、研究、翻译、行政四个方面看成一个整体，在政治学习、业务学习、外文学习上，发挥同志间的友谊，互相帮助。第三，要明确认清南洋研究所的有利条件和困难所在，正确看待自己的工作。研究南洋问题是一个极有展望、有前途的工作，是新兴研究事业的一部分，有重大的理论和实践的意义，对反帝斗争有很大作用。我们的研究工作已有一定基础，从今天看两年来的成绩就可以肯定十年八年之后、二十年之后，会有怎样的成绩。因此，要抓住这个良好时机，认真检查所的工作和自己的工作，使整个科学研究工作更推向前一步。

（原载《新厦大》1959年7月10日第287期）

注：

1959年7月，厦大南洋研究所在第二次科学讨论会之后认真进行了总结。7月4日，王亚南校长向全所同志做了《认真改进科学研究工作》的报告，对研究所今后应如何根据讨论会中发现的问题来改进工作，提出了很好的意见。

十年前线大学教育生活的体验

（一）

国庆十周年就要到了。

临到这个伟大的日子，我们每个人都有无限的兴奋，也都有无限的感想。

我是一九五〇年上半年到厦门大学搞行政工作和教学工作的。到现在，也是十个年头了。厦门市是在前线，我们厦门大学住在市郊，更逼近前线。我们学校沿海一带的建筑物，离蒋介石集团的前哨阵地，只有几千米的距离，在天朗气清的时候，敌人阵地是隐约可见的。我们厦门大学可算是一个名副其实的前线大学。

我们学校从解放的那一天（一九四九年十月十七日）起，就是在敌人的飞机炮舰及前沿阵地的炮火骚扰破坏下进行工作的。尽管如此，在党的英明领导和前线国防部队的关怀保卫下，我们学校十年来的发展变化，也和全国其他兄弟大学一样迅速，一样巨大。

解放初，我们学校的学生仅七八百人，现在已增加了六倍以上；教师原来只有一百几十人，现在也增加了将近五倍；校舍面积由四万多平方米，增加到十几万平方米；图书由十几万册，增加到五十几万册；仪器总量以价值来计，几乎有十几倍二十倍的增加。特别令人感到兴奋的是，在一九五〇年学校教职员工中共产党员人数不过二十几人，现在已经有九十多人了，团员有两三千人。学校的各种改革运动，也和全国各地的高等学校一样，在一个紧接着一个地进行着，从这些方面都像看不出前线大学有什么特点。

不少从后方各地到我们学校参观的人士，想不到"大敌当前"的学校，竟表现出这样宁静的气氛；苏联及其他社会主义国家的国际友人到前线参观，看到我们学校的几十座大建筑物屹立在东海之滨，和美蒋占据的岛屿隔海相望，总是惊异不置，想象不到前线竟有这样规模的大学。

事实上,我们这个大学的存在和发展,一方面说明我们是如何藐视蔑视美帝国主义及蒋介石反动派的威胁,同时也表示我们前线的国防部队,我们省市的领导组织和学校的党组织,该是如何时刻警惕地从各方面来关怀防卫这个学校。我们的口号是"边学习、边战斗","把无事当作有事","化不利条件为有利条件"。

我们全校都经常演练战斗的组织和部署,在时紧时松的前线局面下,我们时刻也没有松懈我们的战备,我们时刻也没有忘记这是锻炼我们学生、锻炼我们教职工的有利条件。敌人从空中、从海上、从前线岛屿向我们侵扰的时候,每年十次、百次,有时日日夜夜炮火喧天。无论怎样,始终都证明我们经得起考验。在我们学校不时召开的积极分子大会中,许多教学和科学研究方面的成绩优异者,不仅是生产劳动模范,而且还是战斗英雄。在这里,我们学校的特征和特色,就充分表现出来了。

(二)

然而,作为一个前线大学的教育工作者则使我特别体会到:有形的敌人并不怎么可怕,真正可怕的,倒还是那些看不到、摸不着却又"如在其上,如在其左右"地牢牢束缚支配着我们精神生活的无形的敌人,那就是在我们教师乃至学生思想生活中存在的这样那样的资产阶级的思想意识。

俗话说:"明枪易躲,暗箭难防。"我们对资产阶级思想意识的战斗比之对付敌人的飞机大炮的侵扰,还要艰难持久得多。革命导师教导我们:工人阶级从资产阶级手里夺取了政权的那一天起,一个真正的、全面的、深刻的文化教育的革命就要开始了。如果我们没有把文化教育革命的阵地、没有把思想的阵地也完全夺过来,让资产阶级反动派、让帝国主义者在我们大后方保留下他们的潜在思想力量,用他们的观点、用他们的语言,来散布和传播不利于革命事业的言论和思想意识,那就无异于解除我们革命的思想武装。

帝国主义及一切反动派,所以千方百计地要在他们的地区建立为他们服务的文

化教育设施,他们所以非常害怕我们的思想教育革命运动,并对这类运动尽情地加以攻击和诋毁,就是他们也痛感到,我们把这个思想消毒防腐的工作做得彻底了,他们那种罪恶的势力也就永远没有复辟的希望了。美国最反动的资产阶级代言人杜勒斯在他有生之日、弥留之顷,犹念念不忘、喋喋不休地谩骂中国,他的用意何在呢?他是否也意识到这将使任何性质的反动派,都再也没有在中国大陆存在的思想基础呢?应当说,帝国主义和一切反动派都是非常重视思想工作的。也应当说,当我们和美帝国主义、国民党反动派在海防前线真枪实剑地战斗的同时,在广大的后方思想战线上,也在进行着全面而激越的思想斗争。

不这样也是不行的。不论就维持革命的秩序讲,还是就建设的要求讲,工人阶级必须有他自己的学术思想界,必须有他自己的知识分子,也必须通过各种政治思想教育运动,帮助资产阶级的知识分子转变为工人阶级的知识分子。

可是,工人阶级和资产阶级争取学术上的阵地,争取教育思想上的阵地,比之真枪实剑的军事战,是要复杂、艰苦而又持久得多的。我不时漫步在学校所在地的海滨,注视着敌人占据的岛屿,我就想,我们和敌人彼此对峙着的阵地和战线是非常分明的,战斗起来是非常干脆的,但在我们学校里进行的战斗,却就不是这么一回事。

思想阵地也好,思想战线也好,都只是隐约地存在。除了旗帜非常鲜明的左右翼而外,其余绝大部分是处在或左或右、亦左亦右、可左可右的中间状态中。尤其是临到思想斗争的时候,有的人是会左右逢源、随机应变的,这就更增加了斗争的复杂性。而且,我们所要保留和培养的思想,和我们所要清洗消除的思想,是存在于同一个人头脑中,一个人还往往分不清敌我的思想界线。

不仅如此,思想是客观存在的反映,可是它不只有现实的基础,还有历史根源。我们的社会在极短的时期,由半封建半殖民地形态转到新民主主义形态,再转到社会主义形态,变动是很快的。可是人们每日每时都在用他已经定型了的观点和思想方法,来看待事物,看待生活,看待社会的变化,而经过这样千万遍反复所形成的整个思想意识形态、世界观和人生观,就是客观形势大大改变了,也还不是一下子就可转变适应得来的。

我们的党充分认识到了教育思想改革的这些特点,认识了在这方面斗争的复杂性、艰苦性和长期性,因而就随着我们的教育和思想发展情况,随着新旧思想演变的情况,分别制定了斗争策略。在逐步夺取敌对思想阵地,逐步突破各种反动思想防线的同时,加速巩固扩大我们的思想阵地。不塞不流,不止不行,不破不立,不去旧就无法更新,这就是我们解放后整个教育生活斗争的内容。我们从今天回顾到解放初期的情况,当然会有说不出的愉快,因为在党的英明领导下,我们的这个斗争也彻底胜利了。

(三)

一般来讲,我们解放后的高等学校教育,大体经历了三个阶段:一是解放初期的恢复整顿阶段,二是大约在第一个五年计划期间(由一九五三年至一九五七年)的教学改革阶段,三是自去年以来的教育革命阶段。这三个阶段教育工作的进行,不但紧密结合着思想改造工作,并还紧密结合着当时的社会经济改造和建设工作,而在我们海防前线的大学,并且还和对敌斗争工作密切联系起来。

在解放初期的教育恢复整顿阶段,可以说是我们在这方面第一个战役的开始。我们对于高等学校所做的工作,首先是从帝国主义者和买办官僚手里,把这个重要思想阵地的领导权夺取过来,或者把他们的代理人赶出去。当时百废待举,一切要从头做起,不能有太多的更张。通过精简课程的措施,把一些太反动的课程删去了,增设了马列主义的政治课;通过院系调整,把一些太不像话的烂摊子裁并了,新建扩建了一些我们最需要的院校和系科。可即使是这样不彻底的变革,也遇到了极大的阻力。如果不是当时校外轰轰烈烈的政治运动,陆续在学校里发生了强烈反应,恐怕连这样的变革也不一定行得通。大家很清楚,我们过去高等学校的旧势力,是和买办资产阶级、官僚大地主、帝国主义特别是美帝国主义,有着千丝万缕的密切

联系的。上述这一切运动的胜利,特别是抗美援朝运动的胜利,就无异于从根本上动摇了那个旧势力的社会基础和思想基础。

临到教学改革阶段,可以说是我们高等教育方面第二个战役的开始。发展国民经济的第一个五年计划,向高等教育提出了新的任务和要求,可是,不使旧的教学制度、教学内容、教学方法乃至教学态度在根本上有所改变,就无法满足大量培养社会主义建设人才的急迫要求。而要教学工作者在这些方面根本改变过来,又是关系到两条道路、两个做法的问题。

就这些专靠脑力劳动生产的人的社会本质来说,他们往往会因为习惯于老一套的生活方式和工作方法,而更加深他们的阶级成见;他们可以为了教熟了的课程被精简而落泪,也可以为了教惯了的内容和方法被纠正而睡不着觉。足见教学改革并不是轻而易举的事。由于教学改革中的每一个措施、每一个步骤,都可能甚至必然要触到教学工作者的精神生活,要引起他们内心的强烈反应和斗争。所以,为了增强他们自我革命的战斗意志,在教改工作展开后不久,党又发动了一场思想改造运动,让他们更好地认识自己。

社会主义国民经济建设计划的顺利开展,三大改造的迅速成功,进一步引起了教育工作者——知识分子之间的阶级分化。他们绝大部分的人受到了鼓舞,愿意不顾任何牺牲和困难,努力贯彻党的教育方针政策;同时一小撮顽固的阶级异己分子,则坚持错误,利用整风机会,多方诋毁教革,诋毁解放以来的一切教育措施,然而他们是彻底失败了。

一个比之教改更彻底得多的教育革命的要求被提出了,我们由此算是进入了教育思想战线上的第三战役。我们的文化教育工作、科学研究工作,总跟不上、配合不上客观形势发展的需要,在许多原因之中有一个最根本的原因在从中作梗,致使理论不易联系实际,文教科学工作者不易和群众打成一片。那就是由几千年遗留下来而到了资产阶级社会则更变本加厉的所谓"或劳心或劳力"的社会身份制。这种社会教育制度,显然是和社会主义社会本质不相容的,但由于它具有更深远的历史根源，由于它采取着较为隐蔽的分工形态，就经常不为人所注意，而习以为常、视为当然了。

党中央早就深刻认识到了这种教育制度的弊害，认为一个大学生乃至一个中小学生，一进了学校大门就再也不愿意做生产劳动的工作，这是一件不能准许的事。但要改变这千百年来的传统，单从学校方面进行变革是不行的，成千上万的机关干部陆续下放和下乡下厂参加锻炼，就为学校的学生、教职员参加生产劳动树立了榜样、打开了局面。同时，要改变人们"或劳心或劳力"的错误成见，单就文教科学工作者——知识分子方面做工作也是不行的，只有广大职工或劳动人民也有机会参加技术改革、科学钻研的工作，并取得一些成绩，那才能从事实上教会人们。

知识分子劳动化必须和劳动人民知识化同时并举才更有效果。在去年的大跃进、大革新、大发展运动中，全国各地的文教科学工作者在生产劳动方面做出了许多成绩，同时，我们全国各地的广大职工，也分别在科学技术方面有了较好的表现。这不但说明党的新教育方针的正确，还表示我们在教育思想战线上，胜利结束了最后一次战役。这个胜利将在我们今后有关文教科学的各项工作中，将在由社会主义向共产主义推移过程中发生深远的、深刻的影响。

当然，当全国各地高等学校分别结合各种社会经济变革、政治思想斗争进行教育战线上的三大战役的时候，我们厦门大学还结合了我们当面的对敌斗争。

在更逼近敌人的前沿，有我校一直在那里参加生产劳动的六十多位男女教职员，他们不仅没有因为发生大规模炮战而离开前线，反之，却在炮火空隙从事生产劳动之余，奋勇协助部队运送炮弹及其他军务工作，坚持了一个多月之久，没有一个人脱离队伍。后来大家在慰劳大会中讲述感想，都认为不实际参加生产劳动，就不可能在那样艰险的前线，坚持对敌斗争。在这个不太复杂的事件中，该包含有多么深刻的教育意义呵！然而，这却只能是我们在前线大学工作者的特有体验。

我们学校处在海防前线，很长一段时间，我们就是从解放军日常作风态度来看出中国共产党的伟大和中国人民解放军的伟大的。能训练成为这种有教养的部队，就说明此外没有什么是不能做到的。厦门原来是一个海岛，解放以后，党及政府即考虑修建一条连接大陆的海堤，当时是抗美援朝期间，消息一传开来，大家都很兴奋，有的人却硬说是"讲得好听"。但前后不到两年半的时间，就用花岗石铺建起十里长堤，厦门成为半岛；接着，不到两年的时间，长达七百多公里的鹰厦铁路，就通过千山万壑，把火车开到厦门市内和厦门大学旁边了。在举行通车典礼那天，一位平素不大讲话的教师对我说，共产党是要做什么就能做出什么的，他们并不是只会宣传而是会实干的。

诸如此类的新人新事，看起来像和我们的教学过程隔得很远，但实际上，却是在时刻发生非常深远的影响。我们如果不是每日每时在这里那里都有伟大的创举，不平凡的模范事迹，鼓舞、激励、教育着人们，要在教学改革、思想改造、教育革命上那么快就收到那么大的效果，就将是不可想象的。

（原载《学术论坛》1959年10月第5期，本文略有删节）

跟青年教师谈谈怎样治学

今天，教育工会的同志要我向青年教师谈谈自己是怎样治学的，这个问题很重要，但这个问题不好谈。一个人学习的过程，是从生到死的过程。学习的方法与途径，因人而异，很难谈出每个人完全适用的具体经验，所以我所谈的，也只能是"抛砖引玉"，供大家参考。

根据几十年来自己学习、研究、工作的体会，关于怎样治学的问题，我认为主要应注意以下四个问题：

一、要奠定基本理论知识的基础

我今年六十二岁。自觉地学习是半世纪以来的事情，初上学的十年完全是强迫的学习，全是死记硬背的。但在今天看起来，这些还是很有用的，现在用的东西很多是第一个十年学到的东西，这就说明打基础很重要。因为任何一门专门学科都是以一般知识作基础的，没有广阔、坚实的基础，就很难学得专，学得深。

在基础之中，对学社会科学的人来说，掌握中文与历史有特别重要的意义，中文是基础的基础，否则不但了解知识有困难，表达意思更困难。至于与本学科有关的各种知识，更要力求学得广泛和深入。我现在搞的是"政治经济学"，主要是《资本论》的研究，但我并不是从大学一开始就念经济的，经济学完全是以后自学起来的。我在大学念的主系是"教育系"，辅系是"中文系"，后来改为"英语系"，又曾有一段时间转去写小说，这些学习似乎是走弯路，浪费了时间，事实上对于以后经济学的学习与研究，提供了很多有利的条件，有很大帮助。

当然，一直乱读没有归宿也不行。基础知识必须通过专门学科的学习与运用，加以巩固和提高，必须通过专门学科来表现，否则，漫读则劳而无功，基础打得再好也只是基础而已。

打好基础,再学专门学科,这是一般学习的程序,但不等于专了就不必回过头去学习一般的知识,必须随时不断扩大自己的眼界,才能不断地提高。专了还要通过博来达到精。

二、要注意积累知识

知识的获得,绝非朝夕之功。因此必须注意点滴积累,积少成多。我自己用以积累知识的基本途径有五:

1. 诵读,即背诵与朗读。我现在还保持诵读的习惯。诵读的好处是能帮助熟记,帮助领会与理解。常言说:"反复诵读,其义自明",是有一定道理的。但是由于时间限制,不能普遍诵读,所以必须选择主要的经典著作,加以熟读,就自己所能看得出的关键地方,反复搞熟。

2. 摘抄。经过动手摘抄的东西,往往印象深,记忆牢,用时引用很方便,自己对之很爱惜。摘抄的方式很多,如记日记,做索引卡、摘要卡都可以,但不要为摘抄而摘抄,否则不但费时,而且成为负担。

3. 翻译。翻译能够帮助熟悉文献,领会精义,找出作者思路,辨明每一条材料的来源与真伪,所以对积累知识有很大帮助。

4. 教学。无论哪一级的教学,只要是认真的教学,都能给自己很大的帮助。有人说:"既以为人己愈有,既以与人己愈多",这是有道理的。在某种意义上我们可以说,不断提高教学质量就是科学研究的过程。最要紧的是不要"炒冷饭",原封不动地照搬。

5. 写作。在学习研究的过程中,上述几种方法可以说是写作的准备,而写作则是学习、研究的集中整理阶段。通过写作而巩固起来的知识,往往更加集中、深刻、有系统和有条理。当然,写作要有明确的目的,要有计划,要一气呵成,最好不要边读边写。

三、要"学以致用"

"使用是最好的学习。"自己学到的东西必须通过使用来检验、巩固和提高。所以,翻译、教学工作、写作等都是最好的学习。

在教学、写作过程中,最重要的是要认真和踏实,要善于把一般原则性的知识应用去研究具体问题,找出具体的答案。不可以满足于一般规律,不可以人云亦云。如果这样坚持下去,即使起初效果不好,但方向对头,总是会有成果的。

四、要建立良好的学习生活秩序

"凡事预则立,不预则废。"学习也同样,如果没有妥善的安排,则容易落空,不能坚持。因此,要使学习能长期坚持,取得良好的效果,就必须有规律地安排学习和生活,努力做到"好整以暇",这就是既要严整紧张,又要从容不迫。

我在正常情况下,通常每天清晨四五点钟就起床,学习理论性较强的书籍,坚持有规律的工作和生活,几十年不轻易更改。而在出差、突击工作来临的情况下,我就适应新的情况另作相应的安排,保证在任何情况下,每天都能抽出一定的时间学习。在这里,关键是要不懈地跟个人生活上的自由主义做斗争,树立远大的理想与崇高的生活目的。只要能够这样,则干起任何事情,在任何时候,都能精神焕发,精力充沛,永远有中心、有组织、有计划、有规律地前进,学习也就能够取得应有的效果。

(王增炳 记录整理)

(原载《厦门大学学报》1978年第2-3期合刊)

注：

　　这是1962年5月22日王亚南校长在厦门大学教育工会向本校青年教师所作报告的记录稿。报告会由时任学校教育工会主席肖贞昌教授主持，参加者除青年教师外，还有许多中年教师、职员和青年学生三百多人。王校长的报告对青年教师的工作和进修，有很大帮助，受到与会者的热烈欢迎。至今读来仍感到十分亲切和深受启发。

II. 岁月留痕

厦大诞生三十年

我们厦大诞生三十整年了,一个世代了。它的经历,它的历史,我不打算在这里详细叙述。如其说,祝福它的现在,正是为了要展望它的将来;如其说,它将来的发展前途,又必须是把它原有的和最可能期待的优点特点作为基础,我就有理由把它的若干优点特点指出来,借以昭示它的极光明的前景。

首先,厦大原来是由华侨巨子陈嘉庚先生创办的。虽然改由国立十多年,但无论是过去、现在乃至将来,厦门大学的名称是同陈嘉庚先生的名字分不开的。任谁只要提到厦门大学,也就会联想到陈嘉庚先生;正如同听见讲陈嘉庚先生,就不期然而然地要想到他曾创办了维持了厦门大学一样。直到抗日战争发动的那一年,陈嘉庚先生始因他的经济状况无法继续维持,厦大才改成国立,但从那以后,他对厦大虽中断了物质的支援,可是他在南洋乃至偶尔回国来以言论、以行动表现的高度爱国主义精神和反专制反封建的民主主义精神,对于当时被压制窒息在反动统治下的厦大师生,实在起了莫大的鼓励和高扬作用。

解放以后,因为长期积结的疮痍得治,百废待举,又加支应由美帝军事侵略所引起的支出,政府一时还不易筹措大量资金,以满足迅速扩增起来的高等学校的建筑和设备的要求,有鉴于此,陈嘉庚先生又多方向海外爱国侨胞募捐巨资,为厦大进行三年建筑计划,并亲自擘画监督建筑工程的施行。这不但是物质的援助,同时还具有极大的精神教育作用。我们学校师生员工,早因陈先生忘我无私的为人民服务精神而奋勉自励,以期无负此七八高龄老人之贤劳。这一点,是国内其他高等学校所没有,而为厦大便于发展的一大特点。

其次,正因为厦大原来是私立的,也因为厦大是设立在以质朴见称的闽南地区,

霜叶红于二月花
—— 王亚南随笔、书信集

厦大的学习风气,厦大的质朴精神,早就造成了它的传统。在以往,尽管在教学内容、教学观点方法上,也同样存在许多问题,但教的人认真教,学的人认真学,大家把教与学当作他第一个任务。这看起来像没有什么特别、像是平平常常的,但正因为大家经常有这种精神,一临到教学因故中断的时候,教的人生怕教不完,学的人生怕学不够,在任何场合都焦急地希望教与学,这就立刻把它的传统精神显现出来了。因此,由厦大出身到社会工作的人,一般都是老老实实,规规矩矩,都是比较踏实认真。这样一种风气,我们不要忽视了它,应该把它看成是学校这种教学机关的灵魂,是它走向人民大学之路的一个极好的出发点和基础。

又其次,厦大处在中国东南海滨,它不但开始是由华侨设立的,而且大体是为华侨设立的。在我们国家今后明显的要同南洋各地发生更密切的经济、政治、文化关系的展望下,要同我们在这个地区的千千万万侨胞发生更密切联系的要求的展望下,厦大显然就会担负国内其他任何一个大学所不能承担的任务。因此,它的发展,就不单是出于我们主观的愿望,也不单是由于配合国家很快就要展开的建设高潮,同时也是由我们不断增大起来的国力——国家地位,必然要与南洋各地民族及华侨发生紧密联系的要求所引起、所决定的。

从我们已有的主观条件和客观条件考察,厦大不仅是在发展中,而且是要加速发展的。陈嘉庚先生在厦大三年建筑计划中,把可容纳十万人集会的大操场,把可坐两万人看球赛的梯级看台,把可坐四千人听讲的大会堂的建筑放在里面,就是从这种展望出发的。厦大的光明前途同人民中国的光明前途是不可分的。我们在今日殆不易想象今后三十年的厦大会发展到什么程度,正犹如我们无法好好估量我们中国今后三十年会要发展到什么程度一样。但一切光明前途,都是要费多少气力血汗去争取来的。我希望我们全体同仁同学好好争取并利用我们学校已有的特点和优越条件,大力改造自己,赶上时代,以完成国家赋予我们的任务,而不辜负我们学校创建者和爱护维持者的盛意。

(原载《新厦大》1951年4月6日第5期)

到祖国最需要的建设岗位上去

在飞跃发展中的祖国各方面的建设，都在殷切期待着我们大学毕业生，走到它的岗位上去，这是毛泽东时代青年男女的莫大光荣和幸福。

我们的各种建设是有计划、有步骤、有重点的，在特定的发展阶段和年度，某些方面会提出它最迫切的干部要求。因此，为了更好地、更迅速地完成建设大业，就不能百分之百地迁就我们个人的兴趣和愿望。大学毕业生的统一分配，是从这种事实出发的。毛泽东时代的青年男女必须明确认识这一点，必须把他们自己个人的小打算，融入对国家长远利益的关怀中，他们才能非常愉快地走上国家为他们制定的最需要的工作岗位。

一想到朝鲜前线的兄弟姐妹们，一想到青藏高原的青年男女们，炮火连天的战场，冰天雪地的野外，都不能叫他们低头退缩，难道我们就没有勇气抛掉个人小打算的包袱么？

只有决心听从国家的号召、毛主席号召的青年男女们，他们才能真正体会到参加国家建设的光荣和幸福。

愿我们全体毕业同学，都能这样期待自己，鼓励自己。

祖国伟大的建设事业在等待你们
——献给毕业同学们

毕业同学们，你们就要带着祖国人民的期望，全校同学的祝福，肩负起祖国交给你们的光荣建设任务，到新的工作岗位上了。

这是多么令人兴奋的事。三年来，在党和毛主席的光辉照耀下，祖国的各种

霜叶红于二月花
—— 王亚南随笔、书信集

建设事业已放射出灿烂的光芒。千万劳动人民夜以继日辛勤工作，不断涌现出英雄和模范，创造出许多"奇迹"。我们可以变沙漠为绿洲，把千年来泛滥成灾的河流变成灌溉田园的水库，开挖险峻的山崖成为宽阔的公路……祖国，到处都充满着战斗和喜悦。

但是，祖国的建设事业还需要成千上万的人才去创造，大规模的经济建设就摆在我们面前，在这需要大批建设方面人才（特别是各级专门建设人才感到缺乏）的时候，你们就要奔向各自的建设岗位，增强建设的战斗力，这不是值得兴奋的事吗？

……

你们由衷地感谢党团的教育和培养，懂得要生活得有意义，那就是为革命事业贡献自己的力量，做一个人民的忠实勤务员。今天，你们这个崇高的愿望就要实现了，将要亲身地参加到建设的行列中，这不是值得自豪和骄傲吗？

欢送你们，亲爱的毕业同学们！用最真挚的革命感情欢送你们，用最热情的希望欢送你们，希望你们学习革命英雄主义精神，不断克服困难，努力提高自己的政治业务水平。我们相信，我们将不断地听到你们胜利的喜讯、你们的模范事迹！

毕业同学们，祖国建设在等待着你们，更美好的将来在迎接你们，无穷的幸福正在需要你们去创造。愉快地去吧，到祖国最需要的地方去，到最光荣的岗位上去！

祝你们在毛泽东的光辉照耀下，永远胜利地前进！

厦门大学团委会、学生会

（原载《新厦大》1952年8月22日第40期）

注：

  这是1952年夏季毕业生即将离校之际，王亚南写给毕业同学们的送别词，他希望同学们能把自己个人的小打算，融入国家长远利益的发展中，愉快地走上国家最需要的工作岗位，为社会主义建设添砖加瓦，发光发热。

霜叶红于二月花
—— 王亚南随笔、书信集

送别本届毕业同学

  毛泽东时代大学毕业生的幸福，只要我们稍微回顾一下国民党反动统治下的大学生"毕业即失业"的情况，只要我们稍微联想一下报载日本今年度大学生十万人有百分之八十五以上职业没有着落的事实，就不难理解了。

  国家为了培养每个大学生，综计要支费几千万人民币，这是很大一笔劳动人民的血汗。受到国家及劳动人民的培养，便得为国家需要服务，为劳动人民的事业服务，这是我们每个同学明确认识到并经常在做着理想准备的。

  踏出学校的大门，就是我们平时思想认识的实际考验，服从分配固然要把我们自己个人的小打算放在次要的地步，就是到了分配工作岗位上，仍得明确认识任何个人的利益，只有在为整体利益的斗争中才有确实保障。因为我们必须明了：担任任何一件工作，负起任何一种责任，都有不少困难等待我们去克服，都有不少麻烦需要开动脑筋，抛开一切个人利害计较，集中精力去认真研究学习才能克服的。为人民服务其所以要全心全意，就是这个道理。这个道理是简单的，但我们必须随时随地体会它，哪怕是对于一件极小的事，也能严格要求自己去贯注它。这样，我们就能成为一个好的干部了。

  把国家、人民的利益放在第一位，是我们每个人的服务信条，我用这个信条来鼓励我们本届毕业同学。

向光荣服从统一分配的毕业同学致敬

  同志，亲爱的兄弟；同志，亲爱的姐妹。
  今天我们在一起学习，明天参加实际斗争中去……

我们欢呼祖国的新生,我们歌唱祖国建设的胜利。

亲爱的毕业同学们,我们也怀着同样热烈、兴奋、激动的心情,

祝贺你们光荣服从祖国统一分配,走上祖国建设的工作岗位。

我们的祖国有着无限光明的前途。"这种前途是如此地带着诱惑性,以致谁也不能阻止我们为它而斗争!"

"人的性格不是一下子就形成的。但是每个男女青年都必须为自己定出一个目标,并为之努力。这个目标就是在我们国家多方面生活的一切战线和一切部门里,都做一个前列的战士。"(尼古拉·奥斯特洛夫斯基)。

亲爱的毕业同学们,我们希望你们,同时也相信你们能够在巩固和建设我们伟大祖国的斗争中,锻炼成为积极、自觉、勇敢的光荣战士。

厦门大学团委会、学生会

(原载《新厦大》1953年4月10日第58期)

注:

1953年春季厦大各系毕业同学共九十一人,坚决服从国家统一分配,于4月11日走上新的工作岗位。临行前,王亚南校长写了《送别本届毕业同学》的寄语,希望同学们把国家和人民的利益放在第一位,全心全意为人民服务。

厦门大学在战斗中的成长

—— 敬祝第三十四周年校庆节

厦门大学已经成立三十四周年了，它同伟大的中国共产党是同一年诞生的。它在历史上的这个光荣际会，并不完全是出于偶合。1921年是第一次世界大战结束后的第三年，是苏联十月革命胜利后的第四年。重大的世界变革事件，特别是伴随着那种变革事件中的马克思、列宁主义的传播，唤起了中国人民爱国主义和反帝反封建的革命民主主义的斗争气氛。中国共产党是为了承担起领导组织这个革命运动的历史任务出现的，而当时爱祖国爱科学的人士，则从不同的立场和视野，在社会文化各方面来努力适应这个时代潮流。爱国的华侨巨子陈嘉庚先生之创办厦门大学，很显然是受了这个变革时代潮流的敦促与感召。

这是一个不平凡的起点。可是，在封建买办官僚的统治下，厦门大学也如同全国其他各地的高等学校一样，不仅发展受到了限制，而且多方遭受摧残。在抗战前夜由私立改归所谓"国立"以后，原来的"独立"、"小康"局面，立即就变成反动统治各党派角逐的温床。在地下党的领导与影响下，这个学校由抗战结束到一九四九年解放的那一段时间，曾经是民主革命气氛非常浓厚的一个大文化据点。回忆起解放前在大集会会场用蓝布白字横书的"厦大，你民主的战士"这幅大标语，是不难想到当时斗争的热烈情景的。这个光荣的革命传统，不能不说是我们今日在国防前线上，面向敌人、坚持革命研究工作的一个有利的历史条件。

如同全国其他各地的高等学校一样，厦门大学由解放得到了新生。但和全国其他各地高等学校不同的是，厦门大学并不曾由解放完全免除它从蒋介石卖国集团所受到的破坏影响，也就是说，直到今天为止，厦门大学的教学研究生活中，还在把对敌斗争作为一个非常突出的因素。五年多来，在美帝国主义支持下的蒋介石卖国集团，一直在从海上、从天空对大陆沿海进行海盗式的侵扰，一直使我们不能在完全安定和和平的环境中进行教学研究工作。尽管如此,在党及政府的特别关怀下,在我们全体教职员工及同学的努力下,我们学校在各方面有了极大的变革和发展,我们确实在战斗中成长起来了。

在刚解放的时候,厦大有不少学生及教职工参加到实际斗争行列中去了,剩下只有七百八十多个学生和一百六十多位教师。而到现在,尽管把原来占着很大比重的工学院调整出去了,学生数仍增加了一倍半,教师也增加到二百七十多人,职工人数也倍加了。从设备方面讲,学校房屋由于在抗战期间受到日本帝国主义者的破坏,在1949年解放时,总面积仅及33290.3平方公尺。几年来,主要由于学校原来创办人陈嘉庚先生的热忱募建,现在使用中的建筑已经达到89822平方公尺,即接近原有面积的三倍;图书由199447册,增加到333663册;仪器方面的增加更是迅速,在一九四九年包括工科设备在内的折旧价值,不过7亿多,现在除去了工科部分的仪器设备,已比原来价值超过了十倍以上。相当完备的医院和印刷厂、修造厂,两个面积约有10万平方公尺的大运动场,可供两千人阅览的阅览室,可容五千人的大会堂,可坐两万人的运动场看台,使学校的整个面貌改观了。

然而,我们认为更重要的还是在质量上、精神上的改变。我们学校虽然处在祖国东南一隅的海岛上,离中枢较为遥远,且不时受到蒋介石卖国集团的骚扰,但由于党及政府的不断教导、关怀,我们把不利的条件变为有利条件。我们由三反、思想改造、院系调整到教学改革的一系列改革运动,几乎都在把对敌斗争的爱国主义精神作为鼓舞我们前进的动力。我们在教学上、在研究上,在一般行政工作上,在不断克服困难、纠正错误中奋勇前进。

我们的老教师、青年教师,我们的同学,我们的职工同志们,在反空袭斗争中以战斗精神坚持工作,往往是把赴朝的志愿军英雄事迹,把修筑公路忍受无限艰辛困苦的解放军和大批劳动人民及技术工程干部的顽强斗争精神,作为他们努力的榜样。去年武汉大学及其他武汉的高等学校师生员工和武汉人民一起,冒着生命危险与洪水搏斗的光辉行动,也给予我们不少勇气和教育。

几年来,特别是去年九月炮击金门以来,全国各地各级学校及其他人民团体,陆续来函慰勉我们,鼓励我们,并表示他们也深深受到了我们在国防前线坚持教学和研究工作的鼓舞。为了我们伟大的祖国,为了我们伟大的社会主义事业,全中国的优秀儿女,都在对自然、对敌人展开斗争。各方面的工作虽然都有不同性质和不同种类的困难条件,但我们必须认清,我们整个国家在各方面都是在战斗中发展着、成长着。

为国家培养各项建设人才的大学,是整个国家一个积极而生动的构成部分。当我们国家正在迅速进行社会主义建设和改造中,当全国人民正在和国内外敌人作坚决斗争中,我们大学中的教育工作者,有必要由不断改进教学研究工作,加强对敌斗争工作,来进一步改造我们自己,改造我们的学校。由解放五年来大家努力工作的成果,特别是由我们全体教师、同学及职工同志们,对于党及人民政府的文教政策表现的认真拥护和力求贯彻的精神,我们是能够满怀信心,为我们学校的更快进步和更大发展祝贺的。

(原载《新厦大》1955年4月2日第105期)

王亚南与青年学生座谈学习和研究《资本论》问题

光荣愉快地走上建设社会主义的工作岗位

第一个五年计划是伟大的理想，也是正在加速进行中的现实。发展我国国民经济的第一个五年计划的要求，是建立社会主义工业化的初步基础，建立对于农业、手工业的社会主义改造的初步基础，也是通过国家资本主义道路，为资本主义工商业的改造打下基础。五年计划的重点是工业，工业的重点是重工业。

实现五年计划是艰巨复杂的任务，要求每个建设干部献出最大的力量。在实现伟大理想的过程中存在着不少困难：因为我们的经济非常落后，现代化的技术基础非常薄弱；在这样的国家，自然条件的限制又相当大；由于以往反动统治的惨重搜刮剥削，资金积累也相当困难。所以，要完成第一个五年计划，任务是相当艰巨的。全国人民都要为实现这个任务加倍努力，而每个青年建设干部更应当多开动脑筋，多承担一些繁难工作，把自己最大的力量贡献出来。

实现五年计划是革命战斗任务，要求每个干部对祖国对党抱着无限忠诚。五年计划一步步的实现，就是生产力的不断提高，生产关系也要跟着改变，因而引起阶级结构的变化。随着生产关系的日益改变，阶级斗争也跟着尖锐化、复杂化，这就是一切暗藏的反革命分子活动的社会基础。为了保卫、建设我们的国家，我们每一个干部必须忠于祖国、忠于党，在革命斗争中，坚决、彻底地和一切反革命分子进行斗争，直到把他们消灭干净。

大家毕业后到工厂、农村、学校等地方工作，无论是哪一个工作都是五年计划的一个组成部分，希望大家坚持工作，刻苦耐劳，克服一切困难，在学习、工作和生活中，在实际斗争中锻炼自己，坚强自己，纯洁自己，做好一个人民的干部。我们是为了实现五年计划而刻苦努力去的，我们是为了实现五年计划而坚决斗争去的！

霜叶红于二月花
—— 王亚南随笔、书信集

青年同志们：愉快地走上祖国社会主义建设岗位去罢！在工作中随时随地牢记着为人民服务的目的，随时随地抱着虚心学习的态度，你们就能克服一切困难，经得住任何考验！

送别本届毕业同学

王亚南

8.27

（原载《新厦大》1955年8月27日第111期）

注：

1955年8月19日，学校组织本届毕业同学进行服从统一分配的学习，王亚南校长向同学们作题为《光荣愉快地走上建设社会主义的工作岗位》的动员报告。在完成学习后，这些同学于9月初愉快地走上了各自的工作岗位。

祝三十五周年校庆

我们学校今年的校庆比以往任何年度的校庆,都更有生气,都更表现了兴奋和欢悦的景象,这是不难理解的。去年下半年以来,我们的国家已经飞跃式地在社会主义的道路上前进。农业及私营工商业的全面改造,社会主义工业的迅速发展,向科学文化界提出了更多更高的要求,而就我们科学文化工作者、教育工作者来说,这更多更高的要求,就是我们幸福的源泉,就是展开在我们每个人面前的广阔前途和光明前景。

怎样响应党的号召,把我们的潜在力量发挥出来呢?怎样在全国科学大进军的伟大行列中,把我们自己变成一个坚强的科学战士或勤勉的科学勤务员呢?怎样用我们的科学技术工作,来为我们的工农兄弟服务,来加强我们知识分子和工农的大团结呢?怎样就所有这些方面提出的要求,来对我们学校、对我们个人今后若干年的努力方向和步骤认真进行规划呢?这就是最近这几个月期间,酝酿在我们每个人头脑中的一系列问题。

这些问题都是带有社会主义性质的,都是按照我们每个人对于党的号召,对于时代的召唤,对于进步环境的压力的反应向自己提出来的。这里也有不知道怎样才能搞得好,怎样才能把自己的全部力量贡献出来,怎样才能鼓起勇气冲上前去,不要做时代的落伍者的烦躁不安和焦急情绪,但这正是我们的希望所在,正是我们发光生热的前进动力所在。我们大家正好是在不同程度上,用这样的心情来迎接今年的校庆的。

今年校庆举行的第一次科学讨论会,显然是要通过这次讨论会来检查我们以往在这方面做得不够或不好的地方,来为我们今后更好地工作创造条件。我们应利用这个机会向参加这次讨论会的各方首长和校外科学家表明,我们这里集中有大批的科学工作者,我们只拿出了这样量少而质不高的科学成品,这是由于我们领导上以往存在严重的保守思想,没有好好有组织有计划地把大家的力量发挥出来,并且这也是由于我们以往还存在闭户读书、关起门来搞科学研究工作的旧做法,没有经常地及时地争取各有关部门的指导和支持。但同时我们也得表明,我们大家是有决心和信心改正缺点,争取各方帮助,在不久的将来做出更大更多的贡献的。

还必须补充说明的是,在我们学校的全面规划中,中央已明确指出了我们厦门大学的发展方向,是在作为一个综合大学的一般要求下,结合我们学校的历史地理条件,充分发挥我们面向海洋、面向南洋,更好地为千百万华侨服务的特点。厦门大学原来就是由华侨巨子陈嘉庚先生创办的,解放以来,陈嘉庚先生及海外爱国主义华侨还继续不断地给予我们大力的支持。我们学校的这个发展方向明确了,我们将会更多地得到国内外侨胞的支持和赞助。

同志们,奋勉前进罢!在党中央和人民政府的英明领导下,在省委、市委及各方面的大力协助支持下,我们厦门大学和全国其他兄弟大学一样,是有希望为国家培养出更多更好的建设人才,并为国家在十二年内赶上国际科学先进水平贡献一份力量的。

(原载《新厦大》1956年4月4日第122期)

总结一九五六年,迎接一九五七年

一九五六年过去了。我们每个人临到这岁尾年头的时候,总会不期然而然地产生一些感想,向自己提出这样的问题:我们的国家在这一年中成就了一些什么呢?我们自己在国家的总成就中,做出了什么贡献、完成了什么任务呢?在今后一年中我们又将怎样努力呢?要我们自己生活得有意义,要使我们自己在岁序的迁流中,不断处在进步状态中,不断提高自己,就得一年一度地面对着这些督促自己前进的要求和问题,做出检查过去和惕厉未来的答案。

我们国家这一年在政治、经济、文化各方面的成就,和解放以来的其他各年度一样是非常巨大的。领导我们前进的中国共产党第八次代表大会的召开,更使全国人民在这一年度的政治文化乃至经济生活的内容,显得特别丰富而有光彩。问题是看我们在高等学校的岗位工作,能不能满足各方面的要求,是否配得上各方面前进的步调。我现在且从我们学校的校刊中,粗略检点一下我们学校一年来的几项重要工作罢!

一月十三日学校召开第十八次行政扩大会议,根据上海高教局校院长座谈会议精神,布置我校全面检查、全面规划工作;

一月十五日校务委员会举行第十九次会议,通过化学、经济两系工作检查总结并通过一九五五——一九五六学年第二学期工作计划补充要点;

三月十九日校委会举行第二十次会议,动员全体师生员工向科学进军,并为继续贯彻全面发展教育方针,加强对学生全面负责做更大努力;

四月四日起举行第一次科学讨论会并与福建省各高等学校及有关业务机关团体签订科学技术教学互助合作协议书;

五月十六日我校规划委员会召开各规划分会全体委员制定个人规划的动员会;

六月二日学校举行第二十一次校务会议,讨论一九五六——一九五七学年教学工

作计划要点,以此为根据来考虑各单位工作计划,并通过本校第一次科学讨论会总结;

八月三十一日我校全体教师以"百家争鸣"精神讨论高等学校校际座谈会的传达;

十月一日南洋研究所及华侨函授部正式成立;

十月二十二日学校举行第二十三次校务会议,讨论并通过了根据校院长座谈会新精神改订的本学期工作计划要点;

……

上面这一系列的工作,说明我们学校对于中央高等教育部在不同时期交下的不同任务,大家——教职员工同志及同学——都在统一领导下全力以赴。关于全面发展教育方针的贯彻,关于全面检查全面规划,关于科学大进军,关于"百家争鸣"方针在教学及科学研究工作中的体现,以及关于新承担在我们肩上的南洋研究和对华侨服务的诸般任务,处处都要直接间接牵涉到每个人的思想生活和工作内容,也就是说,处处都要求我们在不同的岗位上不断改进我们的工作。

从总的方面来讲,我们是把上面交下的任务完成了,但仔细加以分析,我们对于那些任务并不是完成得很好的。我们制定了各种计划,但由于计划定得过于刻板或没有从实际出发,各方面并不是认真负责地执行了。全面检查一开始就是做得不够彻底的,因而全面规划也就难免有些流于形式;科学大进军显然要各方面配合进行,可是由于大家对进军的意义理解得颇不全面,或者领导方面没有及时适当地做好宣传说服工作,以致进军的积极效果还有待于争取,而它的消极作用,已从部分教师放松教学或片面强调培养进修等方面表现出来了;在职工当中,在学生当中,也出现了只有搞科学研究才是最吃得开的不正确看法。

自高教部依据"百家争鸣"精神,召开校院长教务长座谈会,指示各高等学校采行一系列改进教学工作的措施,如减轻学生负担,改变刻板生活,加大教学计划中的融通性等等以后,以往有些流于形式的机械的统一,有些妨碍个性的刻板的规定,算是大体被纠正了,教师学生都如释重负。但由于我们领导对于这种突然改变没有思想准备，没有适应经验，没有预见能力，也就是说没有及时实行一些防止偏差的做法，以致一时引起了思想上的混乱。

最突出的表现在：学生像是可以离开教师指导而自由独立的思考，教师也像是可以放松乃至撇开教导责任而自由自在的钻研；政治可以少问或不问，体育锻炼可以少做或不做；学校教务处、研究部对于系，系对于教研组，教研组对于教师，教师对于学生，一系列的领导关节像是无形松弛了。

大家想在科学园地绝足狂奔一下的积极性虽然是提高了，但在一个大学的集体教学生活里面，在全面发展教育方针指导下，发挥积极性所需要的自觉纪律和社会主义责任感，却并没有相应确立起来。直到现在，这还是需要大家共同努力的地方。至于依据党的知识分子政策，在改善工作条件和生活条件上所做的一些努力，因掌握原则不够，向群众交代不够，也发生不少副作用。

总的说来，我们学校一九五六年中的工作，是繁忙的，是紧张的，大家在完成教学任务上是有成绩的。但依据全面发展教育方针，依据"百家争鸣"方针，依据党的知识分子政策来加以权衡，我们的缺点和错误也是不少的。这责任主要由我们领导方面承担起来，但没有大家的共同努力要很好改进是没有希望的。从这里，实际上已指出了我们在已经到来的一九五七年度中应当努力的内容和方面。我想就以下四点来表述我个人的不成熟看法：

第一点，我们今日在大学中从事教学工作的每一个人，不管是教者、学者、教学辅助者乃至教学行政工作者，除了完成党及国家交给我们的教学研究工作任务外，同时还在无形中进行协力创建我国高等教育制度的尝试。我们的国家是一个新国家，又是一个在古旧文化根基上、在现代各种文化影响下成长起来的新国家，它的整个大学制度首先要符合国家的社会主义性质，其次还要符合在不同历史条件下形成的社会主义国家的特点，这就决定了它必须经过一个尝试性的创制阶段。从消极方面讲，对当前教育制度、教学内容及方式方法上的不断更张或修改，应当认为是必然而应有的现象；而从积极方面讲，只有我们大家在教学研究及协助教学研究的实践过程中,不断积极主动地提出建设性的改进意见,不断总结我们的经验,才能期望加速建立起一个比较完整的教育体制。

第二点,我们的新教育制度应当依据我们社会的性质,贯彻全面发展教育的方针。没有政治觉悟的人,没有强健体魄的人,没有集体主义品德的人,不想从社会活动中锻炼培养出这些品质,不想用实际生活内容来丰富我们的时代感责任感的人,纵令有了专门技术知识,有了满脑子的书本概念,也是不能在我们社会发挥出多大作用的。因此,不管是行政领导也好,还是我们一般教学工作同志也好,我们应该时时提醒自己并相互惕厉:不要以为在科学大进军的号召下,就只要科学知识,不要注意其他,那是很不全面的,那也正是我们在这一年中许多工作缺点所由以产生的基本原因之一。

第三点,从事教学和科学研究是不能不顾到工作条件和生活条件的。我们国家几年来在这方面已经做了很多事情,还准备在必要而可能的范围内做更多的事情。但任谁如果仔细考虑一下我们国家的经济条件,考虑一下广大人民的生活水平,就应当明了我们在这些方面不但不能要求得太多,同时更应该以相互谅解协作的精神,合理而有效地充分发挥已有条件的作用。首先应当检讨,我们学校是做了一些铺张浪费国家财力的事。主要的责任应由我们领导方面来负,但我们许多工作同志和同学也存在不少对于公家财物不够爱惜、对于公家要求过高的倾向。有的人对于图书仪器及其有关教学研究用品的采购,往往采取一种漫不经心的、不负责任的态度。而在人力方面的浪费情形也是严重存在的。有的单位只知道要求干部,却没有好好培养干部,并对已有干部做合理的安排。这都需要我们大家根据二中全会的精神,认真加以检查和检讨。如何充分发挥人的潜在力量,如何合理利用现有设备,将成为我们今年度各单位加紧努力的重要措施之一。

第四点,我们学校的规模愈来愈大了,我们这个大家庭的成员也愈来愈多了。我们虽然都是在党的领导下,担当着这一份社会主义事业,但毕竟因为我们还是来自四面八方,来自不同的社会阶层,对新事物旧思想具有不同的感受,所担任的是各别不尽相同的但却是相互关联着的工作。在这样的情况下，我们每个人在进行工作中，一方面要考虑如何争取其他同志的协助，同时更要考虑如何给予其他同志以有益的影响。在教学研究工作中固不必讲，就是在日常生活中，都应相互关心，相互学习，相互帮助，这就是社会主义品德的具体表现，也就是我们加强团结搞好工作的基本要求。

同志们，同学们，我们大家为了社会主义事业，在一九五六年度付出了辛勤代价，克服了不少困难，做出了一定成绩。进入一九五七年度，还有更大更多的工作等着我们，还有很多新的困难等着我们，但我们是在党的教育下受到了锻炼的科学队伍，我们只要团结起来，相互敬爱，相互帮助，我们是能够克服一切困难而奋勉前进的。

祝大家的新年！祝大家的健康和进步！

（原载《新厦大》1957年1月1日第137期）

在三十六周年校庆中的一点感想

一年一度的校庆，又在春暖花开的时候到来了。

也如往年一样，我们临到学校成立的周年纪念节，向前看，会想到它的美好的将来；回头看，会想到它的充满了辛酸的过去。

但一个学校随着岁序的推移，延续得愈久，对于它的过去经历，就愈加模糊了。这就一般教职工同志说是如此，对于每四年新陈代谢一度的同学来说，尤其是如此。不是故意不肯"饮水思源"，而是在无形中不觉有些"数典忘祖"了。特别是处在我们充满了希望的新社会，大家都习惯于奋勇直前，谁也不愿意去引起那些不愉快的回忆。

然而，看全面一些，看远一点，我们就知道，我们美好的将来是从过去的基础上积极改进而改变过来的，是通过一系列的险阻艰难的困苦过程奋斗过来的。没有美好的展望，固然会使我们失却前进的动力；但一味想着将来，忘记了过去，就容易使我们对于现状发生一些错觉。

且不讲太远的过去罢。在抗战发生后不久，厦门大学就迁到了长汀，在长汀那一段时间学校的艰难困苦情形，教职工同志以及同学们的物质精神生活状况，只要稍微提醒一下，同志们是不难回忆起来的。虽然我们今天有的教职工同志那时并不在厦大，虽然那时的大学生仅只极少一部分参加今天的教学或行政工作。也许说在战时吃点苦头是完全应该的，但不幸的是抗战胜利了，而我们在物质上精神上还过得更苦。

由长汀搬回厦门直到解放为止的那几年当中，大家试想想当时的生活情况罢。物价一天变动无数次，好容易挨到发薪水的日子，争先恐后地领薪水是一场激烈的斗争，领到了薪水得抢购生活用品，又是更激烈的斗争；买办资产阶级把成千万成万万的黄金白银运到美国去，却叫我们穷苦的学生挨饿，叫我们的大学工作者——

职工们、教师们含羞忍垢地去分领美国慷慨赠送的军用剩余物资和破旧的衣物。大家过的是朝不保夕的生活。不愿做奴隶的人们在地下党领导下起来表示反抗,反动统治就搬用美国式的"自由"、"民主",恐吓逮捕,并在我们学校后面的五老峰架起新机关枪镇压。特务横行,白色恐怖不可终日。物质生活顾不了,还讲什么精神生活;生活条件根本成了问题,还讲什么工作条件。

然而,我们毕竟从那样艰难困苦的情况下,挣扎过来、奋斗过来了。时间并不算隔得太久,如果我们把当时的情景回顾一下,并把它拿来和我们当前各方面的情况比照一下,那我们在物质精神方面的要求,在工作条件上的要求,也许会有所不同罢!我们对新社会的看法,也许不完全一样罢!

在大家兴高采烈地欢度春假、欢度校庆的时候,我只想提出这一点点感想,以供同志们同学们参考。顺祝大家工作进步,身体精神健康!并和大家一起,向我们学校的创办人陈嘉庚先生表示衷心的感谢!向领导我们、培育我们的中国共产党及人民政府致以崇高的敬礼!

(原载《新厦大》1957年4月5日第144期)

霜叶红于二月花
—— 王亚南随笔、书信集

在缅甸工作三个月的观感

去年七月,缅甸政府通过中国驻缅大使馆向我国政府表示,希望我国派一位大学教育专家和一位文化教育专家到缅甸协助教育改进工作,我国政府欣然同意了这项邀请,并派我去担任大学教育方面的工作,安波同志去担任文化教育方面的工作。我们于九月十六日由北京出发,到十二月十五日返抵北京,在缅甸正好工作了三个月。在这期间,我们在协助缅甸改进教育工作的过程中,同时也向缅甸朋友们,特别是向缅甸文教界朋友们,学习了不少的东西。我深深感到这是中缅文化交流和合作的一个好机会。

缅甸从英国殖民统治下取得独立,到现在已经十年了。由一个殖民地变成一个民族独立国家,当然在社会、经济、文化、教育各方面都要有所变化。十年以来,缅甸的教育有了不少改进,但是有些问题尚待解决。为此,缅甸政府组织了一个以吴努总理为首的教育调查委员会,准备对今日缅甸的教育作一次全面的了解和调查,并研究世界各国的教育经验,以便制定一个适合于缅甸教育的改革方案。教育调查委员会向各国专家分别提供了有关问题的材料,提供了参观访问的机会,要他们贡献改进的建议,并对当前存在的具体问题提出解决方案。缅甸文教界朋友们通过这次同各国专家的广泛接触,增进了彼此的相互了解,因而对于今后进一步开展文教科学交流和合作,显然是有重大意义的。

我现在想谈一谈我在参加这项工作中的几点观感。

首先,我深切感到,缅甸是一个具有优良文化传统和无限发展前途的国家。应当坦率地说,在我这次去缅甸以前,我的这认识还没有形成。我们的工作地点是缅甸的首都仰光,但不少的缅甸朋友告诉我:"你不能从仰光来认识真正的缅甸,仰光的各方面都被西方文明涂抹得走了原样。"后来,我和各国专家一道参观了缅甸北部故都曼德勒及其附近的学校、工厂、农场,又访问了南部城市毛淡棉及其附近的学校、工厂和风景区,我才验证了那个缅甸朋友的话。

帝国主义者经常说,缅甸在变为大英帝国的殖民地以前,几乎是没有文化可言的,今日的缅甸文化是英国所给予的。这不只是谎话,而且是对缅甸人民的恶毒侮辱。缅甸是一个古老的佛教国家。从都市到农村,到处散布着建筑得非常壮观的寺院、佛塔和其他古代建筑。建筑结构是有特别风格的。此外,绘画、雕刻、塑像等等的艺术造诣也都是很高的。我们在曼德勒附近见到的一个重达九十吨的铜钟,还是在英国统治前一百多年铸成的,这有力地证明了缅甸在当时的生产技术水平。

帝国主义者统治时期,不但没有发挥缅甸的民族文化遗产,反而把它埋没了,窒息了。同时,帝国主义传播了许多有利于殖民统治、有利于麻醉缅甸人民觉醒的思想毒素。因此,今日缅甸在发挥它的优良文化遗产、吸收世界先进的文化科学的同时,还要大力消除帝国主义百余年中的思想生活方面所散布的那些有害的东西。

其次,我在缅甸工作期间,更深切感到了中缅两国人民间的友谊。我们两国人民都乐于称道我们是邻居,是朋友,是亲戚。几年以来,我们两国人民频繁地互相来往,增进了亲密的友好情谊,并唤起了更多的相互了解和相互学习的要求。现在在我国北京大学东方语文系已经有了缅甸语文专业。我在缅甸非常高兴地听到,缅甸政府也计划建立一个包括中国语文系在内的外国语学院。我相信这个计划的实现,将会大大有助于中缅两国间的文化科学的交流和合作。

再其次,我深深体会到社会制度尽管不同,并不妨碍各国教育家、科学家、文化艺术家们共同讨论研究彼此都有益处的问题。缅甸政府这次同时邀请了不同制度国家的专家一同工作,所以有关缅甸的大学教育问题,大家除了分别和缅甸教育调查委员会有所讨论外,在专家之间,也分别交换了许多意见。虽然在有些问题上,例如大学体制等等问题上,各国专家的意见是不同的,但在许多具体问题上,大家还是可以得出大体一致的合理的结论。这对于彼此之间的了解是有好处的。

最后,我深深感谢缅甸政府让我有这个机会去参加缅甸的教育改进工作,并能够同缅甸朋友们融洽地相处了三个月。但是,应该说,我对缅甸的教育改造工作帮助得太少了,而向缅甸教育界人士学习到的东西却是很多。我热烈希望中缅两国教育界人士在今后能够有更多的机会互相访问,互相学习,让我们的友谊不断地发展,不断地加强。

(原载《人民日报》1958年1月21日)

欢迎文艺界福建前线慰问团(诗)

欢迎,欢迎,热烈地欢迎,
欢迎代表着我们全国文艺界
的慰问团的亲人!
你们是全国人民中的艺术旗手,
你们的歌唱,你们的舞蹈,
你们的创作,你们的绘画和音乐,
体现了千千万万人的喜怒哀乐。
你们带来了全国人民
对美帝及蒋介石集团的愤怒;
你们带来了全国人民
对前线三军的慰勉,
你们带来了伟大领袖毛主席的慰勉,
那是对前线军民最大的希望和鼓舞!
你们是人民的使者,
你们是文艺界的光辉。
愿你们向全国人民
转达我们的谢意和决心;
我们一定会在解放台澎金马的战斗中
贡献我们的全部力量,
表现出我们高度的爱国主义精神!

(原载《新厦大》1958年11月7日 第247期)

注:

　　1958年11月7日,全国文艺界福建前线慰问团在田汉团长带领下来到厦门大学,全校师生员工夹道欢迎,随后与慰问团代表和文工团员们举行了联欢大会。王亚南校长兴高采烈地写下这首《欢迎文艺界福建前线慰问团》的诗歌,这也是他三十年来第一次写诗。

悼念陈嘉庚先生

八月十二日，爱国华侨巨子陈嘉庚先生在首都病逝了。他活到了八十八岁的高龄，虽然已为祖国为人民做了许多极有建设意义的事业，但他在弥留前一分钟一秒钟，仍念念不忘他打算努力的计划和工作。

凡属和嘉庚先生有过交往的人，谁都会对他留下深刻的印象。他是个热爱祖国的人；他是一个识大体、有定见，爱憎分明、言行一致的人；他是一个脚踏实地、不尚空谈，把事业看得比什么都重要的人；此外，大家还都知道，他是勤俭持身、律己甚严的。

在抗日战争以前，我和国内外很多人一样，是由他创办集美学校、厦门大学，而知道他是一位爱国的华侨领袖的。此后，在抗战期间，我又听到他因为热爱祖国，从国内各方面的情况，看出什么是爱国救国的力量，什么是卖国祸国的力量，而把他的希望完全寄托在中国共产党方面。他在言论和实践方面，做了不少有益于人民事业的工作。

等到全国解放的新局面出现，他看到他所深恶痛绝的帝国主义势力和买办官僚资产阶级全被打倒了，人民政权确立了，他多年期待的民族独立、民主改革的愿望实现了，他以无比兴奋的心情，积极参加人民政府，积极团结海外华侨。从他的高度爱国主义精神出发，他衷心拥护人民政府对内对外的各项政策。他对于我们的社会主义建设，对于我们纯朴优良的社会风气，对于人民政府各级干部的廉洁勤勉精神，时常津津乐道，赞不绝口。他是一个重视实践的人，对人对事的态度，是做了再说，是观察好了、打算好了才表示意见。他对于新社会的热爱，是由于他亲身体会到我们新社会从各方面表现了他殷切期待的东西。

全国解放后不久，政府派我到厦门大学工作。嘉庚先生就住在和厦门岛隔海相望的集美。为了协助扩建厦门大学校舍，嘉庚先生经常到厦门大学，我也不时到他居住的集美学村，接触的机会多了，使我更了解他的为人和性格，更多认识他对新社会的热爱心情。当有人担心在逼近敌人前哨阵地修建高楼大厦是否相宜时，他的回答是："敌人一边炸，我们一边建；今天被炸毁了，明天再建造起来。"我从他的这种严肃谈话中，看到他的决心和气魄，同时也不难想到，他对他生活周围的环境的改变，该是多么兴奋啊！

就在协助扩建厦门大学并修建新建集美学校的前后，把厦门岛和大陆连接起来的十里长堤的伟大工程，也在敌人炮火下，用名副其实的移山填海的力量在兴建着；接下去，在短短数年内，长达七百余公里的鹰厦铁路，穿越千山万壑，绕过集美，通过长堤，在厦门大学旁边，有了它的终点站台。这变化已经是非同小可的。我有一天问他："你是否感到这些伟大工程做得太快了呢？"他发出从来少见的爆笑声："人民政府很快实现了我几十年的愿望。"

鹰厦铁道通车后不到几年工夫，厦门市的面貌迅速改变了。就在离集美仅及五里路程的杏林地方，一下由聚居几百户的农渔村落，变成了几万人的工业城市；大型的纺织厂，新型的玻璃厂、糖厂，各种化学工厂相继建立起来。嘉庚先生站在他的寓所楼上，亲眼看到这个奇迹似的变化。然而，这变化，不仅在厦门看到，在全国到处可以看到。他每从全国各地视察回到厦门时，我总要听到他的生动描述，表示福建厦门还要在哪些方面迎头赶上去。

如果说，对于祖国的热爱，对于祖国建设事业的无限关怀，是每个爱国华侨在当代具体历史条件下形成的优良特质，嘉庚先生就因为他亲自参加祖国建设，亲眼看到祖国建设事业的蓬勃发展，而把他的这种优良特质表现得更加突出了。他也许很惋惜他来不及看到祖国更富强的未来，但是他的言论和行动，会在千千万万的侨胞中，留下深刻的印象，树立起光辉的楷范。

（原载全国侨联《陈嘉庚先生纪念册》，北京1961年）

注：

1961年8月12日，爱国华侨领袖陈嘉庚先生在首都北京病逝，王亚南校长特为全国侨联编写的《陈嘉庚先生纪念册》撰写了这篇悼念文章，以深切缅怀和纪念陈嘉庚先生。

陈嘉庚先生与厦门大学

解放以来,厦门大学在党和政府的领导下获得了不断的进步和发展。这里有许多雄伟的建筑物、美丽的校园和充裕的教学设备,为教学、科学研究提供了良好的条件。我们全校师生员工能够在这样优越的环境中进行学习和工作,除了感谢党和国家的正确领导之外,不禁缅怀学校创办人陈嘉庚先生辛勤办学的精神和长期以来对厦门大学的支持与关怀。

厦门大学创办于一九二一年四月六日。迄今已有四十年的历史。一九一九年陈嘉庚先生从南洋归国,鉴于福建省有一千余万人口,而竟无一所大学,不但高等专门人才缺乏,即中学教师也无处可以培养,乃决心创办厦门大学。这是他在集美办小学、办中学后的又一壮举。创办厦门大学的经费完全由他独自负担,全部开办费共一百万元。而学校经常费三百万元,也由他分十二年支付,每年二十五万元。

他认为办教育是百年树人的大计,因此,不仅出钱,而且还认真地考虑决定建校过程中的重大问题,如亲自选择校址,参加校舍设计,身临实地检查,多方奔走物色聘请校长及主要教师等。现在三面环山、一面临海,以郑成功演武场为中心,具有历史意义而又美丽的校址,就是由他亲自选定的。在校舍的设计方面,现在的群贤、集美、同安、囊萤、映雪五座大楼采取一字形排列,也是他当时考虑到学校日后的发展而修改了上海美国技师设计的结果。

一九二一年春,由于厦门校舍尚未建成,厦门大学先假集美正式开学,设有师范、商学两部,本科四年、预科二年,学生一百二十人。翌年二月,厦门演武场校舍落成,才由集美迁回。以后系、科辄有变动,曾设有文、法、教育、理、工等学院。招收的学生大部分是本省的,同时也注意了对归国华侨学生的培养。

厦门大学是福建省的第一所大学,当时在培养中学师资和造就专门人才方面曾起了相当大的作用。一九三三年前后,由于世界经济危机的影响,陈嘉庚先生在南洋所经营的橡胶、凤梨等事业大受打击，对厦门大学的经济支持发生困难，虽经多方劝募办学经费，奈所得极微（仅二三十万元），而国民党政府则幸灾乐祸、袖手旁观，但他仍多方设法勉力维持。在他负责学校经费的十六年间从未拖欠校款，凡是学校所需费用总是及时筹措，教、职、工的工资也从未迟发或少发过。这与国民党统治下的其他一些学校时有欠薪、扣款的情况相比，也是难能可贵的。

直至一九三七年，他确已无法负担办学所需的大量经费，而又不愿意让学校停办，为了使厦门大学能继续办下去，才忍痛将学校交给国民党政府，改为"国立"。他追忆当时的情形，在《南侨回忆录》中写道："每念竭力兴学，期尽国民天职，不图经济竭蹶，为善不终。……"回忆陈嘉庚先生创办厦门大学的历史，他那种热心教育、苦心经营的精神使我们深受感动。

从一九三七年至一九四九年，厦门大学改为"国立"的十几年间，国民党政府对学校的发展毫不关心，反而只注意在学校中加强他们的反动统治，建立训导处和军事训练处，发展国民党、三青团及特务组织，镇压学生运动，迫害进步分子。对学校建设更是毫无建树，除了有一些零碎的质量很差的建筑外，所有教室、宿舍主要还是陈嘉庚先生创校时所建的那些。这个时期学校发展很少，师生动荡不定。

一九四九年全国解放后，厦门大学才回到人民的怀抱。十二年来在党和政府的领导下，经过了院系调整、教学改革，深入地进行思想政治战线上的社会主义革命，贯彻执行了教育为无产阶级政治服务、教育与生产劳动相结合的方针，党在学校的全面领导得到了巩固和加强，教学与科学研究的质量有了进一步的提高，现在厦门大学已经发展成为一所新型的、具有特色的综合大学了。

厦门大学的主要任务是培养人文科学和自然科学方面的专门人才，即高等和中等学校师资、科学研究人员及有关专业、企业、国家机关工作人员，并要求培养对象在德育、智育、体育几个方面都得到发展，成为有社会主义觉悟、有文化的劳动者。由于厦门大学的历史地理状况及其长期以来与海外侨胞的密切关系，使厦门大学具有与其他大学不同的特点，因此，一九五六年中央规定了厦门大学"面向东南亚华侨，面向海洋"的发展方向。学校创办了"南洋研究所"，专门从事南洋华侨历史和现状的研究工作；建立了"华侨函授部"，培养海外华侨函授生，现在"华侨函授部"所收的侨生已遍及东南亚各地，并已向东南亚国家以外发展，现计有函授生一千五百九十四名。

现在厦门大学设有中文、外文、历史、经济、数学、物理、化学、生物等八个系、十七个专业。在文、财科各系都开设或准备开设有关东南亚方面的专业和专门化，如东南亚文学、东南亚经济、东南亚历史等；在理科各系已开设有关海洋方面的专业和专门化，如海洋物理、海洋化学、海洋生物等。历年来许多华侨学生在这里进行学习，有的已经毕业走上工作岗位。学校关注他们的生活习惯、学习基础和思想状况等特点，不断关怀他们的进步成长。不少华侨学生学习成绩优良，生产劳动积极，思想进步很快；而华侨学生的热情洋溢、坦率活泼和他们对音乐体育的爱好，也使学校生活更加活跃。华侨学生和国内同学在共同学习、共同生活中，关系很好，能够做到互相帮助，团结无间。

厦门大学在解放后，得到党和国家的许多关怀。随着祖国社会主义建设事业的发展，厦门大学也有了很大的进步和发展。现有教师共七百五十二人，学生三千四百六十人（其中华侨学生三百一十二人），除了各系、教研室等教学组织之外，还设有南洋研究所、中国经济问题研究所、中国经济史研究室、海洋研究所、催化电化研究室、亚热带作物生理研究室等研究机构和人类博物馆。现有图书64万余册，仪器设备逐年增加，校舍的基建也有长足进步。现在全校占地面积达3000亩，建筑面积由解放初期的24981平方公尺增至目前的149820平方公尺，其中有可容5000个座位的大会堂和可容2000个座位的图书馆。各系均有主楼、实验室、资料室、还有附属工厂和农场、大型的游泳池及宽广的运动场。解放后厦门大学飞跃发展的十二年和解放前在国民党政府统治下苟延残喘的十二年恰好成为鲜明的对照。陈嘉庚先生创办厦门大学的整个理想，只有在社会主义国家的关怀下才能实现，并得到了极大的发展。但是我们也必须提到，在解放后学校的进步和发展中陈嘉庚先生又贡献出不少的力量。

陈嘉庚先生解放后回到祖国，仍然十分关心厦门大学的建设和发展，在我和他的过往中，他表示了对厦门大学的期望，他认为厦门大学应该办成为东南亚地区的一所知名大学，还要多培养华侨学生。他拥护党的教育方针，对国家的教育措施和学校的校务都采取信任的态度。他自己则专心考虑学校的建筑规划，请人绘制图样，并大量投资建筑校舍。从一九五一年到一九五四年由他经手筹措建筑的达59095平方公尺。在这些新建筑中有大会堂、图书馆、生物馆、物理馆、化学馆、教工宿舍、学生宿舍、游泳池、大操场等等。在施工过程中，他还不辞劳苦，经常亲临工地察看，提出改进意见。

陈嘉庚先生辛勤筹划创办厦门大学，并独资维持十六年，为厦门大学今日的发展打下了基础。解放以后仍不违初衷，又给学校以极大的支持和关怀。他这种真诚办学，以发展祖国教育事业、培养人才为己任，而且持之以恒的精神是值得我们永志不忘的。更值得提起的是：他对厦门大学的建设与发展虽然贡献了不少力量，但从无沽名钓誉之心，在厦门大学现有的大量建筑物中没有一个地方是用他的名字命名，他也不愿意人们在书刊上对他歌功颂德。抗战期间他曾回国特地到长汀去看看厦大的情况，见各系的办公室命名为"嘉庚堂"他很不以为然，责怪学校当局未经他同意就这样办，因为他绝不是为求名而办学的。

现在陈嘉庚先生已经逝世，但是他的办学精神却永远印在我们的心里。我们深信，在党和国家的领导下，厦门大学的教学质量必将进一步的提高，厦门大学的特色必将更为鲜明，陈嘉庚先生对厦门大学的期望必将更好地实现并得到更大的发展。让厦门大学在祖国的社会主义和共产主义建设事业中发挥更大的作用吧！

一九六一年十月十六日

（原载全国侨联《陈嘉庚先生纪念册》，北京1961年）

回顾与展望

在新旧交替的年头,每个人,每个行业,每个学术团体,都会回顾过去一年做了些什么,而为未来的一年做好打算。

我们经济学界怎样呢?当然也要从它过去一年工作的基础与要求,来看它在未来的一年能做出什么,或者应当做出些什么。

一九六一年是我们国家经济、文教各方面,在三年大变革大发展以后全面调整、巩固、充实、提高的一年。有关经济方面的教学组织、科学研究措施,也都在党的这个方针的指导下,为了适应新的要求而做了新的部署和安排。在这一年,正如同我们在经济方面取得了巨大的成就一样,在经济科学的教学和科学研究方面,也有显著的成果。不过,教学和科学研究工作是有它的特点的,它不能像工农业生产那样,很快地、很具体地把它的成果表现出来。所以,如果单从报刊论文及著作物等方面来看,是还不能窥见它的全貌的。综合全国各地在经济科学方面的学习、研究、讨论和出版情况,我们可以从以下几个方面,看到它以往一年的显著成绩或极有希望的动态:

1. 认真学习的风气开始形成了。在一般经济机关、经济实际部门,都在认真钻研经济理论。特别在高等学校,学习经济专业的学生及青年教师,已经认识到经济学是一门需要大量脑力劳动和调查实践才能对付的科学,不能以"善良的"前进愿望代替刻苦钻研。大家对于经济基础知识和基本理论的重视,已经迫切感到争取有教学研究经验的前辈教师指导的重要性,而达到推动了各方面潜在力量的发挥和教学质量的改进。当然,这不仅限于经济科学方面。

2. 学术讨论逐渐活跃起来了。过去一年,从各地在经济科学方面提出讨论和已经发表的论文、论著看,数量诚不算多,而且主要是集中在社会主义政治经济学和经济史方面,但其中有一个值得注意的现象,就是对于每一个问题,各方面都提出了自己的看法，对于社会主义经济学体系、对象、再生产、基本经济规律、财经特质、调查统计方法；对于商品经济、市场贸易、级差地租；对于中国封建社会土地所有制、原始积累等等，都展开了热烈的讨论。这对于贯彻"百花齐放、百家争鸣"方针、活跃学术空气，在今后将会发生深远的影响。

3. 有关教学研究方面的基本建设工作在积极而稳步地进行着。这包括各种经济教材编写，各种国外古典的庸俗的经济论著的翻印，各种经济史、经济思想史料以及各种调查材料的整理。

所有这些方面的工作，特别是体现在这些工作中的踏实研究精神和学术争鸣精神的发挥，是我们经济理论工作者、实际工作者、新老教师和学生、专家和宣教工作者，这一年来在党的方针指导下，共同努力做出的成果。同时也是我们在今后一年，沿着这个方向，继续努力的有利条件和基础。

我们在一九六二年，把经济科学工作做得更好一些，把这方面的教学、科学研究质量提得更高一些，是有条件的，是有信心的。

为更好地、较快地适应我们社会主义建设在经济方面提出的许多急待研究的问题的要求，我觉得，我们经济学界必须加一把劲，在以下这几个方面做进一步的努力：

1. 在理论研究方面。我们大家都在认真努力地学习钻研马克思、恩格斯、列宁、斯大林和毛主席关于经济方面的文献。这些文献是我们研究的生命，但却不是我们研究的目的，而是要把它作为我们认识并处理当前经济问题的手段。我们要对它有深入而全面的了解，要认真地学，就是为了更好地用。因此，在学习过程中，善于体会那些经典作家怎样运用他们的理论方法，解决他们所面对的问题，可能会大大有助于我们学习的效果。这也可能是理论联系实际的一个相当重要的方面，我想，我们年轻的理论工作同志，多注意一下这个问题，也许是可以少走一些弯路的。

2. 在学术争鸣方面。争鸣的最后要求是：别是非，求真理，使我们的理论或论点，能够较确切地反映历史的和当前的现实。客观事实是非常复杂的，列宁曾教导

霜叶红于二月花
—— 王亚南随笔、书信集

我们,资本主义经济的错综复杂现象,用七十三部《资本论》也不能包括无遗地反映出来,我们所要做的或所能做的,只是把握它的基本情况和动态。我们一般人即使初步掌握了马克思主义的正确观点方法,也不见得就能保证自己的理论或论点十分正确;如果我们还不敢说,自己的观点方法完全清除了非马克思主义的成分,那就更是如此。因此,在争鸣中,充分发扬批评特别是自我批评的精神,有定见而不要成见,有勇气对自己的不正确见解,和对争论对方的不正确见解同样展开斗争,那才是把真理放在第一位的正确态度,那样就可以使我们讨论的理论或论点,更符合于实际。

3. 在调查工作方面。近年来,我们全国各地的经济研究单位和实际工作单位,都分别进行了许多调查工作,特别是农村经济调查工作。但就我所了解到的,我们的调查工作主要还是限于突击性、临时性方面,并还是由各地各单位去进行;如果能在临时性地、个别地开展调查工作的同时,就各个大区指定某些研究机关或教学单位,选定据点,适当统一调查内容规格,经常进行,那样得到的相当一致规格的有连续性的材料,就不但更便于整理研究,也可以较全面地了解所调查实况的一般发展动态。如果有若干着重刊登重要调查统计资料和经济调查材料分析的刊物,也许更有利于增进这方面的工作效果。

为了推动今后经济学界更健康活泼地开展工作,还有许多需要努力的地方。上面是根据我个人不全面的观察所提出的几点不成熟意见,只不过是当一年开始的时候,以野人献曝的心情,提供同志们参考。预祝我们全国经济学界,我们上海经济学界,在新的一年中取得更大更多的成绩!

一九六一年十二月三十一日于上海

(原载《文汇报》1962年1月7日)

III. 书山有路

一个有益于作者读者的启事

这是一件与读书界不无关系的事体,所以我要借《活力》的园地来声明一下。

我到长沙不久,友人即把这边出版的《湖南通俗日报》寄交我,说是该报副刊上刊有我的"大作",我一看:"《东北是中国的生命线》,王亚南著",一连登过几天了。

我看过非常惊异。我以为中国之大,也许竟有第二个王亚南。但《东北是中国的生命线》这个题目,我仿佛在上海某杂志上见过,当时虽未通读那篇文字,但我确信那不是署名"王亚南著";又该报副刊刊载这篇文字的一栏,是标名"留声机",可见那是转抄过来的。转抄的文字,居然张冠李戴地署名"王亚南著",我认为这不是无心的冒名,就是有意的弄鬼。

我非常气愤。一个人的名字原是匿藏不住的,慢说假名投稿,就是假名作恶,亦属无可如何。但为免除误会计,不能不办。前几天,我曾为此写几句话,说是上海各书局各杂志之撰稿者之王亚南,确未写亦确未投《东北是中国生命线》那篇文字,请求编者予以更正。编者置若罔闻。

后闻向郁阶先生与该报编者相识,因托其转函致请,亦未作复。

于是,我不得不请求《活力》帮帮忙了。我认为这是有益于作者且有益于读者的告白。同时,我还盼望《湖南通俗日报》副刊编辑先生,肯惠然让我知道一个"水落石出"的究竟。

一九三二年十一月十四日

(原载《活力》1932年第1卷第10期)

霜叶红于二月花
—— 王亚南随笔、书信集

中国出版界最近十年的几个演变倾向

现在是一九三六年，数转去十年，就恰好是一九二六年。

一九二六年是中国现代史上一个划时期的年度。那一年度或那一年度前后由国民革命怒潮所激荡而成的最大成就，虽只是一些对于旧社会的破坏工作，但被那次怒潮涤去了旧染之污，或冲破了顽硬之壳的硗瘠不治的荒野，却还能在怒潮退落以后，成为撒种新种子、培植新生命的园地。

我们这里单就出版界思想界的情形来说。在一九一九年五四运动以后，中国思想界对于旧的文化制度本已有了新的评价；以前像挂在佛教信徒口边的"南无阿弥陀佛"一样，为中国士大夫信口乱嚷的"尧舜禹汤文武之道"，在当时已由"孔家店"的渐被打倒而为有识者视同巫卜之流的符咒歌诀。在旧的否定当中包含有新的要求；1926年以前的新文化运动，早已成为助成一九二六年前后大国民革命运动的一种力量。但我们须得注意以下两种事实：

第一，当时所谓新文化运动，不外就是以西洋的资本主义文化，去克服并代替我们沿袭了几千年的封建文化。在封建文化所由存立的社会经济基础即封建制度没有经过大变革的限内，封建文化决无法彻底摧毁，同时资本主义的新文化新思想决无法确立。

第二，资本主义文化在落后的中国虽然看得新鲜，而在泰西各国却已成为保守的了，成为对于更新的文化的防壁，从而在它那初期极盛期的光辉面上，已投射了黑暗之影，为十七八世纪启蒙思想所驱除的宗教的幽灵，又借着玄之又玄的唯心哲学复活起来。而中国当时不明了历史进化法则的学者如张君劢先生之流，一方面尽管昌言反对中国封建文化，同时却把那些象征资本主义没落的玄学思想，当作新宝贝似的介绍到中国来，替旧来尚图挣扎的封建文化张目。

这是一九二六年大变动前夜的思想界的情景。

第一辑
随笔与报告

在一九二六年达到极点的中国国民革命高潮,虽然不曾把旧来的封建制度、封建文化完全彻底地摧毁,但已在解体过程中的封建制度与思想,却显然受到了那次革命高潮的严重打击;同时在这以前俨然形成了对抗先进思想的一大势力的玄学阵营,从此一直保守了"历史的"沉默。

所以由一九二六年前后的大变动所导来的建设工作虽属寥寥,但在文化思想方面,毕竟由一部分封建文化与没落期的资本主义文化思想的廓清,而为此后的文化界出版界开拓了一个新的途径;或者说,中国新兴的文化思想,从此乃在文化界出版界确立了支配的地位。

根据以上的说明,中国旧的文化思想虽还在依着旧的封建体制的残存,而延续其余绪;并且在大变动后十年的今日,我们眼前虽还展示着一些"死灵魂"复活的光景,但新文化思想却始终维持着出版界的支配的地位。

不过,表现在出版界的新文化思想,这十年中却因应国际与国内的实际环境,在大体趋向上有所变迁。但这变迁与其说是本质的,不如说是表面的;与其说是关系的,不如说是发展的。

包括在新文化思想范畴中的,有法律、经济、政治、社会、文艺哲学诸方面的意识形态,即主要关于社会科学方面的知识,传播那类知识的出版界的演变倾向,显然表现在出版物上面。在一九二六年之后数年间,中国出版界关于社会科学的出版物,与一九三一年"九一八"事变前后不同,而目前又与"九一八"事变前后不同。如其我们不妨对这三个不同时期指出其各别的显著倾向:

第一期主要是关于世界一般进步社会科学著述的翻译与介绍。

第二期主要是关于中国社会发展史的探究与讨论。

第三期则主要是关于上述两方面之基本知识的明确化与通俗化。

我们并不否认目前还有人在翻译介绍世界进步的社会科学著述,且还有许多学者在不断发表关于中国社会史经济史方面的论著,但问题的要点是要把握呈现于各时期出版界的最显著倾向。事实上,在上述各时期的各别显著倾向当中,不但贯透

有必然发展的连属关系，且还分别有其形成那种倾向的客观要求。

我们且依照顺序先述第一个时期出版界的倾向。五四运动前后表现在中国出版界的最大收获，主要可以说在文字改革本身。装饰那个启蒙时期的新青年乃至此后收入胡适文存独秀文存中的论著，大抵是在革新文字上大用工夫，而打倒"玄学鬼"的玄学科学论战，亦只能说是略微涉及了进步的社会科学领域的边缘。所以在一九二六年国民革命怒潮汹涌的当时，很少有作为革命行动指导原理的科学论著出现。

与孙中山先生的《三民主义建国大纲》同时流行长江中部一带的，我记得还有一本《唯物史观解说》，一本布哈林的《共产党的ABC》，一本漆树芬的《帝国主义铁蹄下的中国》，李季的《马克思传》也是在这当中出版的。此外，就是临时发刊的若干小册子。如其要套"半部论语可以治天下"的架子，主观认识的条件也许不算是怎样不够吧！

然而，随国民革命怒潮退落而清醒过来的人们，有的固觉前此"左翼小儿病"的失常，有的亦认"右翼老大病"的不当，于是，由过去的清算与批判，引起对于世界社会科学名著论翻译介绍的迫切要求。从一九二七年至一九三〇年这几年当中，上海新生命、南强、昆仑、现代等书局所出版的杂志书籍，强半带有那种"时代"性质。

当时为大变动怒潮卷落下来的斗士们，固然有志有闲从事那种翻译介绍工作，即在朝的国民党中有研究兴趣的学者，亦颇想由理论研究找到动荡时代中的归宿。周佛海的三民主义理论之体系研究，似把三民主义体系化了，深化了。《新生命》杂志上的许多论文，亦表现了前进的倾向。而胡汉民先生和戴季陶先生合译的《〈资本论〉解说》，尤表示国民党先进在进步理论研究介绍上并不后人。一时风气如此，故有关唯物辩证法的基本论著，特别是关于马克思主义著作的译本，乃如雨后春笋般地呈现于出版市场。即马氏被称为"无产者三部曲"的《资本论》，亦有人在进行翻译，所以中国关于进步的社会科学的翻译介绍，可以说是在这个时期立下了基础。

其次，我们要说到前述第二个时期即一九三一年"九一八"前后出版界的显著倾向了。这个时期的出版界，诚然还不曾中断其前一时期的翻译介绍工作，但其继续不但是"跛行的"，且为另一较显著的倾向所掩蔽了，那较显著的倾向就是关于中国社会史的探究与讨论。

本来，由介绍翻译一般进步的社会科学，而理解世界一般的进化法则，在实践的意义上不过是作为理解中国社会发展法则，从而，作为改革中国社会的手段。由一般社会法则的研究，移到关于中国社会发展法则的研究，虽是最自然的顺序，但没有当时客观环境的要求与促进，也许这种倾向要延缓些时才能显露出来。

"九一八"事变前后，正是中国天灾人祸交相煎逼的时期。在大旱灾大洪水大内战与苦重的捐税压力下展开的赤区扩大活动，使一般关心（支持或反对）那种活动的知识分子社会活动家，企图从理论的研究来推论那种活动的前途。在那种要求下，当然要把中国社会史当作中心问题来研究，因为那种活动是在农村方面扩展着的。

在理论的分野上，支持农村方面的扩大活动，是认定中国社会现阶段是由封建势力占着上风；但持着反对意见的知识分子，则又以为中国现社会阶段是由资本主义势力行使支配。而中国现社会阶段究竟是封建主义的，抑是资本主义的，又非从中国历史发展过程上来确定其究竟不可。结局，一个显然而又显然的次殖民地的现实问题，竟导来了一种汇为洋洋大观的历史的争吵。当时各派论争的舞台，主要是上海神州国光社所发刊的《读书杂志》；《新生命》及其他书局亦在这前后刊行了一些有关中国社会史的读物。像当时那种论争，当然无法得到最后的结论（虽然一个为帝国主义提供制品市场、提供原料的次殖民地的现实结论是非常显然的），但我们并不因此就说那是多余。事实上，那不仅是当作研究一般社会科学之必然结果而产生的趋势，不仅是每个研究一般社会进化史的中国人所当注意到的论题，同时尤且是现实要求的直接反映，因为论争尽管有两个对立的方面，但真理是不怕讨论的。

不但如此,经过了那次论争以后,凡属有关中国社会经济问题或有中国特色的国外论著,都成了中国出版界争相发刊的对象。在"九一八"事变以前,一个读者要研究世界的或各国的社会变迁史一类东西,虽可找到不少中文的读物,但他如果想研究中国这方面的问题,就几乎找不到一本可看的书了。这不是大可遗憾的事么?到了现在,这类书虽还有限得很,但毕竟还能找到几部。这不能不说是受了那次论争的影响。不过,在最近两年,出版界的这种倾向——即争印有关中国社会经济历史一类书籍的倾向,虽还不曾怎样衰减,但一时最显著的风气却又另有所属了。

最近出版界的倾向,谁都承认是对于一般大众读物的刊行,定期杂志和通俗小册子把出版市场装饰得异常热闹。虽然有人把一九三五年呼作是"古书年",但因为那不是我所要论及的进步的社会科学的范围,所以这里只好存而不论了。

对于当前出版界的这种倾向的形成,也许可以作以下几种解释:

第一,国内连年荒乱,与帝国主义加紧压迫所造成的全般经济破产局面,使中国一般读者的购买力大减特减,通俗小册子和通俗杂志的风行,无疑有一部分是为了投合购买力低落的市场,但单纯的"营业观",是不够解释的。

第二,过去关于世界一般社会科学的翻译介绍,乃至关于中国社会史问题的讨论,主要是行于特殊知识阶层之间;所介绍者讨论者,大体只有介绍者讨论者能够理解,于社会一般大众并没有何等直接的关系。但中国的国情与中国一般人民所处的地位却愈益急迫地要求有关世界及中国之进步的社会基本知识之理解与传播的范围扩大,由是高深的介绍讨论工作,乃不能不让位于通俗的一般解释式的编译工作。

第三,"九一八"事变所导来的一系列失地丧权辱国的惨痛事实,使一向不大关怀国事的一般大众,都自觉的发生保障民族生存、争取民族独立自由的要求。他们在苦闷中,渴望知道如何挽救民族危亡的方针与途径,渴望知道他们祖国究与世界有怎样的关联。总之,他们要求理解中国,理解中国的敌人,理解世界。

在上述三种理由中,恐怕最后一项是当前出版界大众读物流行的最有力的说明。现在生活书店及上海杂志公司等文化机关所努力发行的读物,我们须得在"营业观"以外去认知其社会的意义。

不过，刊行通俗读物虽为现阶段中国出版界的显著倾向，但我们须知道继续前两个时期的翻译研究讨论工作，那不但为提高文化水准所必要，且亦为扩大文化传播所必要。因为要求通俗读物的内容丰实化和其论点明确化，势须由较高深的翻译研究工作，不断提供以本版的资源。一切较高深的研究翻译工作，只有在这种意义上，才有其社会价值；否则就是一种观念的游戏，一种离绝现实的多余装饰。

要之，近十年来中国出版界的现象，表现出了上述三个显著倾向：由世界一般进步社会科学的翻译介绍，移到中国社会史问题的研究讨论，更进而移到这两方面的社会基本知识之明确化、通俗化、大众化。这在出版上是必然的发展顺序，同时又各各体现出现实社会的要求。我们现正当着这所谓第三时期，我们还相信这个时期会延到相当长的期间，因为无论从哪方面说，这都是中国人民大众一致起来护卫民族生存，表现民族抗争力量，从而要求增加他们对于中国与世界的理解的时候。

本刊是带着这种社会的、民族的意义和任务产生的，我们期望对于中国一般志愿争取民族自由平等的大众有所益助，同时尤期望大众诸君能热心帮助我们！

（原载《大众论坛》创刊号，1936年11月第1卷第1期，代发刊词）

亚当·斯密《国富论》述评

现代布尔乔亚经济学,是由英国亚当·斯密(Adam Smith)的大著《国富论》奠下基础,这已经是一般公认的事实。在经济学随着资本主义经济体系感到动摇破毁的今日来介绍《国富论》,虽然像有几分"过时"之感,但在资本主义势力还统治着世界大部分的目前,在布尔乔亚经济学尚成为我们必须研究的学科的现在,对于这种大著的研究和介绍,理应是非常必要。

《国富论》这个书名,是对于原文An Inquiry into the Nature and Causes of the Wealth of Nations(各国国民之富的性质及其原因之研究)的简译,出版期在一七七六年,离开现在整整一百六十个年度。在今日,我们诚有理由把这部书看为拥护既成旧势力的说教,但在当年,它却曾作过反抗旧势力的武器。

在《国富论》出版的十八世纪下半期中,英国一般的经济政治状况,虽然已架起了通达资本主义道路的桥梁,但风靡一时的重商主义的恶弊,在英吉利本国,特别在其美洲殖民地中,早成为新兴工商势力前进的障碍。中世的封建组织,当时虽渐就崩颓,但旧时的种种传统规制,还占有势力;阻制竞争的基尔特制度,还一般通行。资本家的投资,固受有限制;资本家生产所要求的自由劳动者,更不得自由。在这种局面下,为资产者群请命的亚当·斯密的《国富论》乃当作新兴资产者群的福音,当作他们反抗既成势力的思想武器而公开发表出来。

不过,对于一部时代著作,我们除了必须考察它产生的一般的客观条件之外,还得注意著者个人主观的条件,以及它所遭遇的特殊环境。亚当·斯密读书和教书的地方,是当时工商业欣欣向荣的格拉斯哥。他在格拉斯哥大学学生时代最服膺的教授,是有名的哲学者哈其生(Fransis Hutcheson)。哈其生在其名著《伦理学体系》(The System of Ethics)中曾表明人各有追求自身目的、使用自身能力的自然权。并且,他于分工、价值、货币及赋税的纯理观念,皆颇有研究。斯密此后在格拉斯哥大学主讲伦理及哲学时所编的讲义，许多都是根据哈其生的体系，而此讲义中的一部分，则是后来《国富论》据以展开的底本。

除哈其生外，英国有名哲学家休谟（David Hume）对于《国富论》中的根本思想，亦发生过莫大的影响。休谟是斯密的挚友，休谟伦理观点的同情利他说，一到斯密手中，即导出了"人各自利才可利他"的结论，据说，斯密在导出此种结论过程中，曾受了《蜜蜂寓言》(Fable of the Bees) 著者曼德维（Bernard de Mandeville）的影响，曼氏那部书又题称为《私的恶德即公的福利》(Private Vices, Public Benefits)，他认定使人类成为社会动物的，不是友情，不是善性，不是恻隐心，不是装模作样的殷情厚意，却是最卑贱最可恶的品性。这品性，即他们适应最繁荣最幸福社会的必要条件。不过他这所说的"恶德"或"最卑贱的品性"，一到斯密手中，就变成了最动听的自利心和自爱心。

斯密《国富论》的骨干就是适应或满足这种自利心要求的自由主义，而这种自由主义的勃兴，除了应归因于前述的客观环境要求外，应认为是他漫游欧洲大陆、结识法国自由主义经济学者（特别如重农学派诸子）的成果，斯密自己亦当表示法国经济学者所提示他的微言精义，他虽不完全同意那些经济学者的主张，但至多不过把那主张加以消化，加以炮制罢了。

斯密以他承受或接触的这般思想背景，去顺应当时那种社会环境的要求，已算是水乳交融了。所以在他那运用渊博的学识、敏锐的观察、蓬勃奔放的文采所写成的《国富论》中，就不期然而充满了乐天主义的思想。

《国富论》全书共分五篇：第一篇《论劳动生产力改良的原因及劳动生产物自然分配给各阶级人民的顺序》；第二篇《论蓄财之性质，其蓄积及其使用》，第三篇《论国富的进步》，第四篇《论经济学的体系》，第五篇《论主权者的岁入》。大体上，我们也许可以把这五篇的内容，包括在三个项目下介绍，即第一二篇在论究经济理论，第三四篇主要在论究经济政策，而第五篇则是讨论财政问题。

不过，介绍这种大规模的著述，与其刻板的注意读者在目录上可以见到的形式的论题,不如列举出著者在全书中的几个中心论点:分工论、劳动价值说、自然分配观、自由主义经济政策、赋税论这五项,正是全书的大脉络,我们顺次把这五项论点略加解述,也许可以说是把握住了了解全书的要键。

第一,讲分工论。一般认为分工论是斯密经济思想的核心。他书中第一篇前三章都是讨论这个问题。他以为一国要财富增加,须得设法使生产财富的劳动生产力增加,然则劳动生产力怎样才可增加呢?他表明:"劳动生产力上最大的改良,以及劳动运用,劳动指导上的熟练技巧和判断力的增进,都不外分工的结果。"但分工不是一件容易事;分工之起,乃由于交换,从而分工的范围,乃不得不受交换范围即市场范围的限制。

一个人如果在狭隘市场中专务一业,他所生产的剩余生产物,就无从随意换得自己所需要的别人生产的物品。但他所说的狭隘市场,与其说是地域的,毋宁说是法制的。市场在地域上即令广阔,如商业或交换到处都受法规的限制,分工亦无从发达。由是他为分工前提举出两个外部条件,即市场的扩张和商业自由的确立。这两种外部条件齐备了,更须集中资本,确立职业自由制度,作为促进分工的两个内部条件,因为资本不得自由集中,劳动不得自由移动,分工自然是难得发达的。——这是全书最精到的部分。

第二,讲劳动价值说,分工之起,既由于交换,在交换的场合,就不得不发生价值问题。对于这个问题,斯密所主张的是一种劳动价值说。他把价值区分为使用价值和交换价值。使用价值所以表示特定物品的效用;交换价值所以表示因占有其物而取得的对于他种货物的购买力。但斯密虽把价值分为这两种,他所讨论的,却只限于交换价值。交换价值由何决定呢?即什么是交换价值的标准呢?他解答说:"劳动就是一切商品交换价值的尺度。"

不过,他的劳动价值说,不免有些矛盾混淆之处,他一方面尽管主张交换价值决于生产时投下的劳动量,同时又尝说价值的尺度是交换时所可支配的劳动量。所支配的劳动量大,价值大,所支配的劳动量小,价值小,这种非劳动的价值外学说，究与他所主张的劳动价值说怎样调和呢？他调和的方法，就说是后者只限于原始社会适用，若在资本蓄积、土地私有的社会，地租、利润发生，决不能凭劳动来定商品交换价值。这种价值二元论，即无异对于他所标榜的劳动价值说的否定。

第三，讲自然分配观。斯密在《国富论》中所注意的，本来是经济上的生产问题，非分配问题，因为当时社会要求他阐明的，是怎样才得自由大量的有利的生产，而不是怎样才得妥善的公平的分配。在他设想，只要生产能顺利进行，分配是不成问题的。所以他主张：各阶级全体相互间有一种自然分配，每个阶级各成员间也有一种自然分配。

以前者而论："一国每年土地劳动生产物的全价格：自然分为劳动工资、资本利润、土地地租三个部分了，对于三个不同阶级的人民，构成各各不同的收入。"这三种收入有平衡的趋势：即一国国富增加，劳动需要增加，工资提高，工资提高到某种限度，会因劳动者的竞争而低落，利润的大小与劳动工资成反比，仍由供求律所限制；不会过大过小；土地地租，照他说是土地劳动生产物普通价格中超过相当的劳动工资和资本利润的部分，更无法发生侵越其他阶级利益的现象。在各阶级间如此，在每个阶级各个人间的分配，他也根据职业的性质及竞争的趋势，而论证其自然会趋于公平。

第四，讲自由主义经济政策。前面论分工，他已充分揭示了自由主义的重要。但自由主义政策的要键在哪里呢？他在本书第四篇特别就当时流行的两大经济政策加以批论，即论重商主义体系，论重农主义体系，而在批论这两体系当中，随处都吐露了他的主旨。他以为无论是商业，是工业，抑是农业，都得使其自由发展：曲加限制，固然利少害多；多方奖励，亦属顾此失彼。欲利民便民，莫善于任民自养，听民自动。

本来，斯密是新兴工商资产阶级的代言人，其着眼点当然在要求工商资产阶级的自由，但资产阶级的资本自由活动，必须以劳动阶级的劳动的自由活动为前提，即"妨害劳动者自由流动的障碍物,也同样妨害资本的自由流动",所以他大声疾呼地说"劳动的所有权,是其他各种所有权的基础",说"妨害他们体力技巧的使用,即是侵害他们这种神圣的财产"。要而言之,斯密的自由主义经济政策的骨干,就在资本与资本所要求的劳动的自由。

第五,讲赋税论,斯密在本书最后第五篇所论"主权者之收入",开始是由其支出说起,一国要维持社会秩序及反抗外来侵略,不能不有国防费、司法费及公共设施等等的支出。而这些支出都须取之于赋税,他对赋税的征取,提出了今日资本主义社会还能一般适用的四大原则,即(一)一国国民各应按照自己的财力,或按照自己在国家保护下享得的收入,依相当正确的比例,提供国赋,维持政府;(二)各国国民应当完纳的赋税,须得明白确定;(三)赋税完纳的方法及完纳的日期,皆当从完纳者的便利着想;(四)一切赋税的征收,须设法使国民所支出的,等于国家所收入的,即须铲除一切中饱舞弊,或多余的税收机关。

上列几项的说明,大体可以概见《国富论》的全貌。"经济学"这个名词,本来是在《国富论》出版以前就有了的;但"经济学"这个名词的意义,却是到了《国富论》出版之后,才相当正确弄明白。因为过去讨论经济问题的学者大抵是为了政治上的目的,研究为政者要怎样统制生产交易,才算便当,才有利益,这样,经济学就算是一种统治之术。斯密在《国富论》中的议论,本来也带有十分浓厚的"献策"的意味,可是他所主张的自由放任主义,是要求个人的经济活动,完全脱去一切政令干涉,因而他的"献策"的意向,却反而是叫行政当局不干涉经济活动。这一来,他就能基于现存的事实的分析,把经济学当作一种科学来研究。这是《国富论》在经济学上的最重要的贡献。

但在另一方面,他的重要贡献,固属时代之赐,他在《国富论》中留下的一些漏洞,亦是时代使然。最根本的劳动价值说的矛盾,分配理论之过于乐观,都可说明此点。他心目中刻不容缓的大问题,是如何使新兴产业脱去一切旧规制的束缚,即是如何成就痛痛快快的大量生产,至若生产出来以后的分配,时代未要求他注意,他当时也注意不到，所以分外乐观。至于他的劳动价值说的混淆，正和他的乐观分配说相关联，因为分配既是自然而然地会趋于公平，他就不必要探究资方对于劳方的榨取关系，从而就认不清资本主义社会商品的性质。

后人批评斯密的《国富论》，说它"说服了当代，支配着次代"，我们今日还未十分脱却他的学说的影响；时代进化的车轮，虽逐渐把它推离我们太远了一点，但有志研究经济学的人，仍得在它那丰富的宝库中，检取可贵的知识。自然，我们得依据正确的新经济学观点去批判地研究它。

（原载《自修大学》1937年2月第1卷第1辑第3号）

注：

原《编者按》:《国富论》在最初有严复先生的古文译本，题名《原富》(商务印书馆出版)，1932年有郭大力、王亚南二先生的新译本。

战时经济的读物（书评）

一、战时经济读物一览

这里所要述及的战时经济读物，是就单行本书籍而言，一般定期刊不在其列。到现在为止，我在武汉各书店找到的战时经济读物，一共有以下几种：

（一）战时经济学讲话　　　　崔尚辛著

（二）战时经济论　　　　　　王达夫著

（三）抗战与经济统制　　　　张素民著

（四）战时的经济问题与经济政策　王亚南著

（五）抗战与民族工业　　　　杨　智著

（六）抗战与农村经济　　　　许性初著

（七）战时农业生产　　　　　茹焘之编

（八）战时的金融问题　　　　骆耕漠著

（九）战时的财政题问　　　　骆耕漠著

上列九种读物都是在对日抗战当中出版的。这里且不忙介绍其内容，单就标题上说，这九种经济读物的前四种，是全般的战时经济讨论；而后面五种，则是专就战时经济的某一重要部门加以论述。

我要介绍并批评战时经济读物的用意，原不仅在把这各别读物的内容，给读者一个简括的概念，同时还想由所有这几种读物的考察，以显示出整个战时经济论坛的一般姿态。所以，在下面分别介绍过之后，我预定要把整个经济论坛的综合批评作为本文的结论。不过，为了篇幅的限制，对于上列各读物，只能就前四种分别作较详细的介绍，其余五种则打算略加提述而已。

二、《战时经济学讲话》

就书的性质讲,这是一本关于战时经济之学理或原则的书。如其我们觉得理解战时经济原理原则,颇有必要,我就不妨向读者推荐这本书。

本书一共包括十二讲,前三讲把经济总动员,战时经济的特性,以及经济动员的前提,分别讲述了一个梗概。而以下诸讲,则就战时经济中之财政,金融,公债,租税,纸币,工商农各业,以及民生问题,分别讨论。全书虽仅五十八页,却把所有这些方面,都提示了我们一个明确的概念。

如其我较详明地括出这本书的优点,那第一就是:书中提示的全般意见都相当正确。它说:"我们对于战时经济的研究,就是推求一国为战争而动员全国国民经济的一切准备手段与方法。"但经济动员应用到中国这种社会经济环境中,就得同时顾到"应付战争"以上的意义。本书对于此点,表示:"这种经济动员的意义,将不仅是消极的应付战争,而是积极的建设;不仅解决军需上的供给问题,不断地发挥战斗力,且实现中国社会生活之一般改造,当作新的计划经济之发轫。"此外,关于金融、财政、租税、纸币等问题,都能把握住正确论点,但这里无法一一引述了。

第二,书中的论述,大抵皆简明扼要。每讲平均虽不过四五页,可是对于各别提论到的问题,都能予人以明白了当的透辟认识。

第三,战时经济学诚然在一般地论述各种战时经济形态的原理原则,但其论述,如撇开了实际的例证,尤其是如没有顾到中国当前抗战的紧迫要求,则难免失之空洞。本书对于这两点,都在可能范围内提供了很好的例解与意见。

总之,这是一本值得推荐的书。不过我得指出:书的目次把"什么叫做经济总动员"作为第一讲,把"战时经济的特性"作为第二讲,我觉得在叙述程序上不很妥当;若把"战时经济的特性"放在第一讲,把"什么叫做经济总动员"放在第二讲,那不但是应有的顺序,且恰好与第三讲"战时经济动员的前提"关联起来,措辞上

亦有不少的便利。其次,这毕竟还是一本提供初步基础知识的战时经济读物,单读这本书是不够理解一切应有的战时经济设施的。

三、《战时经济论》

单就标题上看来,《战时经济论》似应与前述《战时经济学讲话》具有无大出入的内容。可是这本书所包括的,却是这样四个章目:(一)敌我战时经济力量的估计;(二)我国战时经济现状;(三)怎样筹集战时财政;(四)怎样建立国防经济。后面再加两个附录。

把这本书浏览一下,就觉得其标题与其题称为《战时经济论》,毋宁题称为《战时财政论》。第三章不必说,第二章我国战时经济现状实际是讲我国战时财政现状;而第一章敌我战时经济力量的估计,也主要是从财政方面立论。全书只有第四章"怎样建立战时国防经济",才是论究一般战时经济的。著者自己在自序中,也说:"这本书的重心有二个:一个是我国战时财政需要多少,筹措的方法怎样;一个是如何在全国总动员的行动之下,建设战时国防经济,增加生产,加强全面的抗战力量,乃至发展独立的国民经济。"

大体上,这本书中所提示的许多意见也相当正确,但其章目不免有杂凑之嫌;而各章之叙述,亦间有疏懈而近似敷衍成篇之处。这两种缺陷,由著者自己所说的"匆促中执笔"及手边缺少资料似可以解释。

不过,通体读去,这本书究不会予人以怎样不愉快的观感,或者可以说是值得一读的。特别是其中"怎样筹集战时财政"一章所提举的许多办法与统计数字,颇可供我们的参考。而书末附列的"战时经济计划大纲"(中国政治经济学社)及"陕西省战时经济计划纲领",亦大有助于我们对于中国战时经济之实际要求的理解。

四、《抗战与经济统制》

这本书一共包合有六个章目,为了便于说明起见,且不惮烦地把它顺序举列出来：(一)战时经济统制的必要；(二)战时经济统制与平时经济统制(三)战时财政与战时经济(四)战时经济统制的类别；(五)中国的战时经济统制；(六)经济统制与全国计划委员会。

从这个目次上，我们知道，本书前四章是讲统制经济乃至战时统制经济的原理；最后二章始讲到中国抗战当中应实施统制经济，并如何实施统制经济的具体意见。

这本书总合它给予我们的印象，是不关痛痒的原理原则讲得太多了一点。若分别就书中的统制原理与具体办法略加考察，也很容易发现一些大费斟酌的地方。比如，就前一点而论，著者在第一章说："经济统制发生之根本原因，是货物的稀少，即是我们普通所谓'东西不够'。"把"东西不够"或"货物的稀少"，算作是经济统制发生的根本原因，似乎太有点莫测高深了。

我们在这里固没有讨论近代资本主义经济统制所由发生之究竟原因的余裕，但对经济活动加以统制，显然不一定是由于"东西不够"。破坏橡树园，限制小麦耕地，乃至在工厂工业方面停止一部分机器活动，都是资本主义各国因为生产过剩压迫所惯常使用的统制方法。虽然对某一货物的过剩与不足，常在同一社会同一时期并存着，但我们决无法说明经济统制的根本原因，是由于"东西不够"。此外，关于战时经济统制与平时经济统制，著者虽不厌详尽地说了许多，也许说，惟有这一章提示了我们一些可资参考的意见，但仍使人觉得过于平板而未触到问题的本质。

至其归到本题的最后两章，如中国的战时经济统制，是把抗战发动后几个月的政府经济设施作一通盘叙述，颇可供参考。可是著者认为有"创见"的中国目前推行统制经济的方法，是"先设立全国经济计划委员会"，而"执行经济计划的最高机关"，他则"以为不妨新设一全国最高经济统制委员会"，且还主张"由蒋介石先生，汪精卫先生，孔祥熙先生，宋子文先生等任委员"。此外，原有的经济委员会和资源委员会等仍"照旧进行"；不过"均须合作于经济计划委员会，而其行政均须听命于最高统制委员会"罢了。

这一个"创见",据著者自己说,特别"顾到人事的调整";我们只好作如是观,不欲费词了。

五、《战时的经济问题与经济政策》

这本书是我自己作的,对于它所讲的话,算是十足的"自我批判"。

全书六章:(一)战时经济与中国经济的战时编制;(二)战时金融财政问题及其对策;(三)战时的内外贸易问题及其对策;(四)战时的工业问题及其对策;(五)战时的农业问题及其对策;(六)中国战时经济的展望。

第一,在目次的编列上,大体已算顾及了一般读者阅读的便利。虽然这六十余页的小册子,不克把经济方面的一切部门,都毫无遗漏地论到,但主要的各经济部门,算都分划出了一个轮廓。

第二,对于每章的叙述,先都指出各种经济部门在战时发生问题的原因与经过,然后根据各别经济问题的性质,讲求对策。

第三,在第一章中,我已揭出了中国经济之战时编制的基本原则,即是一切方面的动员活动都得共同遵循的原则,即(一)民族利益高于一切;(二)支持长期抗战;(三)在破坏过程中打下建设基础。在最后一章中,我还指出:"中国这种国家,它的对外战争,即争取民族独立解放的战争,在本质上是革命。由是,它那次殖民地经济的战时编制,就得于适应战时需要的目的以外,同时力求其对外依附的经济本质之改造;而且它非在这种经济本质改造的基础上,不易支持长久战争,不能实施真正的自由独立。"这是贯透于全般战时经济政策中的最基本见解,我相信读者定能同意于我这种见解之正确。

不过,同时我还得指出:我原来想在这本书中提出许多具体办法与方策的企图,是失败了。各种经济问题的症结虽然分别提出了,但针对那些问题而列举的对策,却因时间与资料与篇幅的限制,结局,仍只从对策的原则上,做了一些说明,而且有些说明还不够充分。例如,"有钱出钱"这个筹集战费的原则,似乎没有多少人表示异议，但"有钱出钱"的具体办法，迄今还不见有人提出来；我在本书也一样不会对此有所贡献，所以一切的议论，也一样失之空疏。

六、其他各书

我们前面列举的书，关于一般性质的四本已分别介绍了，还剩下五本专门性质的，这里没有一一详细检讨的余裕，只总括地做一考察。

《抗战与农村经济》及《战时农业生产》，均是就农业经济立论。但前书的标题虽是如此，而其所包含的五章，第一章绪论之第三节是略略提到了抗战与农村复兴之关系；第二章论现代战争之经济的基础，第三章论中国抗战之前途，似乎都应放在绪论中说，至少是不应在这样的书名中，占两章的篇幅。第四章算讲到了本题，论中国农村衰落之救济；而最后第五章，却又是中国民族复兴之关键。章目这样凌乱拼凑，即是零碎论文编集起来亦不当如此，若是特起炉灶的那就更令人无话可说了。《战时农业生产》一书，对于农业经济方面，提供了一些具体意见，其中并还引列了许多有关战时农业的资料，颇值得一读。

《抗战与民族工业》共五章，前三章是引言、中国民族工业与帝国主义、民族工业不发达的根本原因。这三章似乎都可括在绪论中作为一章。第四章民族工业现状概观，第五章抗战展开后民族工业的出路，算是全书的"正文"；特别是这第五章，著者理应可以提出战时工业的具体意见了。但可惜著者说："详细的与过于具体的计划，事实上有关国防机密，未便公开有所发表……"，结局，研究工业的科学人才，也只好和我们研究社会科学的人，同样讲讲不着边际的空话了。

《战时的金融问题》和《战时的财政问题》，都是只包含有十余页的小单行本，然而在这薄薄的小单行本中，对于这两方面的问题，却都分别指出了大体的症结和大致的解决办法。不能详细和不能过于具体，那是毫无疑问的；但其立论不失为正确，叙述也较为得体，很可帮助我们对于这种问题的理解。

七、评后感 —— 一般经济论坛的缺陷

把前面几种书介绍过了之后,我得在这里作一补充的结论,算是我对于全经济论坛的综合批评。

如其说经济对于抗战有极大的重要性,如其说战时经济的一切设施,颇有赖于经济学者的推动、宣扬,特别是周密规划,并向经济当局贡献具体意见,那我们在评述了前面几种刊物之后,就会对于经济论坛感到下列几种缺陷。

第一,单就经济出版物的数量讲,在这样大规模战争继续到十个月的今日,我们的经济论坛,还只发现那么少并且那么简单的几种读物;固然一定还有我们没有搜集的小单行本,还有社会经济月报和战时经济一类定期刊物,此外还有散见于各种报章杂志的经济论文,但拢总都加算起来,依旧无法掩饰整个战时经济出版界的贫弱。

第二,所有这一点点经济读物,又大抵是在讨论一般战时经济的原则,并且有的连较正确的战时经济原则还理解不到,只是在一些不着边际的论点上,玩弄着空洞多余的演绎工夫。

固然,这种现象不独经济出版方面为然,整个抗战文化界出版界都共同地犯着这个毛病。但我们研究经济的人,却并不能因此就减轻其对于抗战所应尽的责任。

(原载《战时文化》1938年6月第1卷第2期)

翻译小论

据我的经验，无论从事哪种翻译，似乎应具备以下几个基本条件。

第一是对于本国文字的修养。显然，一个人不能用本国的文字表达出自己的意见，自然无法把他人的意见，把外国原著者的意见，用本国的文字表达出来。

第二是对于所译外国文的文字修养。外国人表述意见的方式，外国人文字的体裁，以及其措辞的涵蓄，都另是一个作风和神情，如非对它有相当程度的修养，即不易明确把握或彻底领会。

第三是对于所译学科的专门基础知识。本国文外国文都有修养了，但一个研究社会科学的人，要译自然科学或文学的作品，甚至一研究社会科学中之经济学的人，要译法学或教育学的论著，都会痛感到专门基础知识的重要。

以上三者，所以称之为从事翻译的基本条件，乃表示相当成功或过得去的译品，还有赖于相当程度之翻译技术的训练和修养。一个精通中外文字的经济专家，不一定就能完成一种成功的有关经济的译品，他可能用外国文写经济论文，却不一定能从那同一的外国文字，译出好的经济论文。翻译不是把一列外国文变成本国字，要设身处地把原著者的意思，没有遗漏，没有晦涩，没有矫饰地表露出来，做到所谓信、达、雅的地步，那是需要翻译技术的。

但上面的说法，不是叫我们初学翻译者"知难而退"的，反之，却正是希望大家"知难而进"的。我们在这里也用得"知难行易"的哲学。上述从事翻译所应具的诸种条件，同时却又可把翻译本身，作为达成这些条件或获有这些条件的有效手段。

翻译的技术显然是不能在翻译过程以外去获得的，"熟能生巧"是一切技术训练的格言。一个含蓄甚深而又陈义甚多的困难冗语，往往会使初译者发生不知从何处下手的困惑，但"乡下人进城"所感到的"手足无措"的窘态，是要他多进城去

"观光"才能逐渐适应、逐渐消除的,我们要不断接触环境,然后始能知道如何控制环境。

至若一门学科的基础知识的获得,用练习或尝试翻译的方法,至少也能有所成就。我们平日对于任何门类的科学或专门学问的研究,总难免有不容易"收其放心",不容易"鞭辟近里",不容易确实把握其真正含义的毛病。翻译是允许我们心猿意马的,是不允许我们马虎对付的,它是医治粗心,医治模棱,医治"肤受浅尝"和"一知半解"的磨炼。如果在贵精不贵多的原则下来增进一门学科的基础知识,那么,好好选一部基本读物来尝试翻译,也许比漫读许多部论著要有效得多。

此外,翻译之初,诚然需要对于本国外国文字有相当的修养,但在试译的意义上,用翻译来求本国文字,特别是外国文字的深造,也不失为一个研究学习的门径。文字是"孳乳而浸多"的,文义的表达方式更其是依社会进步,依各国语文体系的杂合而日有增加的。如其说丰富的思想内容,需要更多的表达方式;反过来,更多的表达方式,也能增进我们思想的内容。翻译在无形中是能给予我们不少帮助的,至于由翻译来求外国文字的进步,那几乎是一般公认的事实。

然而,翻译也并不是有百利而无一弊的。最显然易见的事,就是难免延滞我们阅读的工作。其次,翻译工作做多了,相应阅读的时间就减少了,一方面会使我们的思想狭窄化,使我们不期然而然地以原著者的思想为思想;同时,又不免因此阻滞我们自己思想的展开。"述"的方面做得多,"作"的方面就做得少。

不过,上述的流弊是久于翻译者应当在意的。我们初学翻译的人,却毋宁在怕我们自己不能"持之以恒","知难而退","一切开头是困难的"。一个略略具备上述三个基本条件的人,只要能坚持数月,突破开头感到的困难,他的兴趣将因其逐渐感到容易而增加。因为我们开始翻译时,最棘手最麻烦的事也许就是翻查字典,平日以为似乎知道、似乎懂了的生字、成语或文句,一着手选译,似乎马上都板起生疏面孔来,要求我们从字典上去查清它们的底细。但外国文字也同中国文字一样,习用的字和句都是不太多的,而且每一个作家总有他特别爱用的文句、惯用的语体,书的第一章通过了，困难是会逐渐少起来的。

最后还得提到一点，就是初译者所选定翻译的书，或以叙述体裁的历史读物为较适宜。特别是要回避抽象性太大的、观念化的论著，因为那类论著照例是晦涩的，是似是而非的，是往往连作者自己都不易把握其真的命意所在的。这将在意义或概念的朦胧上，增加文字理解的困难。反之，一般科学性强的论著，其明确的语义，其有条理的、依照事实必然顺序而展开的逻辑，其谨严的推论程序，均将大有益于我们的理解。

这是我们必须注意的。

（原载《联合周报》1944年11月第2卷第14期）

注：

原《编者按》：本文作者王亚南先生，不但是国内知名的经济学者，而且也是杰出的翻译家。他曾经翻译各国经济学者名著，均为大家所熟悉。在本文中他指出翻译的基本条件及练习的方法，均足为初学翻译者的参考。

《中国经济原论》序言

现在拿来与读者见面的这部书——《中国经济原论》，就写作与出版的过程说，都算是相当难产。

民国二十九年我在国立中山大学担任高等经济学这门课程；顾名思义，当然需要讲得高深一点。我于是选定李嘉图（David Ricardo）所著《经济学及赋税之原理》作为讲授的底本。但一半也许因为同学原来所学基础太差，一半也许因为我自己解说表达的能力不够，我发现同学对于这门课程感到十分兴趣的并不很多。

就在同时，我还担任有中国经济史、经济思想史这两科。读中国经济史的是四年级的同学，读高等经济学的亦是四年级的同学。就我平日研究的心得讲，我相信我讲李嘉图的经济学说，还应比讲中国经济史有较大的把握，但同学对后者表示的兴奋，却远较前者为大。我当时就感到，这原因，不当完全求知于李嘉图那部大著的难读难讲（以谦虚见称的李嘉图，当他把那部书拿去问世的时候，他竟表示：全英国是不是会有二十五个人懂的），而更应追问到：中国一般研究经济学的青年学子，在作为一个中国的经济学研究者的限内，他是否有理解这样抽象的理论之必要，或者至少，他们所研究的抽象理论，是否能拿来同现实，特别是中国经济现实发生认识上的关联。

由于这一种感想，我对于中国大学讲坛上，关于经济学以及一切有关经济学课程所采取的教材与教法，就感到大有革正之必要。我当时所写的，而放在本书后面作为附论的《政治经济学在中国》一文，正是那种意念的具体表现。在民国三十年，我还是担任高等经济学，还是把李嘉图的经济学作为底本，不过，每讲一章，比如讲价值论或地租论，我就把那一章研究的结论，拿来说明中国的商品价值，中国的地租，如何非李嘉图所研究的范畴，或者，李嘉图所研究的经济范畴，如何可以从反面来证示中国社会经济的非资本主义性。这个讲法，马上使一般同学发生兴趣了。

研究经济学或者研究什么经济理论,本来是为了拿来作为理解现实经济的手段,但一般却像行所无事地把这种意思弄错了。

在以后几年——三十一年、三十二年、三十三年——中,我不但在讲高等经济学的时候,丢开了李嘉图的那部大著,而直接由一般经济理论,再论到中国经济,即分别由价值论展开中国商品价值的研究,由利润利息论展开中国利润利息形态的研究,并还把经济学一门功课也担任起来,编出一个站在中国人立场来研究经济学的政治经济学教程纲要,在讲完每一篇每一章的一般经济形态之后,紧接着就讲到中国有关经济形态的相同相异点,以及时下流行的别人有关那种经济形态的不正确认识,并分别予以评正。刻下,后一部讲稿,正由当时负记述责任的一位青年朋友在帮同整理中,而这几年高等经济学的讲义,则大体是本书的主要构成部分。

本来,在高等经济学讲述的过程中,为了这样的讲法,这样的研究法,是一种新的尝试,需要分别把它撰述出来,就正于海内的高明,所以,本书第二篇以下直至第八篇:曾分别发表于《中山文化季刊》、《广东省银行季刊》、《时代中国》等杂志。在民国三十三年初,承桂林文化供应社主持人万民一、万仲文昆季的友谊与盛意,使这先后依照一定计划写成,但却是分别发表的诸论文,得有集印的机会,于是我曾就中国现代经济的全般发展情形,及中外学者对于中国经济本身认识的演变情形,写了一篇长达三万余言的绪论,作为第一篇,而全书则题称为《中国经济原论》。但事不凑巧,《原论》的纸版刚好打成,桂林被日寇侵陷了。在这以后不久,我亦由国立中山大学的所在地广东坪石播迁到福建来。永安东南出版社计划印行《大学学术丛书》,希望我把原来交给文化供应社印行,但却未出版的这部书稿,拿来再印,我当时曾函文化供应社的负责人商谈,但因交通阻隔,一直没有回响。我当时设想为了文化的意义,另行在东南印行,一定能邀得朋友的谅解。况该书的纸版是否抢出还有问题,于是我决计整理旧稿,交由东南出版社印行。但在整理的开始,就发现作为绪论的第一篇原稿遗失了;不久,东南出版社突然因为一阵政治风波,把负责人吹得散佚无踪了。我曾一度把整理的工作停止。直等到有志于中国经济之科学研究的朋友们,组织了经济科学出版社,并希望我首先把这部书稿提供出来,我这才重新鼓起勇气,另成第一篇,且在可能范围内,对其他各篇予以部分的增订。

后面增附的五篇,其中,《中国商业资本论》、《中国商业资本与工业资本间的流通问题》,因为可以帮助理解中国资本形态,所以从拙著《中国经济论丛》中移植过来;《政治经济学在中国》、《中国经济学界的奥地利学派经济学》,因为可以帮助我们理解一般人对中国经济认识的错误,所以也从拙著《经济科学论丛》中移植过来。至《原论》全书所论究的各种经济形态,大体是就私经济立论的,对于有关中国财政方面的情形,没有直接明显述及。这就《原论》所研究的范围来讲,虽不一定是什么缺陷,但探究中国经济运动的整体,显然是不能忽视这方面的直接间接作用的。我把最近为福建省研究院所编研究汇报写好的《中国公经济研究》一文附录在这里,也许多少能帮助我们看出那种作用的限度。

本书是尝试把中国经济全体,当作被若干基本经济法则所贯彻着的统一过程或统一运动。因而,各别经济形态相互间的内在因果关联,是我特别想努力分析的。本书的最后一篇或第八篇,虽是当作结论,当作一切基本法则作用最后必然归结到的后果,但由于资料的不充分和我个人研究能力的限制,我十分坦白地承认,这部书极其有限,也许只能算是中国经济之科学的系统的研究之发端。不过,照一般流俗的见解,以为研究中国经济,没有把近十年来国内经济在战时的诸种变动指述出来,就失掉了现实性,但请这样设想的人们留意,那样的研究要求,是很容易由他们自己得到满足的。而我则是希望对中国经济何以会演成战时这种局面,有一个更基本的的理解和说明。他们只能责难我的学力不够达成我的企图,而没有理由说我的研究忽视了现实。

我深知道:如其是在十年以前,像我这样一部不完备的东西,也许根本就无法产生出来;如其是在十年以后,它的内容和体制,也许会更完备一些。我这样说,显然不是就我个人的造诣立论,而是就我们所在社会的学术界对于中国社会经济形态研究的成果立论。这即是说，这部书稿用我的名义来问世，它实是近十数年来，大家分别由各种不同的视野，对中国社会性质，予以比较深入研究的结果。没有大家已有的这种研究作为基础，我就不但无法采行这样的研究方式，且也不会引起这样来研究中国经济的动机。不过，我这里所谓"大家"，实应包括有关这方面研究的国外学者，特别是苏联学者和日本学者在内。他们直接间接关于中国现代社会或一般前资本社会或残留有浓厚封建因素的资本社会的研究成果，实给予了我莫大的激励与启示。

在研究过程中，不时给予我以鼓舞，并使我的研究，不得不继续努力下去的，是国立中山大学经济学系乃至全校有志于中国社会经济之科学研究的同仁与同学。他们每有机会，就提出有关方面的问题来同我商讨，这样，我便经常像是处在被考试者的地位。中国商品与商品价值的研究，刚刚研讨出一个头绪，他们又要求我依此说明中国的货币、资本等等。不管我的考试是否及格，而我像经常被安置在被考试者地位却是一个事实。我在这当中，才比较理解到所谓"教育者在不断被教育"的意义。亦就因此之故，不管国人怎样理解中山大学，我总觉得那是一个有生气，有活力，特别富于时代感的学校，只要稍加绳墨，领导有方，那是格外容易显出学术研究的展望的。

就个别给予我帮助的朋友讲，中山大学法学院现任院长胡体乾先生，应当是最先被数到的。他是一个极渊博的社会学者，我们在几年同事中，几乎每天有一次聚谈的机会；当我们彼此把讲述的问题交换意见的时候，他总能从正面或反面给予一些补充或提示。而对于资料的提供方面，他的助力尤多，有关中国经济研究的一些重要杂志，他都全部保存着；如《读书杂志》、如《中国经济》、如《食货》、如《中国农村》等等，都是从他那辛苦积得而且在战时更辛苦搬移的个人书库中取得的。

其次应当提及的，是现任国立暨南大学教授郭大力先生。我们在战争的过程中，虽只有一两次短期的共处，我们分别的研究，虽大体达到了共同的结论，但不仅他的《我们的农村生产》那部精辟论著，是在我研究《原论》过程中出版，给予了我不少的启示,并且我的全部研究,直接间接所负于他的地方是很多的。这部书在出版前未得到他的全面校正,应是一个大的缺陷。

再次,现任中山大学经济学系主住梅龚彬先生,曾对本论全稿作了一次详审的鉴定,并提出了一些补充的意见,值得在此表示谢忱。

至若在出版方面直接间接给予莫大助力的,首先当感谢福建省研究院院长周昌芸先生。同院社会科学研究所代理所长章振乾先生,始终是我一切研究努力方面的助成者和鞭策者。而这部书得从速与读者见面,则多亏了余志宏、张来仪两位先生。他们不仅为我担负起了印刷上的校订责任,且是多方鼓励我把这部书从速问世的策动者。

把"始生之物,其形必丑"的格言,用来形容这部书,是再妥当不过的,我现在以十二分的诚意,静候我们学术界的善意的和建设性的评判。

王亚南

一九四六年元旦于长汀国立厦门大学内仓颉村野马轩

(原载《中国经济原论》,经济科学出版社1946年1月)

《中国官僚政治研究》序言

现在拿来问世的这本书——《中国官僚政治研究》，内容共分十七篇，曾分篇连载于上海出版的《时与文》杂志上。在登载第一篇《论所谓官僚政治》时，作者曾在前面附上一个引言式的楔子，说明从事这种研究的动机、态度，并附带列举出全内容的预定篇目。动机是已定的，不必说；在将近半年的写作过程中，虽然现实的官僚政治的毒害，在国内外引起了更普遍的责难或咒诅，而我却幸能勉强避免激动的情绪，一贯的维持住客观的科学的研究态度；至于内容方面，与原来预定篇目，虽略有更改，那无非是为了说明的便利。因此，除了篇目一项，由目录一见明白，无须赘述外，我在这里，只想把楔子中关于研究动机和研究态度的自白，移植过来，而最后更简单解说我在研究中及研究后所接触或感触到的一些情节。

先言研究动机。一九四三年，英国李约瑟教授（Prof. Needham）因为某种文化使命，曾到那时尚在粤北坪石一带的国立中山大学。我在坪石一个旅馆中同他做过两度长谈。临到分手的时候，他突然提出"中国官僚政治"这个话题，要我从历史与社会方面，作一扼要解释。他是一个自然科学者，但他对一般经济史，特别是中国社会经济史，饶有研究兴趣。他提出这样一个话题来，究是由他研究中国社会经济史对此发生疑难，抑是由于他当时旅游中国各地临时引起的感触，我不曾问个明白，我实在已被这个平素未大留意的问题窘住了。当时虽然以"没有研究，容后研究有得，再来奉告"的话敷衍过去，但此后却随时像有这么一个难题，在逼着我去解答。我从此即注意搜集有关这方面的研究资料了。加之，近年以来，官僚资本问题，已被一般论坛所热烈讨论着。官僚资本与官僚政治的密切关系，是非常明白的。有关官僚资本的研究（一部分已在《文汇报》、《新经济》及《时与文》上发表），处处都要求我进一步对中国官僚政治作一科学的说明。

此外，我在大学里，有时担任中国经济史的课程。中国社会经济之历史演变过程，在我的理解和研究上，认为有许多是不能由硬套刻板公式去解明的；但提出任何特殊经济发展规律固然很难，应用那种作为社会基础看的规律，去解说历史上的一切突出的社会文化事象，更属不易。中国官僚政治形态，是属于那些社会文化事象之一，它将和中国社会突出的宗法组织，伦理传统，儒家思想等等，同样成为我们所提论到的中国社会经济特殊发展规律是否正确的考验。在这种意义上，中国官僚政治的研究，又必然要成为我关于中国经济史研究的副产物。而我也希望借此减轻我对于非所专习的政治制度加以研究的僭越。

次言研究态度。官僚政治或官僚制度，它在历史上是已经引起了不少的流弊和祸害的，而就中国说，且还在继续发生反时代的破坏作用。何况国人皆曰可咒的官僚资本，正在猖獗地横行着。我们在这种场合来研究官僚政治，就似乎格外需要抑止住感情上的冲动。过分渲染一种急待除去的东西的丑恶，和过分渲染一种急待实现的东西的美好，也许在宣传上是非常必要的，但同样会妨碍科学上的认识。当作一种社会制度来看，官僚政治究是如何存在，究是如何取得存在，最后，它将如何始能丧失其存在，那才是我们研究的真正目标。

一切存在的东西，在它其所以取得存在的一般社会条件，还在发生作用的限内，我们是无法凭着一己的好恶，使它从历史上消失的。而且，在我们今日看来，官僚政治一般已成了过了时的落后的东西，但在以往，它确曾在历史上，伴随着其他社会体制，扮演过进步的角色；而中国官僚体制的比较一般的提早出现，甚至无妨看为中国社会早前比较进步的一个表现在政治方面的特征。曾是进步的东西，现在成为退步的象征；曾是出现较早的东西，现在居然当着其他各国典型官僚政治已分别交代其历史命运的时候，还在中国社会极明显地存在着，极有力地作用着，那绝不是偶然的。这些都需要比较缜密的科学研究，始能抉出它的实在关键来。

再次，要讲到我在研究过程中及研究后的接触和感触了。我从来的写作，没有像这次"研究"这样受到普遍的注意。第一篇发表以后不久，相识的朋友，不相识的青年研究者，连续来信提到或讨论到其中触及的论点；有时，因为我暂时忙不过来，或处理题材发生滞碍，致脱期未续刊出来，随即就接到探问我、敦促我、鼓励我的函件。大家这样关心这个研究，显然除了这在社会科学的研究上是一个新的课题而外，它——官僚政治，在中国当前社会改造的实践上，也是一个非常重要的课题。俨然和中国政治史同其悠久的官僚政治，像斩除了随即又新生起来的九头蛇似的怪物，许久以来就以其不绝地"复活"而在人们心目中，特别在官僚意象中，显示其"永生"。这对于"望治颇殷"，"除恶务尽"的志士仁人，有时也难免引起一些迷惑。我这种研究，无论如何，总是希望能把这长久笼罩在观念尘雾中的政治暗影或社会幽灵，在某种限度内让其"原形"显现出来的。我那种希望，究在何种程度实现了，那要诉之于读过本书以后的读者诸君的客观评价。而在我自己，却显然因此加深并扩大了对于一般政治经济，特别是中国政治经济的基本认识。

经过这次研究以后，我以往对中国社会史上想得不够透彻，讲得不够明白的许多问题，感到豁然贯通了；而我一向强调的所谓中国社会的特殊发展，这才实实在在的有了一个着落。中国社会长期停滞问题，地主经济封建形态问题，官僚主义、专制主义、封建主义的混一问题，官民对立问题，旧士大夫的阶级性问题，封建剥削性问题，儒家学说长期作为代表意识形态问题，商工市民阶级不易抬头问题，新旧官僚政治的差异问题，中国民主政治与土地改造的必然关联问题，……所有这些问题，在经济的、历史的或唯物史观的系统说明中，都直接间接关联到了中国社会的特殊发展的命题上，并由是明确规定了中国今后历史的发展道路。

自然，我的解说，没有任何理由叫一切人都同意的，那不过是表示我个人在研究中乃至研究后在主观上感到的一种"收获"罢了。事实上，在这样一部小著作中，处理这样多的一些大问题，其不够周延，不够详密，是非常明白的；就是在表现的方式上，有的朋友会表示，要再博引旁征一点；另一些朋友则希望更泼辣更通俗一点，但是，当作中国社会政治之基本原则的科学的研究，它用不着过于学究化，同时也不必是一种宣传品。它对于中国这种既古旧又现实的社会政治形态，只不过是挈领提纲地做了一个研究导言。设用我原来在前述"楔子"中说的话，就是"由于

我个人的学力及研究范围的限制,我对于这个新鲜的大题目,自不敢期待有了不起的贡献,但因为这是中国研究社会科学者应当踏入的新境界,至少也希望能由我的错误而引出真理"。

最后,我得回过头来对于《时与文》杂志负责诸先生表示谢意了。《时与文》有限的篇幅,令我长期得到发表的便利,已够心感了,而他们在我写作过程中所给予的鞭策和鼓励,更属永远难忘。假如《时与文》不发刊,也许这著作还只是潜在我的想象中。由《时与文》分期发表到集印,没有经过多大的增补,而其中字句欠妥或命意欠明确地方的修改,全系劳生活书店编者史枚先生提出,而经我同意改正了的。对于史先生的精细与认真精神,异常感佩。原稿全部由国立厦门大学经济学系高才生孙越生君抄校过,为我分担了不少烦累,特志盛意。本书后面,原来打算把有关官僚资本的两篇论文(《中国官僚资本之理论分析》和《中国官僚资本与国家资本》)作为附录,但因为那两篇论文,已经载在该店出版的《中国经济原论》中,读者容易找到参考,所以从略了。

著者

一九四八年五月于厦门海畔野马轩

(原载《中国官僚政治研究》,1948年10月时代文化出版社)

《厦门大学学报》编辑后记

厦大学报第一卷第一期稿件编定之后，我向自己提出了这样一个问题：包括着这样十几篇论文的出版物，值得成为"学报"么？但这要看我们怎样理解"学报"的含义，如其不一定要是有创见有发现的学术通报，同时也可以是确定大家新的研究方向的学习报告，那就不是怎样僭越了。

厦大在解放前，曾出过几期学报，基本上是刊载文法财经方面的文稿。解放以后，有几次酝酿出一种包括文、法、理、工及财经各方面的综合性的校刊。但自去年理工两院疏散到龙岩，今年又从龙岩复原回来，大家没有时间静下来写作，而生物系又发刊了《厦门水产学报》，所以临时决定先出文法财经版。自去年下半年文法学院全体师生参加土改，集稿工作又受到了很大影响，而同时财经方面文稿，勉可集印专刊，于是再改变决定，先出厦大学报《财经版》，其他各单位集好稿件，即可陆续以《理工版》，《文法版》……刊行，这样就比较容易进行，不致受到某一方面延误的影响。不过，第一期财经版文稿付印，恰碰到"三反"运动全面展开，校印刷厂陷在停工状态；"三反"运动结束，又须赶印思想改造学习及其他文件，一直延到现在，距集稿期差不多拖了半年，说不定有些援引的材料和具体数字，已嫌过时了。

包括在这一期里面的文章的执笔者，有教授、有讲师、助教，其中还有两篇(如"学习实践论与政治经济学的一点体会""苏联预算制度的研究")是由经济研究所的研究生写的。大家差不多都是在不同程度上，由旧经济的泥潭中翻滚过来的，但虽如此，大家却是一致地很有决心，面对着中国新经济的现实，面对着中国建设的需要，以马列主义和毛泽东思想，来加速改造我们的学习、研究和教学的方法、内容。如其说这一些文稿体现出了一个共同的特点，那就是全面向着新方向摸索前进的特点，那就是断然抛弃资产阶级的唯心观点和形而上学方法的特点。不论就经济理论

方面讲，抑是就经济技术学科方面讲，我们均在以极高的热忱，应用革命导师们的经典理论基础并吸收国内外已有的先进经验，来改变我们的思想方法，来改造我们的教学内容。

我们不是说，我们在摸索前进中，已经获得了何等成果，从而把这成果向新经济学贡献出来，才发刊这个学报的；而是说，我们在摸索前进中，需要得到我们学术界，就本期讲，需要得到新经济界各方的教正和指导，才把它刊行的。

我们是这样热切地期待着各方的鞭策和教正。

一九五二年七月七日

（原载《厦门大学学报》（财经版）1952年9月第1期）

关于《红楼梦》研究问题

一、《红楼梦》是怎样的一部文学作品

《红楼梦》是一部伟大的、古典的、现实主义的文学作品。要了解这一点,首先要懂得文学的社会意义,要懂得什么是现实主义文学和古典的现实主义文学。首先讲文学的社会意义,文学和自然科学、社会科学一样,是要为社会服务的,是要把社会现实生活中存在的阶级矛盾揭露出来,作为社会斗争认识上的感性工具的。它揭露现实的方式方法,虽然和自然科学、社会科学从自然或社会现象中去发现规律有所不同,但却有很多共同点:

第一,一切科学都在追求真理,都必须使它所发现的规律符合于客观事实,在文学亦属如此。现实主义的文学就要如实地把社会生活的现实揭露出来,否则,就不能被掌握来作为社会斗争的武器;

第二,真正的自然科学、社会科学和现实主义的文学只有先进阶级才需要,反动阶级最怕暴露真情实况,他们所需要的恰恰是真实的反面;

第三,自然科学、社会科学、文学所考察的对象,都是非常复杂的,自然科学或社会科学只能从考察的现象中去发现最重要最基本的法则,文学也只能通过社会中最有典型的代表性的人物、事例,把最本质的社会生活现实反映出来。

作者找些什么人物、事例来反映社会生活情况,表现了作者的思想倾向,也就是这个作品的思想性,把那些人物事例很恰当、很细致地加以安排处理,使思想主题在整体中非常生动明确地刻画出来,那就需要有艺术的手腕,也就是体现在作品中的艺术性。凡属具备了高度思想性和艺术性的现实主义的文学作品,就被视为是可供研究学习,从其中取得教益的经典性作品。

《红楼梦》就是这样一部伟大的、古典的、现实主义的文学作品,这部作品的

作者以高度的艺术手腕,通过封建官僚、贵族的寄生的、腐朽的生活状态,把我们封建社会的本质,作了极周到、深刻和透辟的描写和揭露。

二、这部作品的研究为什么发生了问题

发生问题的关键在于:第一,因为作品本身具有强烈的反封建性质,思想性很高,一面受到广大人民的爱护,同时就要引起反动人物的嫉视;

第二,由于研究者的阶级立场和认识水平的限制,使他们不能用正确的观点方法来对待《红楼梦》,甚至抹煞《红楼梦》反封建的倾向性,而以兴趣主义、以枝枝节节的考证方法来歪曲《红楼梦》的伟大价值,把《红楼梦》研究成儿女情场故事、作者身世实录,舍本求末地用这样的手法来达到他们的主观愿望,达成他们研究的阶级目的;

第三,这种不利于古典文学遗产、不利于人民事业的写作,直到解放以后的几年中,仍在国内进步文艺论坛上辽视阔步地横行无阻,这就说明我们文艺思想界所受胡适之派主观主义影响之深。

三、青年的文艺修养和如何阅读《红楼梦》

每个人都需要有一定的文艺修养,而不是学文学的人才需要。

谈文艺修养,首先应对文艺作品要有正确的看法。很多人认为小说不是正书,是茶余酒后的消遣品,因而看小说是单纯追求兴趣,没有想到从小说中得到应有的教育,这种看法是不对的。当然消极的、黄色的小说是要不得的,读了是有害无益的,但真正现实主义的文艺作品却有很大的积极意义,它使我们能通过它所反映的社会生活,丰富我们的社会知识和历史知识,丰富我们的感情。

有的人以为小说中的人物事例不一定是真的,但其实那比真正的个别人物事例还要真得多,因为那都有代表性,都有典型的特点,把那样的人物事例组织起来,以高度的艺术手腕突出地活生生地表现出来,那会具有极大的感染力和说服力,使

我们爱憎分明，敌我界线清楚，也就是说，以现实主义手法写出来的作品，可以培养我们的革命情操，增进我们的感性知识，叫我们对于自己生活周围的社会活动更感兴趣，更有热情，因此，不论你学自然科学还是社会科学，在可能条件下学习些文艺作品，是有很大的好处的。

  最后，我想简单讲一讲阅读《红楼梦》的问题。任何一部现实主义的文学作品，不可能不存在一些从某种角度看来是带有消极性的东西，如虚幻想象、色欲，因被侮辱损害而投井上吊，因被礼教束缚包围而逃出家庭，似乎会给读者以不好的影响。但我们如果理解这部作品的宗旨在揭露封建贵族官僚家庭的罪恶，在暴露封建制度本身的罪恶，就知道所有这些在我们今天看来是不健全的因素，但都是批判的现实主义作品所必须具备的，缺少了这些，就不成其为现实主义的东西。也就是说，我们愈能体会一部伟大作品的正面意义，就愈不致受到它的消极因素的影响。但要对此有所分辨，是必须通过政治理论学习、具备一定思想水平才行的。

（原载《新厦大》1955年2月16日第102期，本文略有删节）

注：

  1955年1月28日下午，厦大学生会举办"《红楼梦》讲座"，王亚南校长根据同学的特点，就"关于《红楼梦》研究问题"作了通俗的演讲。

《学术论坛》发刊词

《学术论坛》是我校社会科学方面的中型定期刊物,这个刊物当然有它的目的要求。说明它发刊的要求,并说明它那个目的如何始能达成,它那个要求如何始能满足,就是我需要在这个发刊词中予以交代的。

从产生的过程来看,这个刊物可以说是《厦门大学学报》的一个派生物或转形物。《厦门大学学报》从一九五二年就开始发行,刊印期数逐渐增加,一九五五、一九五六两年,每年均印九期,其中社会科学版六期,自然科学版三期。期数的增多,一方面诚然体现了我们学校科学研究的进展倾向,同时也难免因为追求数量,以致影响质量;事实上,我们的学报的质量水平不高,或者较恰当地说,它的质量水平不齐,已经说明那是追求数量的不良后果。为了补救这个缺憾,自一九五七年度起,学报只出四期,即社会科学版两期,自然科学版两期。这一来,当作学校全体教师科学研究成果会刊来看的学报的质量,就可能相应有所提高,它的内容也就可能较为充实。

然而,揆诸实际,这是极其相对的说法。并不是刊物的期数出得愈少,就可以保证它的质量相应愈高。科学的研究活动,是在大家相互鼓励推动的一定气氛下进行的。单纯以少求好,不但靠不住,并且也和当前加强科学研究的趋势有所抵触。因此,我们学校一方面减少学报的期数,同时又决定推出两种中型刊物。对于自然科学,刊行"科学进展",每年两期;对于社会科学,则刊行"学术论坛",每年四期。这样做,除了上述的理由外,显然是因为这样性质的刊物,不仅较易展开百家争鸣的学术活动,并还大有助于新生力量的培养。现在且单就社会科学方面的《学术论坛》,来简单说明它如何较便于达成这两个目的。

就贯彻"百家争鸣"的方针而论,像学报这样的刊物,当然也要在其中体现出百家争鸣的精神。也就是说,它应当容许各方面不同的意见,而在事实上,我们以往在这方面也不时有所表现。但按照今日党中央提出的"百家争鸣"的要求,却是做得非常不够。原因很多,这里只指出这一点来,就是以学报的体裁和形式而论,要它完全担当起自由争论的任务,确实不免有些形格势禁的地方。

我们知道,自由争论的最后目的,诚然在于发现科学的真理。但比较全面而系统的一家之言,不是在一开始争论的时候,就可以一下子发现或创建出来。如果我们一开始就这么要求,那就不但不能展开自由争论,甚且会在一定程度上妨碍自由争论。试简单回顾一下厦大学报几年来在这方面的情况就可明白。《学术论坛》的刊行,就是希望在这方面能大大补充学报的不足。目前在社会科学方面有许多问题需要展开争论,我相信,我们大家都会把《学术论坛》作为他们畅所欲言的园地。

和贯彻"百家争鸣"方针较密切联系的另一个目的,可以说是培养新生力量。我们学校有几百位青年教师和青年科学工作者。在以往的厦大学报中,诚然也刊有不少新进青年作者的研究成果或论文。但把人的数量和论文的数量对比起来,毕竟只占有有限得很的少数。

我们知道:把思想材料变成系统的语言,把系统的语言变成科学的文字,是要经过一个冶炼的历程。冶炼无疑要有一定的时间,但尤其要有磨砺以须的场所。就我们高等学校的具体情况来讲,如其说讲坛是敦促我们把思想材料变成系统语言的场所,而比较能刺激诱发大家自由讨论的一般学术性的刊物,就是鼓励我们青年把系统语言变为科学文字的场所。和老年科学家或教师比较,年青的人应当是少受到一些既成的范畴或太习惯了的传统思想体系的限制,也就是说,他们应当是不断有新的意见发表的,特别在我们这样日新月异的社会中,特别是在社会科学的领域内。但这样提法,即把《学术论坛》看作培养新生力量的园地的提法,一点也不妨碍我们老年教师在那里面发表意见,而且更希望他们(当然也包括我自己在里面)多在其中发挥指导诱掖的作用。所以我们创刊这样一般的学术性刊物,正好是希望通过这种刊物,能培养出更多的青年科学工作者。

只有这样,只有从这个角度考虑,才能看得出我们缩减学报期数,增加一般学术性刊物的积极意义。

上面已经把发刊《学术论坛》的目的和积极意义简略指明。但为了要更好地达成这个目的，或更好地达到贯彻百家争鸣方针和培养新青年力量的目的，我提出这几点希望。

第一，我们的自由论争必须是有原则的。原则是什么？就是作为科学理论应当具备的基本条件，就是要有事实根据，引申一下，就是要无悖于唯物主义的观点。这不是分明排斥唯心主义，并和允许唯心主义同样有发言权的主张相抵触么？我认为这没有抵触。让是和非、曲和直同样有权争鸣是一回事；使是还是、非还非，把是非曲直搞个明白又是一回事。

争鸣的目的，不只是为了要把一切对的不对的都罗列出来，更是要通过争鸣，使对的和不对的有所辨别。用什么来辨别呢？事实或者物质的存在关系。在哲学上来说，就是唯物主义。事物是有变动和发展的，于是，更严密更科学一点说，就是辩证唯物主义。

让主张人是上帝所创造的意见和主张上帝是人所创造的意见来争鸣，让主张西周是奴隶社会的意见和主张西周是封建社会的意见来争鸣，让主张生产力的发展是由生产力本身的内在矛盾所推动的意见和主张它是由生产关系所促进的意见来争鸣……无论哪一方面登场，都认为他是根据事实，都不会说他不是根据事实（至少在二十世纪的中国论坛上是如此）。

问题就在于事实的可靠性如何。是可靠的，有说服力的，至少在现阶段的认识基础上，应当认为它是正确的，否则就不正确。一切还没有作结论的意见，就表示那可能是唯物的，也可能是唯心的；也可能在某些方面是唯物的，某些方面还是唯心的，争鸣就是要搞清究竟，不是要混淆黑白。这是一点。

第二，我们的自由论争是要有一定的范围的。有什么讲什么的意思，就表示什么问题都可以提出来谈。但宇宙或人间的问题是怪多的。我们在一定的时空或历史条件下，只能提出我们社会实践上比较迫切需要解决的问题。这样，就不但便于集中论点，便于引起争鸣，同时也便于联系实际。

目前在社会科学方面，已经有许多问题等着我们解决。只要是和我们现阶段的社会实践有关，不论是大的问题还是小的问题，也不论是属于技术的问题还是属于原则性的问题，都不妨提出来讨论。我们在大学里从事教学研究工作，一直就在强调理论联系实际，应当说，这在事实上就无异为我们《学术论坛》的争鸣设定了一个范围。

我们今天的人力物力，无论就哪方面讲，都应集中有效地使用，在学术性的讨论上，也不能不如此。我其所以不惮反复谈到这一点，就是痛感到我们论坛上多少出现了一些舍近而图远，或好高而骛远的倾向。不和当前急需解决的问题发生直接或间接的联系，其弊害将不止于浪费人力物力，且会使论争变成不着边际的空谈。这是又一点。

第三，我们的自由争论是应当采取互相尊重，互相学习的态度。理论上的井水不犯河水，一团和气，当然会妨碍彼此的进步，但论争起来，又会发生互不尊重或意气用事的毛病。这两种态度，都是和科学的研究精神相抵触的。如其说我们论争的目的，是在于发现实理，则我们论争的过程，就是互相学习互相教育的过程。

谁在论争当中，采取虚心求教和倾听对方意见的态度，不论他的主张是对了，还是错了，他已经从论争中获得了教益。反之，他错了固不必说，就是对了，也不见得就能从那种论争中有所提高。一个科学工作者，是不能有成见的，成见和科学真理是格格不入的。但这不等于说，他不应当有定见。真理的发现是逐渐的，是由不完全进于完全的。如其说，对于一种见解或主张，已经有确实可靠的论据证示其不能成立，还要坚持，就是成见；则对于同一种见解或主张，还没有确实可靠的论据证示其不能成立，而仍旧坚持，就只能算是定见。

比如说，对于西周社会的性质，我到现在为止，还相信它是封建制的，不是奴隶制的，但我并不想这样一直坚持下去，我只是期待主张后一说的人，能提供出更多更有说服力的证据。同时，如果主张西周为奴隶社会的人也同样期待着对方，也准备等待对方提出更多更可靠的证据而毫不迟疑地抛弃他原来的主张，那就不是成见而是定见，不是关闭真理之门，而是把它当作达到真理的阶梯。学术上自由争论的风气是可以养成的。个人化除成见、虚心求益的精神也是可以在论争过程中养成的。

以上是我对于我们《学术论坛》今后贯彻百家争鸣方针和培养新生力量所抱的几点希望。就是在这几点希望的说明中，也可能存在着不少值得"争鸣"的地方。不管怎样，我相信大家会从各方面努力来爱护来栽培这个新辟的园地。

1956年12月29日于上海旅次

（原载《学术论坛》1957年2月第1期）

王亚南主要译著和他创办的部分刊物

雨果的长篇小说《九三年》读后

从下午一直到深夜，总算把雨果的《九三年》读完了。由于兴趣横生，节节引人入胜，不忍放手，思想感情跟着作者或书中人物的变化而变化激动，以致读完的时候，异常疲倦。读小说在我，似乎不是一种愉快的享受，而是一种思想斗争；虽说是有益的，但却不适宜身体精力用到疲倦了的场合，再加上这样的精神压力。

总的说来，《九三年》描述法国大革命"九三年"那一时期的情况和场面是伟大而生动的。书中的人物只有在那样的激变和动荡的气氛下，大家失掉了日常生活习惯支配的心理平衡，才有那样一些不平常的突变。

1. 阿尔马罗立意刺杀侯爵朗德纳克，等到朗德纳克落到他的手上，却因后者讲了一套迎合农民的保守性格和宗教情绪的大道理，阿尔马罗就变化了，甘愿做他的百依百顺的奴隶。

2. 在巴黎方面的几个革命支柱，丹东、马拉、罗伯斯庇尔相互的攻讦，内部钩心斗角，在他们对话或对骂中，把各色教士、贵族在大革命浪潮激荡翻腾中的失态和不能控制的变态，描写得淋漓尽致。而教士西穆尔登的登场，子爵郭文的出现，就是在这种惊天覆地的变化中。试想，在平常的状态下，这种人能站到革命的共和党方面来，同他们自己的阶级维护者作殊死战斗么？

3. 郭文子爵和朗德纳克侯爵同是法国经历了许多世纪的大贵族，郭文一家是叔祖和侄孙的关系。郭文子爵站到革命队伍中，充当他出生地旺代地方的革命军司令，他立志要打垮朗德纳克领导的反动农民军。他们面对面做了无数次的肉搏战，最后朗德纳克被逼围困在他们从前防范农奴和关押农奴的堡垒中。罪大恶极的朗德纳克因阿尔马罗的指点从地道里逃脱，但为了救出三个在大火中的小孩，英勇地打开旁人无法打开的铁门，从火中救出那三个小孩，自己束身就缚。这就感动了他的侄孙郭文，决定偷偷地把他放走。

4. 教士西穆尔登原来是郭文子爵的家庭老师，现在是由巴黎派来做郭文监军的政治委员，他们有父子一样的深厚感情，但前者主张对反革命毫不姑息；后者却认定不能乱杀，在战场上可以勇敢一些，而在平时，在战斗圈外，就要"恕"，要"慈悲"，因为我们是人，我们的革命是为了人。

他们的思想斗争焦点，集中到对待朗德纳克的处置上。教士一定要把朗德纳克送上断头台，但郭文子爵却暗地里把他放走了，而把自己囚在堡垒中。教士以政治委员的资格审判了郭文，郭文率领的四千五百军士匍匐在地上哭泣，不敢仰视这位敬爱的司令官。于是，当郭文的头颅被割下时，教士西穆尔登也举枪自杀了。

5. 全书从开始到终结，都有那个母亲为了找寻被朗德纳克带去的三个儿子的悲惨场面，表示对反动势力任意屠戮妇女小孩的痛恨和愤怒。在这些场合，作者伟大的人道主义精神充分表露出来了。

（原载王亚南《访缅日记》手稿，1957年10月12日）

我们研究经济的方向与实践

——《经济调查研究集刊》发刊词

为了贯彻党的教育方针和群众路线,为了使我们在经济方面的学习和研究,能够紧密地结合生产劳动,充分地发挥群众力量,以期更好地为社会主义建设服务,我们厦门大学经济系在这一年中有了重大的变革。现在拿来出版的这个经济调查研究集刊,就是当作这个变革的一项成果而提出来的;它不仅仅代表着我们新的研究方向,同时也是我们沿着新的方向而努力的实践。

政治经济学原本是一门最有实践意义的科学。但是由于理论脱离实际的倾向,和阶级社会历来重视书本知识教育、尊重劳心者的传统,结了不解之缘,所以到了解放以后,即使是在充满了战斗气氛和实践意义的马克思主义政治经济学领域,这种脱离实际的积习仍没有根本改变过来。尽管和解放以前比较,我们的教学内容通过一系列的改革运动,有了不少改变,但由于整个教育方针方向有待于根本变革,而学习的方式方法又还是老的一套,这就使教学研究内容的革新受了极大限制。

啃书本,念讲义,教师一般是按照自己的兴趣,关起门来搞研究工作;学生也效法教师的榜样,在四年中,能挤出两三个月的时间来做一次带有参观性质的实习活动,就算是联系了实际。而且,就是这么一个联系实际的机会,不论是指导的教师还是学生,都拼命争着要到离我们比较遥远的大城市去,理由是从书本上所学的东西,只有大城市里的大企业活动,才可得到验证,才用得着。

事实上,在厚古薄今、厚外薄中的教学过程中,就无异在鼓励他们的好高骛远的、舍近求远的不切实际的作风,也就无异在培养他们在学成结业后不肯到工厂、矿山、农村去担当较繁难的建设工作的倾向。这种严重脱离实际的缺憾,是带有浓厚的历史性和阶级性的。由于这不是个别人的个别现象,而表现为整个文教界的一个社会倾向,它的彻底变革就只能期之于全面性的文化革命。

将近一年来,为了适应农业上工业上的大革新大跃进大发展的紧迫需要,党中央和毛主席在总路线号召中,提出了文化革命、技术革命要求,提出了教育为工人阶级政治服务和结合生产劳动的明确方针。我们学校为了响应党的文化号召和贯彻新的教育方针,对于整个教学和研究内容及其方式方法,都做了重大的变革。其中,最有根本性的关键措施,就是把参加生产劳动作为一个非常重要的项目包括在教学计划中。通过工农业的生产劳动,不论是教师还是学生都改变了整个精神面貌,改变了他们对教学和研究的根本看法;以往只对厚重的深奥的书本知识感到兴趣,现在却多方面争取走出课堂,走出个人研究的象牙之塔,去接触实际,去面对新鲜事物了。

　　在这一点上,我们经济系,特别是其中一向较多重视理论的政治经济学专业的师生,在上学期整半年中,一二年级留在学校主要是搞劳动和运动,三四年级则分途边劳动,边参加工农业调查研究工作和对福建全省对资改造文献整理编写工作。他们通过这样的学习和研究,不仅改造了思想,提高了认识,改变了习性,对于有关工作部署做出了一定的贡献;单就所获得的实际知识说,也比以往依老一套方式方法,从书本上、从教师那里学得的东西,要丰富得多,要切实有用得多,要牢靠得多。我们经济系其他专业乃至全校其他各系采取相类似的学习研究方式所获得的经验,也大致相同。结局,由实践检验得非常正确的新的教学研究方向,就成为我们进一步行动的指南。

　　在暑期中,我们经济系师生都分别参加了厦门市及邻近地区的调查、普查及其他基层经济工作;到了本学期,又有很大一部分师生投到大搞钢铁生产,大办人民公社运动的高潮中。虽然啃书本知识的时间相对地减少了,但由于接触实际的机会多了,眼界开阔了,思想解放了,不少的集体研究成果陆续从各种形式的实践中提炼出来。在这次准备公开刊登的经济调查研究集刊第一集中,就有一大部分论文是这样产生的。

　　就在这当中,为了更好组织、领导并开展这个研究工作,经济系党总支建议成立中国经济问题研究所的机构。这个建议得到了学校党委及行政方面的积极支持。尽管在对敌斗争的炮火喧天中，标志着我们经济系的一大变革结果的中国经济问题研究所宣布成立了，同时并还举行了它的第一次科学讨论会。提到那次科学讨论会中的研究论文，共达两百余篇，在数量上讲可以说是空前丰富的，尽管在质量上还有待于我们继续改进提高，但研究的正确方向却保证了它的几个显著特点：

第一，它是确确实实地联系实际的结果：所有的材料都是实地亲身调查得来，从丰富材料中提出问题，言之有物，不同于空淡泛论。

第二，它是走群众路线、集体协同合作的结果：所有的论文差不多都是集体创作，发挥了群众智慧。

第三，它是就地取材、着重解决当前问题的结果：从当前当地提到建设日程上的经济问题出发，就加强了它的现实性，加强了它对于建设服务的目的性。

上述的这几点，从集印在本刊中的大部分论文中反映得非常明白，并且那也是大体通过前述科学讨论会加以肯定了的。正因为这个缘故，我们就认为通过这样的调查研究方式所获得的第一种资料或经过了思想加工的资料，无论是为了结合教学，为了进一步研究，为了对建设有所贡献，都值得保留下来，刊印出来。

现在提到同志们面前的，是作为我们经济系的中国经济问题研究所的出版物之一的经济调查研究集刊第一集，续集将陆续刊印出来。我们希望同志们指教和协助的，不仅是如何继续提高学习研究水平问题，同时还更是如何在研究内容和方式上继续彻底贯彻党的教育方针和群众路线问题。我相信，我们经济系及中国经济问题研究所的全体同志一定会在这两方面进一步加紧努力，以争取全国经济学界和经济机关工作同志们的热忱帮助。

1958年10月27日

（原载《厦大经济系经济调查研究集刊》（第1集）1958年10月）

写在《〈资本论〉通俗讲座》前面

（一）

《资本论》的学习，一般总是令人感到有不少的困难。对于我们一般文化基础知识较差，而又没有充分时间仔细钻研的青壮年干部同志来说，尤其是如此。学习原来就是一个克服困难的过程。对于任何一部有价值的著作，要想在学习过程中，不遇到一些困难是不可能的。问题是像《资本论》这样一部"体大思精"的书，如果能让读者在开始学习它以前，或者在学习过程中，得到某种有助于减轻他们困惑、增进他们理解的入门书，那也是非常必要的。

《资本论》第一卷出版后不久，恩格斯就曾为它写过一个简洁明了的《纲要》。此后，在各国马克思主义出版物中，还出现了种种关于《资本论》学习津梁一类的书。事实上，我们有很多人学习《资本论》（特别在《资本论》中译本出版以前），就是通过各种津梁书，慢慢去接触领会它的。解放以后，学习《资本论》的人愈来愈多了，对于学习它的津梁书的要求也更迫切了。

综合各方面的要求，似乎以下这三类书是大家所希望的：第一，简易通俗本——基本上是按照《资本论》的体系章法，就其中如恩格斯所提示过的（关于第一卷，他写了《纲要》，关于第二、第三卷，他在一八九五年给阿德勒的信中，更把哪些篇章是重要的，哪些是不那么重要的分别有所交代）最基本的最重要的部分，逐卷逐篇乃至在很大程度上逐章加以简易通俗解述。分量不超过全书三分之一。第二，压缩本——还是根据恩格斯上述的提示，就《资本论》原本加以压缩，其目的不仅在使读者直接读到原书，并使他们能费时费力较少地读到原书最重要最精辟部分，如其需要深造的话，那还可作为以后通读全书的过渡。压缩本篇幅最多不超过全书三分之一。第三，一般研究本——这可能有种种格式。但一般总希望包括这么些内容,即说明《资本论》的精神实质何在,概括而系统地阐述全书结构;论证它在理论与实践各方面发生的深刻影响,特别是看它的理论方法应如何应用到我们当前的经济问题研究上来。这个研究本的篇幅可以写二三十万字,也可以稍多一些,但不能太大。

这三种形式的津梁书,说不上哪一种最重要,问题是因人而不同。也许简易通俗本的要求更迫切一些。因为一般研究本,毕竟是属于一种在内容上较有伸缩余地,并还需要具有较广泛基础知识的读物;对于压缩本,又还有不同的看法,有一次在北京谈起这个问题的时候,有的同志就认为,一个读者能阅读压缩本,还不如让他通读全书,而且"半部《论语》不知从何割断",三分之一的《资本论》毕竟也是大费剪裁的。这也许是《资本论》迄今还不曾出现一个全书压缩本的原因。至于简易通俗本,国外是有各种版本的,介绍到国内来的也很有几种。考茨基的《马克思的经济学说》,博哈德的《通俗资本论》,河上肇的《经济学大纲》,高畠素之的《资本论大纲》,此外,还有用政治经济学教程、教本名义,而其实是解述《资本论》的种种书籍。尽管如此,我们在实际上,对于一个简易通俗本的要求,并不会因为有了这些翻译本而变得更缓和一些。为什么呢?

这除了许多从国外翻译过来的通俗本子,如博哈德、高畠素之等等的论著,有较严重的错误外,似乎还存在这样一些问题。首先,像《资本论》这样一部关系人类历史命运,关系马克思主义哲学社会科学理论的建设与发展的伟大著作,在每一个历史发展阶段,在每一个采取了不同阶段斗争形式的国家民族,学习起来,都会依照它的时代或阶级的要求,提出不同任务。哪怕同是这一部书,它里面蕴藏着丰富而深刻的内容,只有通过各个不同时代和阶级斗争的不同要求,才能逐渐启发引导我们去发掘它,体会它,发扬它。"温故而知新",在这里是有更深刻得多的含义的。

其次,《资本论》的学习研究也是一个历史过程。当《资本论》的理论与方法,尚是当作一种假设存在,而在敌对阶级看来,尚是当作一种邪说,一种政治成见,

霜叶红于二月花
—— 王亚南随笔、书信集

一种幻想存在的情形下,来对这部书加以解说,和在另一种情形下,即在马克思的学说已经由社会革命建设实践证明为科学真理,连它的阶级敌人也不复把它看作是政治成见或幻想,却看成是对他们存在的威胁的时候,来对这部书做简易化通俗化的工作,该会多么不同啊!

时代变了,对于马克思主义的认识变了,由马克思主义的经典作家和进步人类,不断对《资本论》所做的努力与发现,愈积愈多了,我们不能满足于以往的有关的哪怕是正确的通俗论著,那也是非常明显的。尤其重要的是,我们从事任何一项科学思想工作,都是要把时代向我们提出的要求和任务贯注在它里面的。尽管搞《资本论》简易化通俗化工作,是"述而不作",不能凭自己的臆断或主观揣测来改变原书的主旨,但一联系到我们不是单纯为《资本论》而学习《资本论》,而是希望通过《资本论》的学习,直接间接有助于我们当前的理论与建设的任务;批判分析当代垄断资本及其思想意识,彻底揭露各种修正主义、改良主义和全面研究我们社会主义经济制度等等。我们在对《资本论》作解述说明的过程中,就会在无形中贯注我们的时代精神,使它有生气,有生命,有着我们见不到摸不着但却非常真实存在的新鲜气息与活力,叫读者不感到它是过于生疏的、相去很远的,和我们的精神生活没有什么相通的东西。当然,要做到这一点是很不容易的,而提出这样的要求却是十分应当的。

事实上,这里已表明,我们学习《资本论》,我们通俗解述《资本论》,应把中心注意点放在什么地方。我们要认真了解《资本论》里面的重要基本理论,尤其要了解贯彻在那些理论里面的观点方法。这不仅是因为不对马克思的观点方法有明确理解,就不可能正确认识他的理论,同时还因为,或者更因为,我们要达成上面讲到的时代向我们提出的理论斗争与建设的任务,学习马克思在《资本论》里面体现着运用着的革命的批判的观点方法,是非常必要的。对于马克思,任何一种理论都只能在它所反映的事物的发展过程中去把握它,都只能就有关事物在总体系中所处的地位及其扮演的作用,去确认它评价它。他的唯物主义原则和辩证的方法,是他自己和恩格斯曾就《资本论》及其他有关论著，反复为我们论证说明了的。那是《资本论》本身和我们了解《资本论》的科学线索。

（二）

我们知道，《政治经济学批判》这部著作，是作为《资本论》的前篇而发表的，《资本论》还被附题为《政治经济学批判》。马克思就《政治经济学批判》一书所作的导言和序言，恩格斯所写的《卡尔·马克思〈政治经济学批判〉》以及马克思就《资本论》所写的《初版序》和《第二版跋》，这五个文献可以看作是马克思主义哲学的世界观与方法论的最精粹、最生动的说明，是马克思写作《资本论》的指导思想，因而，也是我们学习《资本论》的指南。详细解述这五个文献的内容不是我这里要做的，我只想指出其中有助于理解《资本论》，也有助于我们当前从事理论斗争与理论建设的下面这几点：

首先，我想谈谈《资本论》的世界观问题。世界观就是我们对客观世界的看法，把范围缩小到我们当前讨论的问题上来说，就是对所研究对象即资本主义经济制度的看法。由于把客观世界的存在和发展看作第一性的，是属于辩证唯物主义的认识论的范围，而把社会经济制度的存在与发展看作第一性的，就是把辩证唯物主义推广到社会生活方面，属于历史唯物主义的认识论范围。马克思主义的唯物主义其所以是唯物主义的最高级的形式，是最完备的形式，就是因为它不像以前的唯物论那样"离开人的社会性，离开人的历史发展，去观察认识问题"。[1] 历史唯物主义或唯物史观，是马克思的伟大的发现，而他的《资本论》则是他的历史唯物主义的全面的科学论证。包括在历史唯物主义或唯物史观中的几个基本原理，如物质资料的生产方式，决定着社会生活、政治生活及精神生活的一般过程；如生产方式中的两个方面，生产关系与生产力的辩证发展关系，如为生产关系、为经济基础服务的上层

---

[1] 《毛泽东选集》第1卷，人民出版社1952年版，第271页。

建筑,将随着生产关系阻碍生产力的发展,以致引起政治法律形态的变革,引起社会革命等等,就是马克思对资本主义经济制度进行研究的指导思想线索。

这一些基本原理,要求把所研究的对象,即资本主义经济制度的生成发展看成是一个不以人们的主观愿望为转移的自然历史的过程。资本主义制度是否合理,它是否能永恒存在,不取决于我们对它的爱憎,而取决于它自身内在的本质表现及必然的发展趋势,取决于客观的科学根据。在马克思以前,资产阶级经济学者已对资本主义经济制度写下了非常多的论著,作了各种各样的说明,其中有的是错误的,有的是正确的,有的是正确包含错误的。他们没有能够把资本主义经济制度的本质揭露出来,除了阶级成见的限制外,就是由于他们所采取的观点方法,不可能作出完全正确的论断。正因如此,所以马克思对于他们的批判,就不能枝枝节节地分别来做,而必须就资本主义本身的整体活动,来看他们的理论,如何与事实相抵触。

恩格斯在前述《卡尔·马克思〈政治经济学批判〉》一文中曾这样讲过:"我们面前这样的著作,决不是对于政治经济学的个别章节作零碎的批判,决不是挑选出经济学上某些争论问题作孤立的研究。正相反,它一开始就以系统地总结经济科学的全部复杂内容,并在联系中说明资本主义生产与交换为目的。经济学者既然无非是这些法则的解释者和辩护人,那末,这个说明同时就成为对全部经济学著作的批判。"[2]资本是资本主义社会的灵魂或生命线,整个资本主义经济的活动,无非就是资本的活动。资本的活动,无非就是资本家对于劳动者的剥削活动。把《资本论》作为书名,抓住资本这个范畴,把它作为这个社会的最本质最基本的关系来进行分析,就不仅叫那些为资本辩护的理论没有躲闪的余地,同时在资本及其运动法则的系统说明中,已经在全面展开批判,在展开批判中已经建立起来了自己的理论体系。这就是为什么作为政治经济学批判的《资本论》,竟积极地创建起了马克思主义的政治经济学。

其次,想再谈谈《资本论》的方法论问题。必须先交代清楚,马克思主义的认

---

[2] 马克思:《政治经济学批判》,人民出版社1955年版,第177—178页。

识论是和它的方法论统一的；对于客观世界的看法是属于认识论的范围，同时也包含了方法论。客观世界是第一性的这个命题的成立，那已经是在方法论上把一切精神现象、思想、意识看作是和它相区别，并作为它的反映的结果。不过，我们可以这么说，要贯彻唯物主义的观点，它的方法必须是辩证的，是符合于辩证的表达的要求的。就资本主义经济制度的研究而论，即使采取唯物史观，一开始就抓住了资本这个关键性的社会生产关系来进行分析，但如果没有与它相照应的辩证方法，由简单到复杂，由里到外，由低级到高级来一步一步地展开研究说明，还是不能系统地全面地把资本主义的本质及其运动法则揭露出来，从而也就无法贯彻唯物主义的观点。

正是在这样的意义上，恩格斯曾就辩证法指示我们说："马克思对于政治经济学的批判，就是把这个方法作为基础的，这个方法的树立，我们认为是一个成果，就重要性说，丝毫不亚于唯物主义的基本观点。"[3]我们知道，辩证法是自然社会和人类思维发展的一般规律。但由于人类社会的发展过程是非常复杂和曲折的，要把社会和人类思想发展的一般规律表达出来，就我们现在研究的问题来说，要把资本主义社会的发展规律如实表达出来，在研究当中，显然要采取一些便于那样表达的做法。在前述五个文献中，马克思恩格斯其所以在辩证法以外提到抽象法，提到研究的方法与说明的方法，又提到历史的和逻辑的方法，原因就在这里。

有不少学习《资本论》的同志曾提问到这些方法相互间的以及它们与辩证法的关系的统一问题，我想在这里试图简单交代一下。研究要从大量丰富的材料出发，有了大量丰富的反映资本主义经济生活的客观材料，就可以从那里辨认出各种各样的经济活动形态，发现出它各别的表现倾向。就以资本主义社会的资本为例来说吧，就资本门类讲，有产业资本、商业资本、借贷资本等等，就资本转变形态讲，有货币资本、生产资本、商品资本等等；就资本的价值关系讲，有固定资本和流动资本，不变资本和可变资本等等，发现这种种色色的资本的名目及其作用，这是一个很重

---

[3] 马克思：《政治经济学批判》，人民出版社1955年版，第180页。

要的研究工夫，但把它们综合起来，在一个总的体系中来系统地加以说明，却是一个更费气力的工作。

在任何一个资产阶级经济学家（包括他们最优秀的代表人物）看来，这是没有什么问题的，因为第一，他们自始就不曾从现实中，研究发现出这么多名色的资本形态；第二，他们照例是在"三位一体"（生产、交换、分配）的分篇法中，在资本这个生产要素的项目下，来含糊笼统地处理一切资本形态；第三，由于他们没有把资本运动看作资本主义社会一切经济活动的总枢纽，对于这些资本形态的安排，似乎随意一点，也感不到什么矛盾。马克思却认为，这正是他们应受到严厉批判的地方。他愈是发现现实中存在那么多不同性质、不同机能、不同价值运动形式的资本形态，就愈感到要在总体系中恰如其分地差别对待它们。于是说明或表述的方法，就关系到把资本主义经济现实在观念上再生产出来的体系或结构问题。

资本的运动就是价值增殖的运动，就是生产剩余价值的运动，就是劳动者阶级为资本家阶级生产剩余价值的运动，而在这个社会，流通的结局就是为了实现那个剩余价值，分配就是为了分配那个剩余价值。在《资本论》里面，把资本的生产过程、资本的流通过程、资本主义生产的总过程作为总结构，是完全符合资本主义的现实的。这个总结构确定下来了，我们前面讲到的那些不同的资本形态，就会分别安排在适合于它们实际的地位。在资本的生产过程中，说明不变资本与可变资本；在资本的流通过程中，说明资本的三种转变形态（货币资本、生产资本、商品资本），并在其中生产资本转形项下说明固定资本与流动资本，最后，在资本主义生产总过程中，说明各类型资本瓜分剩余价值竞争的场面。

这样的布局就表明，我们把错综复杂的现实经济运动，分别门类，分清主从关系和先后次第加以表述，一方面要采用抽象法，同时又要依照历史的逻辑的程序。为什么呢？就抽象法来讲，那是研究一切无法在实验中加以检证的社会现象必须采用的方法。在现实的经济关系中，各种经济活动、各种资本运动是相互依存相互交错的。不运用抽象力，分别设定合理的假设，暂时把所要集中研究以外的因素舍象去，作为是不存在的或是不成问题的，就无法进行分析。可是，所有暂时被舍象去的东西，又必须在接下去研究的适当场合，逐步一层一层地加入考察范围，使最后的研究接近于实际情况。

马克思在《资本论》中，就是高度运用抽象力，从简单到复杂、从抽象到具体来开展他的研究的。还是就前面处理各种资本形态的例子来说明罢，在第一卷资本的生产过程，我们还只碰到一个作为资本家阶级的代表人物出现的产业资本家，还只接触到产业资本，并且假定他所生产的商品，都能按价值售出，能稳得到全部剩余价值。这就是说，除了和说明剩余价值生产有密切关系的劳动力买卖和工资这个分配形态以外，一般的流通和分配情况都假定是不存在的，或不发生问题的。等到资本生产剩余价值的秘密，即只有购买劳动力的可变资本部分，由劳动力的使用增大了价值这个秘密，在直接生产过程中被揭露出来了，再回过头来把原来看作不成问题的剩余价值的实现问题加入考察。

在流通过程中，才看到资本由货币形态转变成生产要素形态，再转变成商品形态的总过程，并才在资本生产要素形态方面，看到固定资本与流动资本的不同结构，如何影响资本周转的速度；等到剩余价值的生产与流通的问题解决了，再在这个基础上，看到原来假定不存在的各种资本家和地主、各种形态的经营资本，为了瓜分剩余价值、攫取更多份额的利润，相互间做着你死我活的竞争。我们在这里才见到日常比较熟悉的资本主义活动场面。但作为资本主义生产的总过程来看，它已经不像原来呈现在我们面前的那样千头万绪，不可究诘，而是从本质到现象，关系分明、条理清晰的了。

这已不难想见合理的抽象，该是如何有助于本质的分析。可是在这里我们应当注意，做出那样一个像是先验地存在那里的体系，单单采用抽象法是办不到的，从复杂的经济现象中单抽取出某些因素来讨论，而把其他因素暂时舍象去，那也不是任意的，而要依据一定的次第，要看怎样才便于把所研究对象，即整个资本主义经济的辩证发展关系如实表达出来，由简单到复杂，由低级到高级，由单纯的抽象上升到包括有各种规定的具体这个进程,就是恩格斯所指示的历史与逻辑的方法的统一体现。就全部《资本论》三卷讲,就各卷的篇章讲,以及就每编每章各论点展开的顺序讲,都明确地显示了这个方法的高度运用。

这里也许需要交代一下历史的逻辑的方法的区别及其统一。《资本论》开头所讲的,是商品、货币、资本的发展转变过程。劳动生产物采取商品形态,商品分化为商品和货币商品,以及货币转化为资本,从它们的演变先后次第讲,是历史的;从它们演变的内在必然因果联系讲,是逻辑的;劳动生产物一采取了商品形态,同时就提出了作为其交换媒介的特定商品的货币化要求,而在一定历史条件下,货币又成为资本的出发点。历史的发展,一般总表现为其内在本质关系的逻辑的发展。不过,由于经验上的自然、社会条件不同,各别社会的具体历史发展过程,往往不免发生一些曲折或表现得不那么千篇一律,这就有必要诉之于具有一般趋势的逻辑来予以补充,不论是这里讲到的商品、货币、资本发展关系,还是商品分析中价值形态的发展关系,也无论是剩余价值由绝对形态到相对形态的发展关系,还是资本由积累积聚到集中的演变……都明确证示了历史的与逻辑的方法的统一运用。

比如,资本主义的工业,由协作手工业工场到大工业的发展历史,就清楚地表明了个别资本家为了争取超额利润,拼命改良生产技术,不断提高资本的有机构成,以一种不可抗拒的必然趋势,促使绝对剩余价值不能不合乎逻辑地向相对剩余价值发展。只有这样,事实上也正好是这样,整个资本主义社会的经济运动才表现成为合乎历史逻辑的辩证发展。这在《资本论》第一卷就充分表明了,第二卷和第三卷讲的内容不同,表述的方式方法也不能和第一卷完全一样。但无论是在流通方面讲各种资本在循环周转上的转形,讲个别资本运动综合为社会资本运动,讲再生产公式上的单纯再生产与扩大再生产,以及在资本主义生产总过程中,讲价值发展为生产价格,讲各生产部门不同利润率的平均化,和一般利润率的下降趋势,这都和第一卷的有关说明相照应,并且都符合于历史的逻辑的表述程序。不是这样,整个资本主义的辩证发展关系就表达不出来,《资本论》就不能成为马克思所留下的"活的辩证法"了。一句话，《资本论》的方法论，是把所研究的资本主义生产关系的辩证发展作为它的出发点，而要把这种辩证关系如实地唯物地表达出来，不但要采用研究的方法，还须在说明或表达中，应用抽象法，应用历史的逻辑的方法。

最后，再谈谈《资本论》的观点与方法的应用问题。马克思采取上述的观点与方法，来研究资本主义经济制度，批判资产阶级经济学说，来建立马克思主义的政治经济学理论体系。他研究的科学的结论，证实了那种观点方法的一般正确性或普遍妥当性。毛主席这样指示我们："当着马克思把资本主义社会这一切矛盾的特殊性解剖出来之后，同时也就更进一步地、更充分地、更完全地把一般阶级社会中这个生产力和生产关系的矛盾的普遍性阐发出来了。"[4]事实上，在《资本论》中马克思虽然基本上是研究资本，研究资本主义经济制度，但在说明资本主义起源时，他已经在极有创建地论述到封建制的基本特点，及其如何向资本制过渡；又还在说明资本主义将如何被剥夺时，论到资本主义向社会主义制的过渡，以及社会主义制度的诸基本特点。这些，就不仅在观点方法上，并还在体现观点方法的理论上，给予我们今天研究当前的理论斗争与理论建设以极有力的提示和指导。

尽管我们今大面对着的垄断资本体制，与自由资本主义经济是有许多不同特点的；今天的改良主义修正主义，也远不像马克思所批判的空想的小资产阶级社会主义流派，特别是我们社会主义经济在本质上就和资本主义经济完全两样，这在一定程度上虽然限制了《资本论》的基本理论的应用，却不妨说是更加要求历史唯物主义观点和辩证方法的大大发挥。观点，在一方面是一个统一的世界观，但对不同的对象，在不同条件下，要严格地差别对待；方法，在一方面，要归结到包罗万象的辩证法，但对不同对象，在不同条件下，就得分别按照它们的本质关系及其演变趋势，做着恰如其分的适当处理。这一切，在《资本论》里面，都为我们提供了极有启发教育意义的典范。那是我们体味无穷，受用不尽的。

---

4 《毛泽东选集》第1卷，人民出版社1954年版，第306页。

（三）

  很显然的，在《资本论》的简易解述中，能把体现在马克思的理论中的观点方法，以及他运用那种观点方法，所做的种种科学范例，给予足够的注意，在一切关键论点上，做着明确的交代，使读到它的人，较容易理解到，那是活的知识，那是只要经过独立思考，加上一定限制，就满可以应用到我们当前的经济问题研究上来的东西，当然是非常理想的。但对我们的学习水平来说，却是太高的要求。那不仅要对《资本论》研究有极高的造诣，还要有较成熟的表达艺术。我们不敢期望做出这样的成果来，但却不妨把它看作是今后长期努力的方向。

  我们就我校经济系政治经济学教研组中抽出五六位同志，作为边学边写的主体，并参加几位《资本论》研究生，共同学习研究。我们把学习研究的结果，在《〈资本论〉通俗讲座》的总题目下，陆续发表出来，主要是希望由此得到各方面的帮助和指示。不管是关于哪方面的意见，我们都非常欢迎；如果有必要，我们将在《中国经济问题》这个刊物上，腾出一定的篇幅，作为我们大家公开讨论的园地。我们希望这个讲座，将成为大家共同学习的讲坛，我们的《资本论》通俗本，将成为大家共同努力的成果。

（原载《中国经济问题》1961年第8期）

注：

  《〈资本论〉通俗讲座》由王亚南、袁镇岳主编，从1961年开始在《中国经济问题》杂志连载。1963年改为《〈资本论〉讲座》，由上海人民出版社出版第一册（包括第1卷第1篇）。后因"文化大革命"而中止。"文革"后重新组织力量编写《〈资本论〉讲解》，由青海人民出版社出版，共六册。

家国情怀

当前的两个紧迫问题
——组织民众问题与确定外交国策问题

（一）

抗日战争发动了，一切都由平时状态过渡到战时状态中。由是，为我们事前预料到的乃至预料不到的问题，都层叠不穷地产生了。而且随着此后战争的演进与发展，还有许许多多的问题会连续地呈现出来。

我们是否能顺利推进战争，是否能确保抗战胜利，就要看我们对于一切随战争发生的问题，是否能坚决地爽快地予以解决。不过，在一切问题中，有些问题是比较次要的，有些问题是要徐图解决的。而当前最紧迫、最不可终日的问题，殆莫过于以下两者：一是组织民众问题；二是确定外交国策问题。

这两个问题其所以特别紧迫重要，因为它们是其他许多问题的先决问题，是问题中的问题。比如，当前呈现在我们面前的，如肃清汉奸问题，救济难民问题，救护伤兵问题，军队政治工作问题，救国公债问题，战时经济统制问题，贫民生计问题，乃至战时教育问题等等，无一不要等待组织民众问题有了决定、有了着落以后，始有彻底解决的可能。而组织民众的根本问题，又与决定外交国策有相倚相成的关系。因此，这两个问题在表面上，虽然一是对内的、一是对外的，但却互为表里，而且有同等决定抗战命运的重要特质。现在已有许多人把这两个问题分别论过了，我在这里想侧重其关联的叙述。

（二）

在抗战过程中组织民众的重要性，应从以下两点来说明：

第一，近代战争之全体性的意义，是尽人皆知的。动员全国物力人力财力智力以争取战争的胜利，那是近代战争学上的第一个课题。我们观察一下各资本主义国家的产业资源动员法、劳动动员法，就知道其中的究竟。

第二，在中国这种产业落后的、被压迫被侵略的国家，组织民众，动员民众，还有其更重要的特殊意义。我们的产业落后，说明了我们军备的落后，更说明了我们要用人力来补充我们物力的不足。

第三，被侵略的中国大众，个人的生存，全民族的生存，都在遭受敌人的蹂躏威胁，他们都有争取个人生存、民族生存的要求，他们都自动要求参加抗日战争，把他们组织起来，训练起来，这与我们的敌人强迫其人民去做无谓的牺牲，恰是一个对照。

不但如此，在抗日战争发动了几个月的今日，组织民众已不仅是一个理论上的问题，而是当前急需解决的实际问题。在我们抗战的军事活动上，在伤兵救护上，以及在其他慰劳等等工作上，我们不但没有取得民众的有效帮助，却反而为了救济难民，为了肃清汉奸，要分去我们一部分抗战的财力与人力；而且随着抗敌战争范围的扩大，这两个麻烦问题愈加要成为我们不易对付的工作了。这样，我们不能怪民众不争气，只因为我们不肯组织民众，不让民众组织，致使他们报国有心，走投无路。

到现在，这个严重问题已在各方面引起了非常大的反响。军队需要民众帮助，却觉得民众过于冷淡了；而政府当局方面，也已感到处理难民、汉奸问题的困难了。组织民众问题已经开始在处理，但这个问题该如何处理？这不是一个单纯的、孤立的问题，在目前的场合，至少要与确定外交国策的问题连带考虑。

（三）

　　以抵抗答复敌人的军事侵略，这无疑是我国政府当局决意的最有力表现。但敌人发动侵略战几个月了，我们又有几省的广大土地被敌人侵占去了，我们每天都有成千成万的民众在敌人的飞机大炮下牺牲，敌人也已封锁我们的海口许久了。但直到现在，我们驻日的大使还留在东京，我们还与敌人保持着正常的外交关系。敌人不宣而战，不肯对中国断绝外交，是怕在国际法理形式上多一层罪名，是怕闭塞了中国因战败向它"屈膝"的门户，是怕战争一直拖延下去。但在我国方面，我们究是顾虑些什么呢？我们对日宣布断绝外交，难道国际间还把我国看作侵略国不成？

　　不错，英美诸国特别是英国要保障它在中国的商业利益，它是不愿意中国对日战争弄到事无转圜余地的。但英国或英美诸国的这种要求，恰好与我们敌人"速战速决"的企图一致。我们如其真打算以持久战来苦恼敌人，来争取最后的胜利，我们就应该有我们自己的外交国策。不能把英国的甚且敌国日本的外交国策，当作我们自己的外交国策。

　　事实上，英美远东政策其所以处处造就日本，其所以在中国外交国策上发生牵制的影响，就因为我们自身没有坚决地确定我们的国策。换言之，就是我们对日寇抗战到底的决心还不够充分，还期望敌人能够给予我们一点苟且偷存的机会。现在一般关心战局的人都是如此推测，我极盼望这种推测不尽合乎事实。但无论如何，从对日绝交宣战问题上表现得过于审慎，那将在种种方面发生不良的影响，例如：

　　其一，就外交方面说，中国如没有采取更坚决的步骤，徘徊不定的英美诸国固然会进一步增加其犹豫，就是决定站在中国方面要援助中国的国家，亦不能不有所顾虑；

　　其二，就战争本身方面说，决意是争取战争胜利的可贵法宝。全军指挥官乃至每个士兵都具有打到底的决心，然后才可能发挥更大的战斗力量，然后在军队的部署上，在军事的动员上，才可能采取更坚决、更迅速有效的步骤；

其三，就我们这里所论及的组织民众问题说，尤关重要。我们有了与敌拼死到底的决心，然后始能痛切感到战争要军队支持，尤要民众支持；然后始能要求工农大众起来，然后始能认真组织民众。

所以，我认为，今日组织民众问题与确定外交国策问题不能分割来看，前者是后者的连续。因为民众真的起来了，真的有了组织之后，又可使我们的外交国策更有坚实的保障。

（四）

根据上面的说明，我们不妨作这样一种结论：

第一，今日诚有许许多多的问题急待处理，但我们不容忽视确定外交国策的最大重要性。对敌人不稍存妥协的奢望，然后始可辨明国际间谁是真正的友人，然后始能引起与真正友人进一步携手之必要。

第二，在抗战前途上，民众组织问题当然与确定国策问题同等重要，但国策没有更具体的决定，没有对敌人作誓不共存、誓不妥协的更明确表示，则组织民众的需要不会十分紧迫，而对于组织民众的办法就难得十分认真了。

因此，我们在抗战到底的口号下，要求从速对日绝交；惟有在对日绝交、对日表示更无妥协余地的场合，始能真正要求发动民众，组织民众。

十月四日

（原载《民族呼声》1937年）

对于三中全会的观感

三中全会是于上月十五日在南京开幕的。这次会议不但为中国朝野上下注视之，且为一切与中国有利害关系的世界各国所极度关怀。因为这次会议的召集，主要在处理去年十二月十二日发端的西安事变所残余未决的问题，而包含在那些未决问题中的核心问题，又恰为决定中国对内对外国策转换的关键。

会议连续开了八天，于同月二十二日宣告闭幕。会议的全内容，因为对内对外的种种关系，也许有的部分"秘而未宣"，有的部分"宣而未明"，于是各国的舆论就分别发生极其不同的揣测。如我们"友邦"最有权威的东京《日日新闻》社论说："……联共以挡日本的空气，虽相当浓厚，但还不曾达到支配全会议动向的程度，甚且宁可说是被压消下去了。从维持东亚和平的见地看来，实堪庆幸。"那篇社论的标题，是《三中全会的收获》。可是在上月二十七日出版的代表美国舆论的《密勒氏评论报》，却用"仳离十年后的国共再婚"（Kuomintang and Communists to "Remarry" after Decade's Separation）的大标题，揭示相反的消息。此外苏联系英国系法国系的报纸，又分别披露互有出入，然大体接近《密勒氏评论报》的那种新闻。

在我们本国方面，除了许多报纸及其他言论机关，对三中全会宣言作了一些表示"愿望"的应时点缀的文章外，一般人对于三中全会的真正收获，似乎还不免要生出一些漠然的猜度：三中全会是否成就了国策转换的使命呢？三中全会是否具体决定了救亡大计呢？在三中全会当中，分别用宣言或谈话形式明白表示的种种方案，今后是否能逐一实现呢？所有这些疑虑，都是每个关心中国民族生存问题的中国人，应当热切关怀的。但每个人尽可表示他对于三中全会的不同观感，正如同世界各关系国尽可对于三中全会作出各种不同的结论一样。

我个人对于政治问题本没有多大的兴趣，但因我认定这是一个关系民族兴亡的

大问题,所以就爽快接受编者先生的嘱托,写出我对三中全会的观感。大体上,三中全会是西安问题的善后会议。西安事变的发难形式虽然越乎法轨,但那次事变所由发动的客观要求,却显然可由此前蒋介石先生所披露的张学良氏的八项主张而得到说明。那八项主张是:(一)改组南京政府,容纳各党各派负责救国;(二)停止一切内战;(三)立即释放上海被捕之爱国领袖;(四)释放全国一切政治犯;(五)保障人民集会结社一切自由;(六)开放民众爱国运动;(七)确切遵行孙总理遗嘱;(八)立即召开救国会议。这八项主张中的核心主张,当为"停止一切内战"与"确切遵行孙总理遗嘱",这两项主张能够实现,甚至前一项主张能够实现,其他诸项均有连带实现之可能与必要。所以,三中全会的最重要命题,大体可以说是如何处理"停止一切内战"的问题,亦即是如何处理容共抗×问题。日本报纸及西欧在华各关系国舆论机关所以专就此点发挥,盖不外深切理解这件事体的关系重要。

三中全会在形式上虽是国民党的中央执行委员与监察委员的全体会议,但"影响"决定的,大体可以说是有三个势力:一是外国,一是中国资产阶层,一是中国一般人民。这三个势力对于三中全会的期待,大体是下面这样:

第一,在外国势力方面,我们诚然要注意日本的动向,甚且还得相当地参酌与日本有联系的德意的活动。这个侵略系统无疑是非常期望中国继续发生内战,以便他们趁火打劫的。但幸喜与他们站在反对立场上的苏联乃至英美法诸国,却在多方面努力帮助中国中止内战;他们诚然都是站在各自的利害观点,期望中国停止内战以加强对日抗战的力量,他们在这种场合的要求,恰好与中国当前的要求相符合。所以他们由西安事变到三中全会当中,在言论上及在其他方面对中国和平处决西安问题的愿望,颇能邀得中国的心感。

第二,中国资产阶层近来的政治动态,亦由共产党红军之奔入西北僻区,和日本侵略行动的再接再厉而大有改变。他们醒悟到:当前威胁其利益的已经不是采取过激活动的"共匪",而是侵掠不已的日本帝国主义。同时,所谓"共匪"政策的转变,更足以减轻其阶级意识对于民族意识的比重。何况转移他们意向的,除了这种原因外，除了还有上述外国势力的作用外，还有民众的作用。

第三，中国广大民众的直接间接的敦促。一九三一年"九一八"事变后，日本所课加于中国的一系列横暴侵略事实，不但在中国广大民众中，点燃着了熊熊待发的抗日民族火焰，同时××帝国主义由政治军事暴压强占，由经济盗劫方式所造成的诸般破坏作用，更加深了中国一般民众的痛苦，使他们彻底地感到：非全国团结，非发动抗日战争，决不能使民族得救，决不能使个人的痛苦得到解脱。年来国内各方面发出的抗日救亡呼声，我们到今日当可明了那不是发自少数人的"有作用"的"矫造"。

我们现在姑且不论出席三中全会的党国中坚人物，最能反映上述哪种力量的意向，但至少总可以说，那三大势力都可在或浅或深的程度上，影响他们大多数人，或影响他们最有权力的少数人的决定。

事实上，对西安事变的善后，不直截了当地诉诸武力，而必苦心孤诣地召开三中全会来解决，那已表示三中全会本身是一种和平的表现，是一个民族危局的转机。

三中全会闭幕后，我个人仔细阅读宣言，阅读各种方式的政治谈话，以及默察这一周来的政治情势推移，觉得那次会议至少是接受了以下两个原则，即第一，民族利益高于一切的原则；第二，以和平求统一的原则。

我们虽然殷切期望还有更具体表现这两个原则的决定，无论是"秘而未宣"或"宣而未明"，但此次宣言中已一再表明"民族利益高于一切"的旨趣，"明乎整个民族之义，则必知同为国民，休戚相共，纵因职业关系，个人间或团体间感情稍有差异，而整个民族利害，终超出一切个人、一切团体利害之上。"有此认识，故以和平求统一，以和平统一集中对外抗战的原则乃相应树立。即所谓"和平统一之目的，在集中整个国家整个民族之力量，以排除当前之国难。"

总之，三中全会的最后收获，虽还有待于今后事实的证明，但就我们同会议及会议前后在各方面表示的种种政治动态征察，却至少可给予吾人以下列几种好的观感：

第一，由三中全会来解决西安事变的善后问题，即表示这次会议本身，已是一

个以和平求统一的开端步骤,已是停止一切内战的先声。

第二,这次会议由宣言、由政治谈话形式所表示的和平统一方案,和开放言论、集中人才、释放政治犯等等主张,虽仍留下了费人推揣的余地,但比较历来会议宣言的表示,已不能不说是前进了一步。

第三,把民族利害高于一切的原则,把以和平求统一的原则经过会议确认后,则将在各方面增厚非内战的空气,使此后任何形式的内战发生都多一层精神乃至法理上的束缚。

第四,在积极方面,国人将认定中国的内政外交将由此划一转换期,把目光都集中到对外抗战的任务上,使民族抗战的准备工作,能更顺利更带有希望地加速进展。

以上是我个人对于三中全会的总观感,我深切盼望这不是只见到其光明面的幻觉。

(原载《文化食粮》1937年第1卷第1期,本文略有删节)

注:

1937年2月,国民党召开五届三中全会,讨论调整对中共的政策和对日政策,确定了停止内战、与共产党重新合作的方针。

第二期抗战与国际形势

各位同学,刚才校长介绍的话,我个人实不敢当。不过兄弟在十年前,承校长、严教务长及各位先生的培植,献身社会,幸无大过。今天兄弟以校友资格,来和同学谈谈"第二期抗战与国际形势"这个问题。

这个问题应分作两层讲:首先要说明第二期抗战与第一期抗战有何不同之处,然后再说明战局的变动引起了国际形势怎样的变动。关于前一层,又可分作以次三项来陈述:

第一,就军事上讲,第二期抗战与第一期抗战的不同之处,有三个方面:

一是由阵地战变为阵地战与游击运动配合战。第一期着重阵地战,是就大体上说的,其实平型关的大胜利,就是第一期抗战已经采取了游击运动战与阵地配合的说明。不过,当时的主要战场是在上海一带,上海战役诚然给予敌人以严重打击,并表现了国军的战斗精神与力量,然其结果的失败却教训我们,使我们普遍采取当前在各战区所实行的新战略。

二是由军队战变为军民配合战。在第一期抗战中,因为我们主要是采取阵地战,又因为我们动员准备太嫌不够,故我们作战差不多只是动员了军队,而不曾把民众发动起来;但到了第二期,这种缺陷因战略的改变而有所纠正了。运动战游击战是非取得民众的帮助不可的。

三是由被动的应付战变为能动的攻略战。配合阵地战的游击运动战的采行,我们必然要转守为攻了。我们不能等待敌人来,而要事先迂回到他们的后面,攻击他的侧面,使他优越的精利武器、笨重的坦克车大炮等等,不能发挥效力。

这三点是军事上第二期与第一期不同的地方。

第二,就政治上讲,第二期有几点与第一期不同:

一是在国内军队统一指挥上,第一期显然有不少封建地方军阀意图观望,抱着

"保全实力"的糊涂思想,使敌人得以施行各个击破的策略。但自第二期韩复榘被枪决以来,形势大变了。目前全国的军队大体都能扫除过去地方割据的流弊,因而在政治团结上,收到了极其完满的结果。

二是在党派问题上,第二期亦较第一期显示了极明朗的前途。这次领导抗战的是国民党,辅助或拥护抗战的是共产党及其他小的党派。在第一期,国民党对于共产党是否真心维护抗战,固然不免有所疑虑,同时共产党对于国民党是否真有坚持抗战到底的决心,亦似不无顾忌。但到第二期,这一切疑团都由事实粉碎了。目前国共两党之合作团结,虽尚待各方以"相忍为国"精神予以努力,小的摩擦虽在所难免,但其大体趋势则可说逐渐在好转中。

三是在国内少数民族问题上,第一期亦有颇费踌躇的地方。敌人破坏我五族团结的阴谋由来已久,在第一期战争发动后,敌人满以为察绥既下,我内蒙宁夏陕甘一带的蒙回同胞定可传檄而定,长驱直入,但战争延长愈长,我蒙回同胞对于敌人的欺骗与凶暴,亦愈深恶而痛嫉。目前敌人不但不敢问鼎西北,并且在绥远境内已开始受到我蒙回同胞之重大打击了。

就敌我两方比较观察起来,更可见到第二期抗战与第一期抗战之差别了。在第一期,我方暴露了种种弱点,如军械不够精良,动员不够迅速,交通不够便利,指挥不够统一等等;反之,敌人则在这些方面,尽量表现了他的优点。但至第二期,我除了依战略诸方面设法补救前述强点外,并还利用了我种种优点,如土地广阔,便于游击运动战;如人口众多,逐渐发动起来;又如经济虽落后,却大可自给自足等等;反之在敌人方面,则不但失去其前期作战动员上的诸种优点,同时且把各种弱点全暴露出来了,如师出无名,如劳师远征,如师劳无功,如国内政治经济困难日益增加,如反战运动日益炽烈,如军纪日益败坏等等。

战局上的改观,遂致招来台儿庄的胜利,而在此战局演变当中,国际对我的形势亦当大有改变。

不过,在解述国际形势改变之前,我们得明了国际关系转变中的三个原则:

第一，国与国之间，只有利害，不讲感情。从前英国大哲学家斯宾塞说过，国际间之道德没有个人间之道德进步，此语深可玩味。我们无疑要把国际工人联合或国际文化联合等等另做一个看法，但政治上的国际关系却显然是从各该国的利害出发。

第二，一国不能自己振作，自己表现力量，就不能取得他国的援助。这即是说，国际间对于某一国是否援助，要看该国是否自助或自力更生。

第三，一般的国际关系，皆以波动的方式而变动。谈到这里，我们就得注意当前依据上述二原则而存在着的两种国际基本事实：

一是德意日三国的侵略阵线。近来许多所谓专家者流，因为确认国与国间只有利害关系，或国际间随时在因那利害的变动而引起各国间关系的变动，遂公然否认所谓侵略阵线的存在，这是过于机械了。其实我们尽管承认国与国间讲利害关系，但那种利害毕竟能在相当期间内，引起它们之间的结合。他们相互为用的要求存在，其结合亦大抵可以保持。

二是英国外交仍有左右国际局势的潜力。至于和侵略阵线对立的反侵略阵线，则只可说是由法苏协定立下了基础，英美的参加还只表示有其可能性，而尚非事实。因为自世界大战以来，英国虽已失去了它过去领导国际的地位，但仍有左右世界大局的力量。英国的殖民地遍及于世界，它的一举一动，颇有影响于它在世界上的殖民地统治。所以它特别审慎，特别显得圆滑。它在利用德意间的矛盾，利用日苏、日美间的矛盾，想在欧洲乃至在太平洋造成有利于它的均势局面。而其动员外交力来支援中国，削弱日本与德意侵略阵线的策略，正是它的均势主义要求的结果。中国愈能表现抗战力量，英国的外交文章就愈能做得有声有色。

所以抗战到了第二期，在第一期表现的对于中国的不利场面，已经有改进了。

分而言之，德意两位法西斯兄弟，在第二期已没有第一期那样露骨为日本声援了。其原因是它们已知道日本对于中国的征服大业，不能照它们预期的迅速完成。日本的苦撑与耗费，实足以使苏联坐大。同时中国市场的破毁，亦会在它们的经济危机上增添一个压力。

同时在苏联方面,它因为中国在第一期抗战中,不定期在向欧洲"寻求与国",对于中国的援助当然不能怎样积极;但至第二期,德意两国的假面具,已分别由承认伪"满洲国"的丑态而揭现原形了。由是在中国方面,固然进一步清楚谁应做我们的真正友人,同时苏联亦自无须顾忌它的帮助会引起何等不利的后果。

至于法美特别是英国,在第一期抗战中,它们无疑也怀疑中国的抗战决心与力量,但同时却还对于日本期望它能适可而止;然自第二期战争开始以来,特别是台儿庄胜利以后,它们以前的顾虑与期望,便成了一种反证。

总之,一般的国际局势都依有利的方面向我们展开,今后我们如能进一步表现我们的抗战力量,我们所能期待国际的声援当必更大。

(凌霜记录)

(原载《中华周刊》1938年4月30日)

注:

这是1938年4月王亚南应自己的大学母校——武昌中华大学校长陈时、教务长严士佳的邀请,为母校师生所做的一场关于抗战第二期形势及国际形势的演讲报告。

生活与战争

一、问题的把握与理解

我们在战争。在战争的空气与环境中，我们的生活，在物质的精神的任何方面，都或急或徐或大或小地起了变化。

这种变化，一方面说明我们当前的生活，在不断受战争的影响而战时化。另一方面，也说明我们平日的生活，没有讲求战时化。没有"把平时当作战时看"，所以不能"把战时当作平时看"。

不过，这里所要抓住的问题的核心，不在探究战争如何影响了我们的生活，而在探究我们的生活当如何去适应战争，或何种生活是当前战争所需要。换言之，就是比较不注意因战争受到重大影响与变化的生活的那一面；而着重在它不够适应战争，或尚待依战争改变其内容与方式的那一面。

该问题的含义，虽然加了这样的限制，但对于它的考察，却仍可从许多不同的角度去看。我认为，单就"生活"的表面意义或较狭义的意义去说明它与战争的关联，决不易得到问题确切的理解。

二、一个关系国之废兴存亡的铁则

把问题推开一点来考察，我们对于生活，对于战争，特别是对于它们两者间的关联，决不能抽象地去理解。我们心目中，要有一定的生活的内容，一定的战争的具体事实，然后始能谈到它们相配合相适应的关联性。

所以，生活与战争相适应的问题，就毋宁解作是生活条件与战争条件相适应的问题，还来得具体。

对于这一问题，已经去世的中国优秀军事政治家蒋百里先生，在其所著《国防论》中,曾有一非常明显的说明,即"生活条件与战争条件一致者强,相离者弱,相反者亡"。

他这一个断案,如其加上若干前提的限界,就很可视为国之废兴存亡的铁则。

在这里,我认为没有详细解释或演绎这个铁则的必要。我们最好是从历史上去找到它的具体的例证。

三、三种社会,三个生活与战争相合相离的形态

社会进化发展的阶段,就最流俗而普通的说法,是由渔猎社会而畜牧社会,而农业社会,以迄今日之工商资本主义社会。把最原始的渔猎社会抛过不提,其余三种社会,在我们论题范围内,各各显出了不同的轮廓。

(一)畜牧社会:以过去蒙古民族为例。蒙古民族的生活特征,举其要者,有以下各点:

1. 逐水草而居,过着大集团的流动生活。
2. 其酋长为畜产最大的所有者,同时即是精于骑射统率的指挥者。
3. 每个社会成员,差不多都是参加生产的畜牧者,同时皆为战士。
4. 其行动所用的骑马及其他工具,同时就是作战的战骑,及战斗场合的运输工具。
5. 庞大的羊群,是他们食其肉而衣其皮的衣食对象,把对于羊群的保护,对于羊群所需的牧场的获得,作为战争目标,实在是既直接又具体。
6. 一旦发生战斗,全体成员乃至老弱妇女,都是参战者。
7. 战斗简直成了他们日常生活最重要、最习见的工作,他们毋宁是以和平为例外,战斗倒反而是家常便饭。

这许多的特征,充分说明了他们的生活条件与战斗条件一致。过去蒙古民族之所以能横行欧亚,就因为具有这样一个优点。但是,当他们一旦成为农业社会的统治者,农业社会里面落后的或可供使用的过多剩余劳动生产物,就不但使他们不用

去直接生活，且无须过那种艰苦的流浪生活。他们讲究享受了，这一来，他们的生活条件，就与战斗条件开始分离，开始趋于崩溃了。

（二）农业社会：以过去数千年的中国社会为例。这种社会的显著特征是：

1. 安土重迁。

2. 分散的家族的宗法生活方式，妨碍大集团的结合。

3. 分业有了进步，社会剩余劳动生产物也加多了。前者表明生产者不必为战士，且因生产性质的限制，不能同时为战士；而后者则表明社会的剩余劳动生产物，已允许统治阶层，不用劳力去直接参加生产，且不用披坚执锐去冲锋陷阵了。

4. 广大的农业生产者群，一般都是视战场为畏途的。他们习惯了农具的手，固疏于运用武器；他们从容迟缓的习性，早已不适于奔竞战斗的紧张场合；他们衣的食的特别是住的生活条件，与战役条件简直距离得太远了。

5. 此外在他们习于保守和需要和平的环境中，很容易相应的成长其重文轻武的观念。

这一切，说明了农业社会的生活条件与战斗条件的分离。这种分离，就构成了农业社会往往为畜牧民族所征服的主要原因之一。

不过农业社会为了挽救这种关系他们生死存亡的缺陷，会多方努力。中国古代兵民合一的井田制，即使是一个理想，终不失为想补救那种缺陷的一种表示。以后历代实行的寓兵于农的办法（如管仲相齐所行的"作内政而寄军令"等），不惜由夏变夷、以改变生活习惯的办法（如赵武灵王之胡服骑射等），以及魏晋以后使兵兼为农或农兼为兵的屯田制，都算是农业社会纠正他们生活条件与战斗条件脱节的一种努力，那种努力在某种场合、某种范围内，也算收到了结果。

不过，像在这种社会的统治阶层，他们俨然是专为消费甚或浪费而生活的。一切美玩，一切声色犬马，把他们在战斗场合所必备的果敢、机智、勇武、奋斗的性质断丧净尽了。同时，在他们统治下的原本就不适于战斗的广大农民，却正有意无意地等候着，一有外敌侵凌的机会，就以"怠工"或乘机突发来向君主贵族索取他们过于享受的"报酬"。

就这样，中国过去大半部历史，就成了被异族侵辱征服的记载。

（三）近代工商市民社会或资本主义社会：这种社会，显示了我们以下几种生活特征：

1. 一切限制农业民族生活习性的封建社会关系，都随工商业的发展而消解了，地域思想、宗法观念通为国家意识所代替。

2. 商业上的冒险进取精神，工业上的大编队产业军组织，和它们在作业上讲求紧张迅速的倾向，已使他们的日常生活比起农业社会来，大大接近战争场合的奋斗精神了。

3. 随着对外竞争和对敌关系的加强，市民兵制已变为常备兵制。而中国儒家思想的"民皆兵，官皆将"的图强办法，他们已由义务兵役制大体实现了。这不但打破了农业社会的重文轻武观念，且补救了军民分业的缺点。

4. 由于历次战争的经验，更转以教育的普及与加强，和科学技术的进步，所有的交通工具与生产工具，都有在必要时迅速转化为直接间接的战斗武器的预备。

5. 对蒸汽机以及其他各种生产机械有了操纵经验的工人，要他们去开枪放炮，他们是不会像惯于使用锄犁的农民那样感到恐怖惊奇与生疏的。

6. 他们有了这般的生活习性，又益以近代军国主义爱国主战的宣传语鼓舞，一经动员起来，他们是不难遵照政府的战时法令行事的。

凡此种种，均可说明近代工商业社会，虽然分工最发达，最有使生活条件与战斗条件分离的趋势，但由于这同一社会所具备的其他诸般要素与条件，把这种趋势阻止了，或者更恰当说是人为的修正了。

（四）不同的归趋，一样的教训：

从上面三种社会中，我们知道它们各别的生活特征，是以它们各别的社会经验制度为基础。其生活条件与战斗条件的适应与配合，彼此自然是不能一致，且是不能采行一个方式的。

1. 在畜牧社会，那些部落的较原始的人民的生活条件，自然而然地与他们的战斗条件一致。事实上，他们根本就没有平时、战时的清晰观念。从而，那种一致就比较少有人为的编造成分。

2. 在农业社会，生活条件与战斗条件的距离格外显得辽远。那种社会每当迫于对敌环境的驱使，就多方努力去缩短那个距离，或以法令强迫人民改变他们的生活习惯。但是在强制力压迫下的勉强作合，是怎样也无法持久的。

3. 在资本主义社会，一般人民的生活又比较接近战争场合，但其高度的适应或一致，却是由于运用集中的政治权力，进步的技术，高度的科学知识，有意地、有计划地予以促成的。

这三种社会，在一般人民生活对战争的适应上，表现了不同的姿态，不同的归趋。但是，我们如其加以比较深入一点的考察，就知道它们会笼统给予我们一样的教训。比如：

第一，不拘在哪种社会，其人民的日常生活习惯，纵令受当前社会经济制度的限界，但那种事实，并不否认人类在相当可能范围内的努力。即使是在较原始的畜牧社会吧，同时相并存在的诸种部族的强弱盛衰，至少有一部分是由于它们对战斗场合适应的努力，太不一样。

第二，也不拘在哪种社会，其在战斗场合所需要所允许的精神的物质的生活，是一种活跃的有朝气的刻苦奋斗的生活。所以，生活与战争相适应的事实，在这种意义上，毋宁是表示一个社会的振作与进取。散漫，迟钝，萎靡，专讲求享受，是战斗场合所不允许的。那显然犯了生活条件与战斗条件"相反则亡"的铁则。

第三，仍不拘在哪种社会，在它一定社会经济结构的可能限制之下，其一般人民的生活与当前战争的适应程度，颇有赖于政治权力的因势利导与相机调整，而此利导调整的功能，恒取决于政治指导者全般的生活方式，是否为当前战斗场合所允许与要求。

第四，一个社会的经济结构，以及它那种结构对于战斗的物质条件的转换性，并不是形成该社会存亡兴废的绝对原因。只要它能充分活用其政治权力,能发挥其人民在精神生活上适于战斗精神的优点,同时,与其敌对的较高级社会的民族,又正好在这些方面暴露了缺憾,那就是历史上常常见到的转弱为强转败为胜的关键。美国的独立,土耳其的复兴,苏联的一再从帝国主义者的武装干涉中得到胜利,其原因就在此。

五、我们的国民生活与当前战争

显然,中国社会迄今还拖着一个转动不能自如的封建的尾巴。

我们这样不轻易踏上现代国家的旅程,是由于这个笨重尾巴的拖累,抑或是由于环绕着我们的世界列强的梗阻,我们用不着在这里详为分析。我们所要知道的,只是我们国家,还只刚刚进到现代化的过程,我们的人民生活,还充分保有前述对封建社会的情调。然而我们却已担当起了这种生活情调最不大相称或不相适应的民族战争。

在这种战争中,与我们面对面厮杀的,是资本主义经济有了高度发展的日本帝国主义的军队。在装备上,在士兵素质上,在总动员的技术与程度上,处处显得我们是处在劣势的地位。

首先,分散的小农的经济体制,根本就不宜于近代战争所急迫要求的总动员工作。而与这种经济体制相关联的不够集中不易统一的政治权力,更使那种总动员工作的进行,感到异常的困难。

经济落后的劣势,在各种装备方面,尤不难想见其简陋与短缺的情形。

连见了简单机械都感到神奇的国民,益以教育的一般落后与国家意识的薄弱,把他们配置在近代的战争当中,自然不免要处处显得勉强,显得与战斗条件大不配合。

但战争的性质,求解放求生存的性质,把我们的许多缺点都补救过来了。在争生死存亡的大规模战争中,国家民族意识已在不断成长着;而阻碍国家民族意识,同时也阻碍国家现代化和国民经济发展的地域思想、宗法观念，都逐渐趋于消减。而中国民族适应环境的强韧性，其刻苦忍耐精神，其安于任何艰困生活的习性，正好配合我们的劣势装备，而适应其坚忍持久以战争最后胜利的要求。

至若我们地大物博的优势，国际有利的环境，以及中国人历史文化的修养等等，尽管对于我们应付当前战争，直接间接有了莫大的帮助，但我没有在这里解述的余裕，而我所特别要指出的，是我们敌国的国民生活，究竟在以如何的程度，适应当前的战争。

我们原不否认敌国一般的生活条件，远较我们为适合于近代的战斗条件。但同一战争的性质，以疯狂行动满足其军阀财团侵略的性质，在战争发动之始，就已表示其国民精神生活与战斗条件的分离，而由战争持久所显露出的敌国经济基础的薄弱，更使它的物质上的生活条件，大大的落在战斗场合的需要后面了。

单单是这样一个对照，已够说明敌我战争的前途。

六、痛切的反省与克制

最后，还得指出一点，我们多年以来推行的新生活运动，即现代化运动，对于此次抗战的发动与撑持，当然尽了不少的促进作用。抗战发生以后，这个旷古未有的大规模战争本身，无异就是一种最有效的新生活运动的扩大。

不过，新生活的解释，是现代生活，是战时生活，亦是此时此地中国人应有的合理生活。再明确一点说，也就是当前战争环境下所允许所要求我们的一种生活。所以合理化、生活化、军事化，是任何现代中国人在此艰苦抗战过程中所应实行的生活指标。

然而事实怎么样：

"抗战两年多，物价平均涨了两倍。老实说，对于高级人并无若何影响。尽管生产稀少，运输艰难，他们照样能用飞机把香港的牛油香烟洋酒华衣运到内地来享用，就是就地购用涨价的物品，在他们的开支上，也不算一回事。不过，这级人毕

竟太多……"（《大公报》去年十一月三日社论）

"打仗本身就不是舒服的事。抗战已将两年，后方人士还在继续装吸炮台烟，擦巴黎香粉，踏拔佳皮鞋，实是不可想象的事。甚至重庆市上还有敌货的踪迹，这在贩运者及消费者两方，都是不可恕的罪恶。"

"现在的交通状况本已艰难，若再有操作运输者，为私利之故，使军需民食阻滞，然而运输舶来奢侈品，那就太不合理了。"（《时专新报》去年四月二十四日社论）

仅举这两点新闻，就知道其中包含了多少不合理的事实，多少违反新生活运动，违反抗战要求的生活故事。尤其令人难于缄默的，从事这种不合理生活的人，是领导大众吃苦抗战的所谓"高级人"，而且据《大公报》所说"这级人毕竟太多"。

诚然，"迄今对日抗战又逾二年，国家民族所以还能站得住，不至灭亡者，其一大原因，我以为是大多数国民吃苦耐劳，生活简单，社会经济基础尚未动摇之故。"（见去年八月四日《时事新报》）然而凭着"国民吃苦耐劳生活简单"的习性，自己就大享其乐，即使退一万步说，不致在这一方面影响抗战，但专讲享受，专务消费的人，就是最易动摇，最喜欢从自己私利上作打算的人。亦是持久抗战场合最不能允许和宽恕的人。

然而，对于这种人，我们却又只能作万一的希望，期待他们痛切地反省，把生活立时改变过来，以期适合战争的要求，给拼死刻苦的广大民众以慰藉与表率。

（原载重庆《中国青年》1940年2月第2卷第2期）

今年经济的展望

（一）

《民族青年》的主编者，用"今年经济的展望"这个题目，向我征文，我十分乐意地接受了。我觉得，当作一个经济科学的研究者，我有向国内民族的青年，陈述我对今年经济的展望的义务。

一开始，我愿意不十分妥切地，但却是有充分理由地，把今年特定为"经济年"，为"经济改造年"，为"民生主义经济具体实现年"。

我这样说，不是凭空杜撰，而主要是依据客观事实的逻辑，在"展望"二字上着眼看出来的。

所谓"展望"，大约可从以次这三个方面来予以诠释：

第一、在经济现实演变的倾向上，使我们有理由看出来，今年的经济问题，一定会逼着我们，走向积极改造的大道上去。也就是说，会逼着我们，更具体地实现民生主义经济。

第二，在政府年来对于经济措施的步骤上，也使我们看出来，可能而且必须把握住经济现实运动倾向，在今年格外有新制，有决心地向着民生主义经济的实践上，迈步前进。

第三，依照我个人的观察，今年也是改造中国经济最适当的年度。其间虽然不免参加一些主观的愿望的成分，但有理由有科学预测性的愿望，却显然大有助于经济改进的实现。

现在且分别就这三方面，作简单扼要的解述。

（二）

抗战军兴以来，转瞬六载。在前一时期，军事上的困难掩盖了其他一切的困难；

霜叶红于二月花
—— 王亚南随笔、书信集

在后一时期,经济上的困难掩盖了其他一切的困难。民二十九年以后,以物价问题为枢纽而展开的经济困境,无疑在一天一天地增大其严重性。其间,政府曾在金融、税制、交通、国营事业诸方面,采取一些较为严峻的步骤,无奈那些步骤所收到的总结果,仍不够阻止现实经济之不利的或不合理的发展涨势。物价仍是没有止境地在暴腾。物价暴腾,政府的财政支出不能不相应扩大,从而,通货不能不相应增发;通货加多了,商业资本就更加可以发挥操纵的能事,使物价可能以更大的速率增高。商业资本由物价迅速增高及资本迅速适应所获得的高率利润,不但吸收去了社会一切游资,并且进一步去勾诱生产资本,使工业方面的乃至农业方面的生产资本,都部分地或全体地商业资本化,结局,由生产缩减所造成的物资进一步缺乏情形,就更加助长了商业资本的气焰,物价问题便更加不可终日。

就现代国家的经济的原理讲,物价高涨,理应是可以刺激生产的,然而中国的物价高涨,不但无刺激生产的作用,反而使生产缩减起来,这原因、就因为中国的物价问题,是把中国的社会经济作为它形成的基础。落后的或不曾现代化的经济,有两大特征:其一是商业支配着产业,"广搜各地土产,统销全球制品"的买办商业,一向就使中国生产事业,无法抬起头来;而到战时,因为对外贸易关系的日形断绝,买办商业已变形为中国传统的商业,但在这里,就显出了落后经济的第二个特征,那就是商业资本把土地生产物及土地本身作为它活动的对象。因为落后国家的工业既不发达,工业品的缺如,就只有农业品可资以周转贩运。土地虽然是笨重的,不便迅速周转的商业对象,但在商业资本过多,不易找到对象,不易找到活动对象,又看着会益减低其价值的情形下,土地这个安稳的货色,便被看中了。况且其间又有两个事实,促其更向这方面发展:一是政府在城市方面厉行的管制物价诸方策,使商业资本暂时或在某种场合,需要把农村作为其"逃罪"的渊薮;特别是中国土地关系的不合理,高率地租,可以任意加租退佃的诸封建遗制,更加使商业资本看中了土地这个有利可图的货色。

近来从报纸上看到的川豫湘诸省,以及全国各都市附近的土地集中现象,大可把这种症结表达出来。商业资本到农村去,可以从几方面破坏农村:其一,抬高地租,抬高地价的结果,使农民在土地本身上的支出太大,使他们用在工具,肥料,家畜,人工等方面的资本的支出太少,结局是生产减退;其二,农民对于土地本身支费太大,无利可图,谋生不易,且又时有退佃加租的威胁,一有机会,便会把"兵役问题"加入考虑中,而很快地离开农村,其结局亦是生产减退;其三,商业资本转化成土地资本,并不是凝固在那里的:土地上的收益,固可随时用以经商(或者就把他在地租形态上的生产物,留囤下来);同时,找到了好的经商机会,或好的地价,随时又可把土地卖出;这样一进一出,都会发生破坏农业的影响。

不错,当前实物征收征集政策的实行,可能有助于商业资本进向土地的倾向的阻止。但在商业活对象日益减少,城市方面的统制,可能日益加强的情形下,商人的"铁算盘",仍是会"两害相权取其轻","两利相权取其重",而依旧爱顾土地。尤其中国不曾现代化的土地关系,不是为他们留下了可以转嫁负担的余地么?

这一切,说明了我们当前的经济问题,带有一种社会的特质,而这社会的特质,正好是国父民生主义所由产生的经济背景,只有在根本上推行民生主义经济政策,改造中国的经济,始能使当前的经济问题,得到有效而彻底的解决。

然而,具体实施民生经济,为什么一定就在今年呢?这原因,就是由于当前的经济困难情形,已逼着我们再没有迟疑瞻顾的余地。而且,今年度雷厉风行,加强物价管制,必然会使政府采行闭塞商业资本逃向农村的去路。这就关联到了上述展望的第二点。

(三)

一年以来,政府方面的负责言论,已逐渐表示了,国父民生经济政策的势在必行。

委员长三番几次的有关土地问题的指示,更给予朝野各方面以深刻的影响。在事实上,抗战同时建国的纲领,是早经全国举为当前努力的最高最大目标的,而所谓建国之者,不外是建立一个具备现代国家条件的现代国家。而现代国家的最基本条件,就是经济关系的现代化。

中国经济现代化的过程,遭遇了不少的坎坷。由清代李鸿章张之洞一派人物的变法图强起,一直到了民国初年,经济现代化的努力,实不算少,但始终不曾理解到现代化的步骤和程序,所以一切都成泡影了。每一个现代化了的国家,殆莫不是从变革它们过去的传统的土地关系起。而且,每个国家的现代化的程度,还是取决于它们各别的土地关系变革的彻底的程度。这是铁一般的事实。

然而,这一事实,还是由国父在民国初元把它指示出来。照他的指示,中国的传统土地关系,不用土地政策去改造,一切浮在表面的经济建设,都将显示为没有坚实的基础。

可是,土地政策的推行,需要有力的统一政权,尤其不能避免帝国主义者,特别是日本帝国主义者直接间接的阻挠。第一期国民革命,是为取得前一统一的前提条件;第二期国民革命则是为取得统一自立的前提条件。在抗战的前期,政府为应付军事上的困难,还似无暇及此,或许当时的情况,还不便于采行此根本问题的措施,但临到近两年来,这已经成了刻不容缓的步骤了。

也许因此之故,政府对于应付物价问题,尽管在连续实行一些治标的方案,但同时却似在从多方面准备采行根本救治的步骤。如土地金融处的设置,土地丈量的进行,地价陈报的实施等等,即使有的失之迂缓,失之不易普遍,不易把当前农村的颓势扭转过来,但大体总可由此看出政府的总的设施动向。有此总动向,再加现实的迫切要求,理应可以即时行动了。

在今年,物价管制要实行有效,既然非从土地政策方面限制商业资本的去路不可;若竟奇迹似地,不限制商业资本的去路,仍可收到管制之效,使商业资本受到严重打击,不复能为害工农业生产资本,那也算经济上的一大变革;但不其说,这是反乎经济科学的事,不割断商业资本对土地的联系,就不易在管制上有可观的成就，那亦将促使政府加强其实施民生主义土地政策的步骤。

这是今年必须是"经济改造年"的第二点意思。

（四）

现实的经济要求，政府应付现实经济问题的倾向，既已如上所说，不免在今年更具体的采行民生主义经济政策。但关系一个社会性质的变革，并不是很顺利的，而且事实上，一定会遭遇到某一些困难和阻碍。而这困难和阻碍，也许会把上述的现实要求和政府措施的倾向，加以转化和改变。

在这里，就需要大家用明确的认识来增加勇气了。

首先，我们想了解：把不积极推行民生政策，会在最近将来遭到的困难，和马上推行民生政策所不免的困难，加以比照，就知道这两者即使相等，则把前者的光明展望加算起来，也够划算了。

而且，实行主义的困难与阻碍，正是主义的革命性的表现；而主义本身的现实性，一定能克服其在实行中所遭遇的困难。

此外，在抗战过程中，在总动员的号召下，政府一切关系国家命运的重大措施，一定能得到全国人民的维护，在这种考虑上，预想上的困难，也许不太大；在另一方面，当前的经济问题不能妥善解决，其所给予一般人的危难固不小，其所给予农村势力者及都市商人辈的危难，也许是更大的。

所以，从这种种方面考察，我有理由希望今年是中国"经济改造年"。我的观察也许不尽能对，但我的"希望"本身，却是建立在民族的热情上。

（原载《民族青年》1943年1月第2卷第1期）

霜叶红于二月花
—— 王亚南随笔、书信集

抗战七周年来的经验与教训

抗战满七周年了，要我写出这一个时期的经验与教训来，不禁发生一些近似感慨的感想。

战争原是破坏性的，但在支撑这大规模的战争的艰苦过程中，无疑逼着我们经验到了一些以前不易经验到的具有积极建设意义的事实和问题。当作这次战争发生之远景来看中国社会的传统的惰性，以及那种惰性所依存的社会经济基础，由鸦片战役以来，将近一百年的变乱，还似太外铄了，太表面了，太不易鞭辟近里了，以致我们对于中国社会本身的认识，仍是有些朦胧。但这次抗战把历来沉淀在最底层的，以前外侮内乱不曾搅动起来的诸般基本的特征的因素，都毫不留情地给我们暴露出来。

我觉得，抗战以来最足以发人深省的、最值得宝贵的经验，就是在社会变革过程中，需要由少数所谓先知先觉者根据科学，根据天才的预感，根据研究成果来主张，来表扬，来抽象向人解述的大道理，都普遍地、几乎很少例外地由战时社会政治经济诸方面的具体事实，彰明皎著地摆在一切人眼前了。

集权的官僚政治的本性，商业资本如何通过政治并连同政治而活动，商业和高利贷业和地权的直接间接的联系，以及作为这一切存在基础的多年不曾变革过来的传统的地主经济的特质，都如实地在用千百经常习见的事例说明了，证示了。然而，直到今日为止，我们当朝的经济措施，和在野的经济言论，似乎给了我这样的理解：那一切的可宝贵的经验，仿佛这只是零碎的，被动的，不相关属的，被一般人，或者被一般朝野人士所感知或感触，而不曾统合地，能动地变成指导我们经济言论与行动的依据。

如其说，经济是要到我们明确把握了它，理解了它，它才能变为有积极意义而为我们所接受的教训，则我们七年来的苦痛经验，假装还未变成教训。至少，在我们经济方面乃至经济学界方面是如此，许多"以水救水以火救火"的措施，正好体现着那些对于七年来经济演变经验，毫无反省的顽执的经济观念。

（原载《联合周报》1944年7月8日第1卷第23期）

霜叶红于二月花
—— 王亚南随笔、书信集

抗战结束有感

　　无论我们是怎样来理解这次战争，这次战争总归是结束了。面临着战争结束了的这种现实，每个人都有他的感想。感想本来是漠然而真实的，但要把它写出来，漠然的固然会变得明确些，可是真实之感，就恐不免要加上一些"装饰"的成分。

　　回想一下八年以来的艰苦抗战历程，自己深深觉得对抗战太没有贡献。虽然战争的演变，逼着我播越流迁了一些平时决计不会涉足的地方，但那并不能自诩是被动员到了抗战的行列中，甚且实在可以说是"被踢出了"或者"逃出了"那个行列以外。如说这种一直在比较安全地带，过着苟且偷生生活的行径值得自夸，那也是逃难英雄的自夸。在吃的、住的、穿的水准上，无疑比战前降低了一些，但对于那些原已是过着非人生活，更加上战时出钱出力出血重担的贫苦人，却就不但还维持着相当优裕的距离，且相对地觉得自己更"阔气"了。这样，我就不但很难说对抗战有什么贡献，甚且还在消耗着"人家的贡献"。现在胜利果然是属于"我们"了，就我个人讲，我衷心内疚我在争取那种胜利中，太没有尽到责任。

　　而且在另一方面，尽管我不曾因缘抗战做什么民族良心不许可的事，但作为一个社会科学研究者，抗战的客观现实，却大大地造就了我，使我对中国社会的认识，在广度和深度上，都有很大的增进。弥漫澎湃于全国的抗战的浪潮，把几千年来累积而沉淀在社会里层的一切传统的阻碍着进步的种种因素或种种非现代的残滓，都给搅动起来，做了一个明显的暴露。现实原本是比科学法则还要丰富得多的。这种震动整个社会，震动整个历史传统的现实，当然比之读破万卷书，还要有益而有其实作用得多。这是我特别要感谢这伟大的神圣的战争的地方。

　　最后，战争结束了，似乎每个人都有他新的打算和新的希望。当作一个科学的自由的研究者，我的打算自然是非常明白的，继续我的科学研究；我的希望自然亦是非常明白的，衷心企望有一个允许并奖励科学研究的自由而合理的社会环境。这当然不是出于我的自私,我相信,理性与自由,不但能够推动社会进步,且还是社会进步的显明征候。

(原载《改进》1945年8月第11卷第5-6期)

霜叶红于二月花
—— 王亚南随笔、书信集

迎一九四八年

我是在一九四八年的前夜来写这篇文章。

一九四八年的一切，还是一个未知数，还是一个大问号。它可能是平平常常的过去，也可能表演出几件出色的历史故事，但却不可能离开实实在在范围着人类社会活动的历史条件，而出现一些奇迹。

因此，依据今日科学，尤其是社会科学发达的水平，我们尽管无法指数出下一天，下一月将要发生一些什么，但就社会演变的关系而论，却不妨确断了今后十年二十年可能或必须发生一些什么。

历史是这样一个奇怪的东西，我们看得愈大愈远，便愈加清楚，我们看得愈小愈近，便愈加糊涂。短视的历史学家经常为一些零碎的偶然事故，冲昏自己的脑袋；而短视的政治舞台的人物，则又在经常为一切近功浅利的打算，困扰或播弄着自己的历史命运。

而对着一九四八年，我将就以此三项有关的史实，来抒发我的感想。

第一，一九四八年是一九四七年的直接延续。在去年的今天，我也会讲到我对于即将逝去的这一年度的展望。我期待世界各战胜国间，尤其是美苏间，会有一种相当谅解的协作；我还期待中国在国际协作下实现一种互相忍让的团结；我并郑重指出，假如那种团结实现，中国政治经济上的最大措施，应当是会从哪些方面去着手。

一年过去了，一切是向着反乎我的期待发展。但我会指出，期望并不就能成为事实，那只是客观的可能与主观愿望的产物。无论是在世界，抑是在中国，都有最大多数人在期望协作与团结的和平局面出现；并且理性与科学也指证那种和平局面，将对最大多数人都有极大利益。但我之所以不敢断言期待一定成为事实的原因，就是由于我们的社会，还不是一个大家利益一致的社会，还不是一个大家期望一致的社会。能由和平得到利益的人期望和平，怕由和平失去利益的人就不期望和平，甚至祈祷战争，歌颂破局。

一年来中国以外的破局，确实已使最大多数人的期待遭受打击，但由破局所引起的后果，同时也似不会完全实现最少数人的期待。

历史像是一直在不受人类意志支配而独立发展着，但建立在这种基础上的历史科学却证示最大多数人的期待，终是最有力的，最不可侮的。

看远一点罢！

第二，一九四八年是第二次世界大战后的第三个年头，对以往两年多的世界各地的不安局势，尽管有心人会引起莫大的感叹与焦虑，但我们如其没有健忘到第一次世界大战后三四年的混乱与沉闷气息，却就用不着感慨万千了。那时，在远东方面，就印度讲，已开始在酝酿着大规模的不合作运动与消极破坏行动，以答复大英帝国在战争过程中允许其战争后独立的欺骗；日本帝国主义者受到战争的利得与鼓舞，正虎视一切邻近的弱小国家，特别是时刻在见机侵略中国；而中国又正还陷在军阀的混战中，孙中山先生所领导的革命势力，仍未能在广东取得全面的支配。

而在西欧，情形更不可乐观了。整个巴尔干乃至东欧，全都动荡在战争后农民暴动与帝国主义角逐的不稳情形之下，找不到一点光明的前途。苏联国内的全面灾荒，破坏与受到外援的反动势力的挣扎，正还在鼓动国外的"救世军"，英、法、美诸国联合包围苏联的第一次"武装干涉"，恰好是在这时组成的。当时苏联是被视为世界文明大敌，根本不允许同各国建立外交关系。

这次世界大战后的情形，该变得怎样不同啊——帝国主义国家愈来愈少了，一切落后民族，虽然不曾全取得独立的地位，但都在向着觉醒的独立的前途迈进中。印度已稳坐起联合国会场中的交椅。不见历史经传的印度尼西亚也同荷帝国战斗起来。缅甸也给解放了，安南在拼死战斗中，朝鲜是独立在望。整个欧洲的落后国家，都已走上了它们光明发展的道路。苏联从资本主义的矛盾中成长茁壮起来，且已在同世界第一号资本主义国家——美国，作着世界历史命运的角逐。

不错，在另一方面，今日的美国，不是更富，也更强了么？但正因为如此，正

霜叶红于二月花
—— 王亚南随笔、书信集

因为它一次又一次受到世界大战之赐,而更富更强了,它便在资本主义世界中,变为最强有力的一张王牌,它的世界地位变化了,它在历史上所负的使命也变化了;它"当仁不让"地把拯救资本主义世界,保卫资本主义世界的大历史使命担当起来,于是,它一向同情弱者,帮助革新,强调自由民主的作用,便使得同它的那种大历史使命不大调和,甚至正相抵触了。结局,资本主义世界任一个角落的革新运动,任一对于资本主义既成秩序的破坏势力,便直接间接刺激它的"资本"的神经,使它感到是需要加以遏止或压抑的对象;在这种限度内,它的保守者的姿态,便依着它一向坦率的或者有些近似轻率的性格,而尽情表露出来。

不幸,这时作为它攻击反对的最大目标的苏联,即另一个世界或反资本主义的世界的领导者,又在它的外交政策与活动上,充分表现出毫无装饰的工人面孔,这一来,它们本质的冲突,就在有关的任一国际问题上,互不示弱互不留情地激荡起难于平定的轩然大波。一年来联合国会议、外长会议的没有成就,在战后失掉了平衡的世界局面中,确实增加了不少威胁和平的因素。

第三次大战的不祥信念,无论是好战者,抑是厌恶诅咒战争者,都像是在不约而同地流布着。然而,今后的世界性的战争,是愈来愈不容易随便打起来的啊!

更向远一点看去罢!

第三,一九四八年的光临,稍有现代史知识的人,就会联想到恰如一百年前——一八四八年的历史故事罢。那是一个波澜起伏,革命怒火在欧洲到处飞舞的所谓"革命年",在法国,在德国,在意大利,都有人民起来反抗或推翻他们压迫民主、反对自由的政府。就在作为整个欧洲保守主义堡垒的奥国,也笼罩了革命的烘热空气,以致当时自命为封建主义救世主,而实际组织并领导全欧一切反动势力的梅特涅宰相,也不能不落荒而逃往德国外。一时燎原起来,成为不可遏制的革命野火,不久虽分别被扑灭或抵消下去了,但各国的封建保守势力,从此再也不敢像以前一样嚣张。就这样,一八四八年,被历史家视为现代民族主义、自由主义或资本主义,对封建保守主义的决定性胜利年度了。

第一辑
随笔与报告

整整一个世纪过去了，曾经是革新原动体的资本主义体制，已早经验到了它的前身——封建体制所曾惨痛遭逢的历史命运。两次的世界大战，从它自己的体制中爆发出来，一方面把它的本体损弱了，同时却把它的对立物加强了。今日由美国与苏联分别扮演的决斗场面，我们如若把眼前个别零碎纠纷的是非曲直抛在一边，则山姆大叔显然命定的是站在极其不利的地位。全世界无论是在落后社会被所谓民主性的革命所威胁着的势力，抑是在先进国家被社会主义性革命所威胁着的势力，一齐都向着美国招手求救，美国无论愿意不愿意，都得举起保守主义的大旗，以阻止它们分别被淹没在各式革命的洪潮中。结局，所谓杜鲁门主义，就同"梅特涅关系"，成了先后辉映的历史对照。

事实已经摆在面前了：美国执行它的历史任务愈坚决，愈认真，他就愈得板起保守的面孔，愈得表演反时代的节目，时间拖得愈久，它的面孔就不能愈保有光泽，而它的表演也可能愈没有精彩。就这样，在角逐的世界舞台上，站在革新立场的苏联，宁可采取和平建设的守势，而站在保守立场的美国，却反而要在原子弹外交政策下采取攻势了。

以美国现有的人力物力，似乎满可马上领导起全世界落后势力和资本主义零星队伍，来同苏联及其所领导的力量，作一次破局的清算或战争。但美国许多议员政客们，随时在狂喊大喊着战争，而那些负实际政治责任的将军们，却格外表现得怀疑审慎了。

为什么呢？其中有一个极浅显，但却极关重要的道理。那就是，两次的世界大战，把整个社会经济的本质变得太厉害了，也把社会阶级利害关系暴露得太厉害了。当我们今日想到美国要如何或应如何的时候，切不要忘记，美国并不是一个"浑然一体"的抽象，它不但是一个极具体的为独占大资本家所支配领导的国家，它同时还是一个更具体的广大劳动人民所构成的国家，已有不少人用"两个美国"形容它们之间的距离，形容它们之间的社会裂痕的深度。这是华莱士敢于大声疾呼，敢于揭露现在战争制造者好听谎言后面的贪欲与罪行，敢于单枪匹马向着那些大亨，那些将军及其整个特权体系挑衅的原因。

然而，美国将军感觉头痛的还不止此。环顾整个世界，一切为它所希望组织起来，武装起来，以便发动攻势的与国或友邦，也都同它自身一样，在内部起了比它还要危险，还要可怕的分化。美国当权的英雄豪杰们，尽管很焦急地在责难那些"友邦"的"不长进"，然而它自己怎样呢？

物质文明不论发展到什么程度，战争仍得靠人力去推行，仍得靠广大劳动人民的血肉去填充。如果劳动人民觉醒了，如其逐渐意识到了隐在战争后面的"西洋录"，他们就将在战争发动前，就将在战争过程中，就将在战争的前方或后方，用各种方式的行动，表现他们向自己，向战争组织者提出"为什么战争"的意见。中国有一位军事家说："生活条件与战斗条件一致者强，与战斗条件相离者弱，与战斗条件相反者亡。"我们可以换一个表现方式：战争符合人民利益者胜，不顾人民利益者败。这定则，愈在文化水准与人民觉醒程度提高的国家，将愈能表现其真确性。

1947年，王亚南（前左五）、郭大力（前右四）与厦大经济系毕业生留影

今后从事战争的第一个理由,将不是什么空洞的好听名义,而是实实在在的人民利益。

两次世界大战如实地造出了一个"人民世纪",人民的觉醒,人民的力量,已变成限制一切野心的和平的力量。不明了现实的这种变化,而把思想仍停止在十年前、二十年以前的人,他将对世界大局发生一些误计错觉,以为第三次世界战争明天或后天就要发作了。其实"知此知彼"永远是战争制胜的要诀。看看对方的阵营,看看自己的阵营,谁敢贸然发动自寻毁灭的战争呢?

一九四七年的国际角逐表演,只证示采取攻势的方面,将"知难而退"的采取守势。

一九四八年的展望,将不是更接近战争,而是更远离战争,但愿世界如此,中国亦能如此。

(原载《江声报》1948年1月1日)

在国庆日谈保卫世界和平

中华人民共和国是在去年十月一日诞生的,今天算是我们头一次的国庆纪念日。临到这个纪念日,我们每个人应当都有自己的感想,而我深刻感到的,就是一个国家已经从被奴役压迫下解放出来,已经踏上它历史发展的道路了,它所最需要的就是和平;它最需要加以保障、加以牢固的,就是它国内及全世界的和平秩序。

大家试想,在去年今日,国内西北西南一大片国土,还是被掌握在反动统治的魔掌中。福建的厦门地区还在浴血战斗,未解放地区的那种荼毒人民生命折杀社会生机的血腥统治,深刻地影响到已解放地区的恢复和发展。

幸而在这一年的下半期中,大陆上几乎全国解放了,同时也就在这解放战争迅速进展过程中,全国已分别展开了恢复经济文化的计划和步骤。本年三四月就开始进入稳定阶段的全国财政金融状况,不但为一切方面的和平建设大业创造出了最必要的先决条件,同时也由此表现了人民民主政权的卓越领导,加强了社会各阶层对人民政权的信心和内部团结。空前大规模的土地改革程序,工业建设计划,农业恢复改进步骤,文化科学普及提高措施,已经迅速有效地在四方八面开展着,国家富强、社会进步、人民康乐的光明前景,分明摆在我们眼前,叫我们每个人对今年的国庆,表示了无限的希望和愉快。

然而,正当我们欢呼、我们高唱,我们为和平建设而努力的时候,一向奴役我们并还想继续奴役我们的美帝国主义者及其帮凶们,却以贪残的心,嫉妒的眼,横蛮无礼的蠢态,狡诈狠毒的阴谋,破坏侵扰我们,用海空军强占我们的台湾,用飞机侵袭我们的边境,用大炮轰击我们的商轮,借端寻衅,无非是怕中国迅速壮大发展起来,将是它们帝国主义势力在世界在中国的彻底的毁灭。

但帝国主义者及其走狗们是太健忘了:苏联十月革命后几年中,全世界的帝国主义国家,不也多方勾结支助苏联国内反革命的白俄;不也联合起来做过多少次武装干涉么？但每次阻扰苏联国内和平建设的战争，不都变成了沉重打击乃至毁灭帝国主义者自身么？我们要警告美帝国主义者及其帮凶们，觉醒过来、解放过来的人民，是不可能再征服的。他们诚然希望和平，但正因为如此，他们绝不惜用任何代价来保卫他们迫切需要的和平。而且，现今已不是二十世纪二十年代，而是二十世纪五十年代了，保卫和平的阵营，已经壮大，且在日益壮大中，如其就苏联在十月革命以后，尽管有帝国主义的不绝干扰，仍在一年一年的增大其国力，增进其更大规模的和平建设的程序，则我们有更广大和平人民声援，有更强大和平国家支助的新中国，是决定能够破除任何和平建设途上的阻碍而向前进的。

（原载《厦门日报》1950年10月1日）

教育工作者在抗美援朝运动中应当做些什么？
——代发刊词

抗美援朝的高潮很快在全国各地展开了。在今天，在人民政权已很坚实牢固地建立起来了一年多的今天，这样的保家卫国的运动，基本上是为全国人民，是为全国每个不愿再受帝国主义奴役的爱国人士所拥护和支持的。但因为大家的文化水平、政治水平不同，同时也因为大家的社会经济利害关系不同，对于那种运动的认识，也就不能不显出一些差别来。为了集中意志，统一步骤，在抗美援朝运动中，展开广泛的宣传，就成为非常必要了。

我们教育工作者既经去年六月二十八日中央人民政府委员会第八次会议通过的中华人民共和国工会法，明确规定了我们所组织的教育工会，和全国其他产业工会，同为全国总工会的构成部分，把我们看作是工人阶级，看作是我们新民主主义社会的领导阶级；那么，面临着当前的抗美援朝运动，就是我们考验自己，看自己在认识上在行动上够不够成为领导阶级的一个绝好机会。

我们展开抗美援朝运动，或参加在那种运动中，首先就要深刻理解抗美援朝就是为了要保卫和平、保卫国家、保卫我们的和平建设秩序；但要理解这些，又得明了帝国主义的本质，美帝国主义在现阶段的历史反动性，特别是要明确美帝国主义对新民主主义革命运动，为什么要采取仇视、敌视和多方压迫侵害的道理。这一层一层的关系不弄个明白，就不可能对抗美援朝运动有明确的认识。

现在且从我们正努力实现的新民主主义讲起。新民主主义就是已经出现了社会主义的被帝国主义统治的落后民族的解放主义，从封建买办官僚统治下求得解放，从帝国主义统治下求得解放。中国解放的道路——毛泽东的道路，是整个亚洲、甚至是全世界受帝国主义宰割的落后民族的解放道路。落后民族走上了它解放的道路，就表明是帝国主义走上了灭亡的道路。一切帝国主义国家都为中国解放运动而战栗，而惊慌失措，那还不仅因为它们关心在中国的利益，关心在中国的商品市场和大量投资，同时还更关心中国革命胜利所给予他们亚洲各地乃至世界其他殖民地的影响。帝国主义与新民主主义是势不两立的。

然而为什么在一切帝国主义国家中，美帝国主义要特别突出地来反对我们、侵害我们呢？这是非常容易明白的。美帝因缘两次世界大战的有利机会，暴发了，壮大了，其他英法等帝国主义国家都相对绝对地减弱了，于是要维持资本主义世界的残余统治，同时要对抗在两次世界大战过程中新兴起来的社会主义与新民主主义势力，就不能不由这个暴发户——美国，出来唱大黑花脸，扮演最野蛮最反动的角色。它原来总是在帝国主义全副武装的外面，披起宗教的文化的外衣，把文化的侵略作为经济侵略、军事侵略的前哨。到了现阶段，到了整个亚洲民族都要或快或慢地随着中国踏上新民主主义解放之路的现阶段，它急了，它认定假面具已无济于事了，它毫无掩饰地同时发动对朝鲜对中国的侵略；事实上，它侵略朝鲜，最后目的也还在为了把朝鲜作为进一步侵略中国的桥梁和跳板。

所以在这种情势下，在美帝国主义处心积虑要阻挠中国革命事业，妨害中国和平建设事业的情势下，我们如要和平，要建设，要保家卫国，就只有坚决勇敢地起来反抗美帝的侵略，并用各种可能有效的方式，支援我们的友邦朝鲜。一切软弱的退让的表示，都只能收到鼓励美帝加强侵略的后果。面对着豺狼猛兽，讲理是不成的，逃避也是困难的，坚强地给予反扑的打击，是促使野兽知难而退的唯一有效办法。你要示弱，就显得它更强；你要坚强，就立刻暴露出它的脆弱了。面对着中国人民的志愿部队，美帝早已感到战争并不总是有利可图的"事业"，已感到进退两难了。所以以实际行动来对抗侵略，来保卫和平的号召，但看表面，像是有些矛盾的。但跪着求得的和平，是奴隶背负着枷锁的和平，那还能谈到什么和平建设秩序？

所有上面的几层关系——新民主主义与帝国主义势力不两立的关系，美帝由假仁义的帝国主义国家变成为最狂暴野蛮的关系，以及由抗美援朝来保卫国家保卫和

平的关系,都是要通过深入的政治学习才能够理解的,才能够见得到讲得出,宣传得有效的。我们每个教育工作者,当着"抗美援朝"运动席卷全国的时候,自己要反省要自我检讨:

第一,看我们自己对于这个运动所提出的一些号召,以及有关这个运动的诸种论点、诸种问题,是否在认识上还有一些偏差?面对着现实来学习,是对比着书本学习更有效得多。帝国主义的本质,新民主主义的任务,社会发展史上昭示我们的革命的与反革命的、新生的与将死亡的力量搏斗后果,都可在活生生的事实中得到较为透彻的理解与启示。我们绝不要自安于一知半解,绝不要停止在似解非解状态中;在一个大的群众运动过程中去学习,随时都可找到必要的材料和优良的教师。为了改造和提高自己,千万不要错过了有关这一方面的这一个大好的学习机会。

第二,我们教育工作者主要都是集中在城市里面的小市民阶层,极容易为眼前的利害关系所左右,变成为谣言耳语酝酿传播的温床。我们教育工作者应随时找到机会,教育他们,向他们宣传。在今天,我们不应当把自己限定为单纯的学校的教育工作者,同时还得把自己看成为社会的教育工作者。把那种向市民群众宣传,看为我们教育工作者的一部分。

第三,如其我们对于整个世界的局势,对于中国的前途,有较明确的认识,我们自然就会得出一个结论,即是:我们在帝国主义还没有从地球失去存在以前,要想在十分安静的情形下从事和平建设,从事科学研究,那是多少有些奢望的;但我们又不能等待帝国主义灭亡了才再建设,才再研究。所以,处在这种情势下,我们教育工作者应当作一个思想上的准备,就是在最近相当年月之内,无论临到任何动荡的情况,一方面要坚定镇静地参加文化建设和科学研究,同时要认定认真踏实地从事那种建设研究工作,也正好是间接有效地打击帝国主义,消除帝国主义在落后物质条件下所发生的有害影响。

抗美援朝运动现在还是一个发端,它是需要并且必然是会进一步深入展开的。我们教育工作者不要错过了这一个检点我们自己政治水平的机会,不要错过了这一个加深政治学习的机会，不要忘记了这是我们考验自己是否够称为领导阶级的试金石。随时对帝国主义的侵扰提高警惕，随时对建设研究工作保持镇定，这是随时对于我们教育工作者的要求，我们要自觉地坚强地接受这个要求。

（原载《厦门日报》1950年12月22日）

注：

　　本文系王亚南为《厦门日报》"中国教育工会厦门市第一次代表大会特刊"撰写的"代发刊词"。

响应政府关于青年参加国防建设的号召

"我们的民族再也不是一个被侮辱的民族，我们已经站起来了！"

我们民族是怎样站起来的？是由于我们全国广大的工农青年知识青年，在共产党旗帜下，在毛主席领导下，以忘我的精神，以高度的爱国热忱，为革命斗争事业，贡献出他们的体力、智力而得来的。

我们民族站起来了，就使得以往侮辱我们的帝国主义国家，特别是美帝国主义者，在我们国内的势力倒下去了，新民主主义国家和帝国主义是不两立的。帝国主义存在一天，它必定要设法再爬起来，再想把我们压倒，再想来侮辱我们奴役我们。最近美帝国主义发动对朝鲜的侵略战争，对中国台湾的侵略，对中国边境人民的扫射，就是要想再把我们当作殖民地奴隶来统治的具体事实。

我们既然已经站立起来了，就不能容忍帝国主义再来侮辱我们奴役我们。所以当美帝国主义者公开以朝鲜和台湾来包围我们的时候，我们便不能置之不理，我们已经采用人民志愿军的方式来粉碎敌人的进攻。中国人民的力量是无敌的，美帝国主义的纸老虎面孔更加暴露了，麦克阿瑟"总攻势"变成了"总失败"。但美帝国主义者是不会因此驯服的。它曾想方设法再挣扎逞凶下去，如果不把战争贩子手中的凶器摧毁，不把战争贩子的魔手斩断，我们的新民主主义的建设工作是不能顺利完成的，全世界劳动人民的安全和幸福也是缺乏保障的。我们为了自保保人和救人自救，我们必须发挥更英勇的战斗热忱和爱国决心。

我们已经有了五百万的人民解放军，我们这些雄师具有丰富的斗争经验和崇高的战士品质。但为了适应现代的战争要求，为了提高战士们的科学水平，我们的战斗队伍需要再武装，我们的国防建设需要再充实，但由于时机急迫，敌人不会让我们有充裕的时间来从长计议，我们只能就现有的条件来求迅速配合，因此我们这批受着人民属望的知识分子便遭逢着极宝贵的考验机会。

我号召厦大同学同仁们，正视着政府的神圣号召，而且同仁同学们近日已经以具体行动来响应这个号召了，这是厦大发挥优良传统的有效表现，也是中国青年继承以往光荣斗争历史的途径。这里我将用最大的热忱和敬意来为同仁同学们达成这个任务而努力。

十二，十二

（原载《新厦大》1951年1月1日第8期）

省人民代表会议与一九五二年福建的新展望

由一九五一年十二月二十五日胜利结束的福建省首届人民代表会议,不仅指示了全省一九五二年的新任务,不仅确定了我们在一九五二年开展工作的方向与内容,还为我们在完成任务、开展工作上创造了许多有利的条件。

我们全省人民要在一九五二年达成的新任务,由张主席在《福建两年来的工作和今后任务的报告》中提出了七项,而其中最关重要的,还是由毛主席指示出来,经人民政协会议明确提出的三大号召:继续抗美援朝和开展增产节约及思想改造运动;除抗美援朝外,增产节约和思想改造是要为我们的经济建设和文化建设创造条件。

在我们长期受着帝国主义、封建主义及买办官僚统治毒害的社会、经济文化两方面的更生改造任务,显然是非常艰巨的。以我们福建的经济文化条件来说,也许还有较大的困难。但福建两年来在抗美援朝、肃清土匪、改革土地、镇压反革命等方面的工作,不是在极其困难和较为复杂的条件下取得了辉煌胜利的吗?解放两年来的工作总结说明,只要我们相信共产党,紧紧团结在共产党周围,我们就有信心战胜一切困难。而这次人代会议的最大收获,在我个人看来,就恰好在这些方面提供了极大的保证。

第一,通过这次人民代表会议,全省的人民更加团结了。这次人代会议的召开,原是适应着全省人民由三大运动的胜利所鼓舞起来的政治热望。各革命阶级、各民主党派、各人民团体的代表,团聚一堂,在极融洽气氛中,坦白而诚挚地交换了意见,讨论了彼此的提案,选举出了大家认定能实现全省大政方针的政府委员会和协商委员会的人选,这对于一九五二年的任务的达成,显然是有极大的推动作用的。

第二,通过这次人民代表会议,全省人民对于共产党的领导更加信任了。中国共产党的威信,无论在全中国抑在全福建,已经达到了这样高的程度,不仅是工农大众，就在其他各社会阶级，都逐渐变到非常自然而自觉地愿意接受其领导了。这虽是今年来的各种伟大胜利和成就的结果；但同时更重要的，还是由于中国共产党，在领导中国人民获致那些胜利与成就的工作方法与态度，使我们各社会阶层的人民感到心悦诚服了。这次会议给予每个人民代表带回去的深刻印象，我想就是张主席及其他共产党干部在会议进行中所表现的大公无私，认真负责的精神和一切有组织、有计划的领导能力。

第三，通过这次人民代表会议，全省人民对于福建发展的前途，更具有信心了。以往一般人把福建看成没有多大经济价值的省份，山多而落后，又因备受这国内外反动势力的压迫与摧残，而弄得破碎支离。但两年来的改造工作，不仅把它的面貌改变了，也把一般人的观感改变了。它是富有森林矿藏及鱼盐之利的山海之区，它有两千万亩以上的可耕土地，它有极大发展前途的水动力，特别是它在数量上突然增加了和在质量上大大改变提高了的一千数百万的劳动人民。当张主席在会议上把这种改变加以说明的时候，每个代表就像对福建的发展平添了无限信心。事实上福建已经在一步一趋地跟着全国走向充满了希望光明的道路。

更紧密地团结在共产党周围，以极大信心和积极精神，由胜利走向新的更大的胜利。这就是由首届省人代会议所标志着的一九五二年将要展开在我们面前的光景。

（原载《厦门日报》1952年1月1日）

为在本市开展反对使用原子武器签名运动而斗争

　　世界和平理事会常务委员会一月十九日在维也纳举行扩大会议，针对北大西洋集团理事会关于采用原子武器的决定，号召全世界一切爱好和平的人民，发动大规模反对使用原子武器的签名运动。为了响应世界和平理事会常务委员会的号召，中国人民政治协商会议第二届全国委员会和中国人民保卫世界和平委员会二月十二日在首都召开了常务委员联席扩大会议，号召全国人民投入这一运动。现在运动已在全国各地展开，本市人民亦已广泛展开了。

　　由于中朝人民英勇顽强斗争，苏联、东欧各人民民主国家人民和全世界爱好和平人民的共同斗争，在一九五三年七月取得了朝鲜停战的实现。并由于苏联的坚持，在一九五四年一月底至二月上半月，法、英、美和苏联四国外长在柏林举行了会议，通过了召开日内瓦会议的决议。在日内瓦会议上，达到了关于停止持续了八年的越南战争，以及关于停止老挝和柬埔寨的军事行动的协议。

　　日内瓦会议的结果，促进了国际紧张局势的缓和及和平的巩固，也给那些战争贩子一个沉重的打击。当时，纽约股票市场发生极大混乱，军火商股票急剧跌价，就是一个明显的例子。美国侵略集团为了不甘心于自己的失败，企图挣扎，已愈来愈疯狂，一方面策划复活西德军国主义，组织东南亚侵略集团，并与蒋介石卖国集团签订所谓《共同防御条约》，霸占我国领土台湾。一方面拒绝苏联关于禁止使用原子武器的建议，积极准备发动原子战争。美国侵略集团这种疯狂举动，已使和缓的国际局势又急剧紧张起来。不仅美国将军雷德福、格伦瑟和史蒂文森之流叫嚣原子战争，而且英国蒙哥马利、比利时外交大臣斯巴克也搞起这种宣传。因之，今天在全世界展开这个反对使用原子武器的斗争是适时的、必要的，有其重大意义的。

　　这一斗争展开后所将产生的作用是巨大的，它将教育各国人民认识到现在世界上以苏联为首的社会主义和平阵营和以美国为首的帝国主义侵略阵营，谁在利用科学发明为人类幸福和文化高涨服务。谁在利用科学发明毁灭人类生存和道德。其次，通过签名运动，将进一步揭发和平的敌人，利用原子武器制造国际紧张局势进行讹诈，以达到其制造军火，猎取超额利润和对外侵略目的。而我们需要的是和平，在和平环境中进行建设，我们反对侵略战争，反对毁灭人类的原子战争，就将进一步提高人民的爱国主义热情和工作积极性，用各种实际行动来粉碎战争贩子们的原子讹诈阴谋。再次，我们说，社会主义阵营是团结一致的，有着巩固的兄弟般友谊，而资本主义阵营却是充满了各种不可克服的矛盾。在大资产阶级统治和剥削下的劳动人民和广大社会公众是反对战争的。

记得一九五〇年全世界爱好和平人类为了保卫和平，曾经热烈地在第一届世界和平理事会关于缔结和平公约宣言上签了名，本市参加签名的也有十四万多人。全世界的那次签名运动，曾经起过极大作用，保卫了世界和平，给了和平敌人发动侵略战争阴谋一种沉重的打击。和平敌人是害怕和平的，也时刻都在阴谋破坏和平。因之，在我国，在社会主义阵营国家展开反对使用原子武器运动，坚决表示反对原子战争，就将进一步鼓舞各国人民的斗争情绪，使这一斗争成为一种巨大的人类保卫和平的力量。

今天，我们并不是因为和平民主阵营没有原子武器而开展反对使用原子武器签名运动。苏联外交部长莫洛托夫二月八日在苏联最高苏维埃两院联席会议上，关于《国际局势和苏联政府的外交政策》报告中，曾提到这个问题，他说："事情已经进展到这样程度：苏联人在氢武器制造方面已取得了如此的成就，以致落在后面的不是苏联，而是美国了。"这是件很重要的事情，和平阵营不但有原子武器，而且占有优势地位，但我们却反对使用，并主张将原子能用在和平用途，用在提高人类物质文化生活。因之，有更大的影响。总之，在和平敌人叫嚣原子战争的当前国际紧张局势下，开展这一斗争，将有极其重大的意义。

处在国防前哨的厦门市人民，在解放台湾斗争中，有其特殊光荣的任务，在反对使用原子武器斗争中，将进一步表现其保卫和平、保卫祖国社会主义建设的意志，并将用各种实际行动加强对敌斗争支持解放台湾。

霜叶红于二月花
——王亚南随笔、书信集

为了和平，我们庄严宣誓！

二月十四日，这是一个庄严、难忘的日子。白天，人们热烈地庆祝中苏友好同盟互助条约签订五周年。晚上，在往常，正是人们换下工作服回家休息、准备明天新的劳动的时候，正是爱好学习的劳动人民夹着书包成群结队上夜校读书的时候，正是带回新的作业的学生们在家里开始温课的时候，正是妇女们抱着婴孩和家人亲密聚谈家常的时候，正是生活普遍提高的人们愉快走向戏院的时候；今晚，大家都放下自己的事情，在码头上、机器边，在课室里，在十字路口的扩音器下聚集在一起，为保卫工厂、保卫学校、保卫家庭、保卫自己可爱的祖国庄严地在世界和平理事会《告全世界人民书》上签名，向玩弄原子武器的美帝国主义者发出严厉的警告。

这一晚，庄严的签名运动在各地展开。在厦门大学经常充满青年们欢笑声的广场上，今晚显得异样的安静，三千多位为祖国未来的建设而工作、学习的师生们，挤在广场边的会场里集会。那里，在肃穆的空气中，响着全国人民代表、著名的学者王亚南庄严的声音：我们反对原子武器，并不是说我们没有原子武器，我们主张原子能的科学成就用于和平建设，为人类造福，反对帝国主义把原子科学用于战争，给人类制造灾祸。

为维护科学为人类服务的神圣的原则，在这一晚上，学生们签了名，工友们签了名，从事科学研究的教授黄席堂、陈允敦等以他们辛勤培养未来科学工作者的手签了名。全体三千多位师生都签了名。他们坚信：如果美帝国主义胆敢发动原子战争，结果毁灭的不是人民，而是他们自己！

本报记者集体采写（摘要）

（原载《厦门日报》1955年2月17日）

中国是一个伟大的现象

——向全省人民汇报参加全国人民代表大会留下的深刻印象

远在十九世纪四十年代,俄国一位著名的革命民主主义者柏林斯基曾讲过这样一句话:"中国是一个伟大的现象。"我在北京参加第一届全国人民代表大会第一次会议的期间,这句意味深长的名言就时常浮现在我的脑际,仿佛当时目击盛况只有用这句话才好加以概括和形容。令我永远不能忘记的场面,一幕一幕地呈现在我的眼前……

九月十五日下午三时,第一届全国人民代表大会第一次会议在首都中南海怀仁堂开幕。来自全国各民主阶级、各民族、各机关、各厂矿农地、各学校和研究机关、各文艺团体的代表一千二百多人,齐集在这个庄严而光辉的殿堂里面。他们的性别是不同的,他们的年龄是参差不齐的,他们的服装是颇不一样的,他们的皮肤和语言,他们的风俗习惯,特别是他们的社会阶级意识,都有很大的差异,但这一切并没有妨碍他们怀着爱国主义的心情,瞻望着社会主义的前景,一同比着肩,凝着神,倾听着毛主席的"语短而心长"、"言近而旨远"的开幕致辞。

毛主席指明"这次会议所指定的宪法将大大地促进我国社会主义事业";而当他郑重表示"领导我们事业的核心力量是中国共产党,指导我们思想的理论基础是马克思列宁主义",并说"我们有充分的信心,克服一切艰难困苦,将我国建设成为一个伟大的社会主义共和国"的时候,分别由经久不息的雷雨般的热烈掌声所表现的共同一致的愿望,把前面所提到的一切差别消泯于无形中了。对于我们伟大的祖国,对于中国共产党,对于毛主席的衷心的热爱和信赖,就是"全中国六万万人团结起来,为我们共同事业而努力奋斗"的有力保证。一千二百多人的心,就是全国六万万人的心。

九月二十日下午,经过全国各阶层各民族人民广泛讨论了几个月,最后还由大会分组仔细修订补充过的中华人民共和国宪法草案,被严肃而郑重地提到大会代表们面前,要他们依无记名投票的方式,代表他们所由选出的地区或单位的人民,表示赞成或反对的最后意见。每位代表投下神圣一票的结果,宪法草案经全体一致通过了。热烈鼓掌继以起立欢呼,表示中国人民斗争的胜利历史,在这里树立了一面标志着新发展的里程碑;标志中国人民的政治生活,将由此跨进一个新的阶段。

这个"团结全国人民,建设社会主义的宪法",能够为全国不同阶级不同民族的代表所一致拥护,那并不是偶然的。当它以草案形式提付表决以前,已经由全国一亿五千万人民学习讨论并提出过他们自己的意见;而刘少奇副主席在大会中的《关于中华人民共和国宪法草案的报告》,不仅补充丰富了宪法的内容,并还明确有力地提示了全国各民主阶级各少数民族在实现社会主义过程中努力的方向和步骤;大家在实现社会主义过程各尽其力,就将在繁荣幸福的社会主义大家庭中各得其所。因此,代表们在大会执行主席宣告全场一致通过时所表现的热烈情绪和欢呼,已把个人的阶级的愿望溶解在国家整体利益和美满前途中了。

九月二十七日下午,大会根据宪法,选举新的国家领导工作人员。选举主席副主席,选举第一届全国人民代表大会常务委员会委员长、副委员长、秘书长和委员,选举最高人民法院院长、最高人民检察院检察长,并还决定中华人民共和国国务院总理人选。这是大会最令人兴奋的一幕。也像通过宪法的那天一样,代表中即使是年老生病的也勉强挣持到会,不肯放弃他的光荣的一票。在开会前十分钟,代表全体入席。怀仁堂会场两侧走廊和后面的旁听席,都坐满了从世界各国聚集到首都的来宾。选票工作在严肃愉快的气氛中进行着。

当大会执行主席宣告毛主席朱总司令分别当选为主席副主席的时候,暴风雨般的掌声,起立欢呼声,高呼"毛主席万岁"、"朱总司令万岁"的吼声,经历了七八分钟之久,还不容易静下来。少数民族、工农干部、解放军及文艺界的代表们,"不知手之舞之足之蹈之"地表现得尤为热烈,而在我的席位侧廊的外宾中,身体壮健、

第一辑
随笔与报告

精神饱满的金日成元帅的鼓掌声,是极易引人注意的;但我一时想不起来那位站在金日成元帅旁边,把两手举得高、伸得远并还拍得响,笑容满面、气象轩昂的形象,仿佛在什么地方见过,但不知道究竟是谁。后来打听到,他是我在报纸杂志上见过他多少次照片的波兰部长会议主席贝鲁特,真是"薄海胜欢"、"普天同庆"了。

接下去的每一次选举结果的宣告,都是报以热烈的掌声、欢呼声,起立感奋激昂的情绪,在刘少奇副主席被选为第一届全国人民代表大会常务委员会委员长,周总理被决定为中华人民共和国国务院总理的时光,达到了高潮。新的国家领导工作人员的人选,虽然不可能像宪法草案那样,直接提到全国广大人民那里去,叫他们提供意见,但他们的愿望、他们的期待,他们由见过五年来在党及人民政府领导下做出的各种伟大成就所受到的利益,已足够启示表达他们愿望的代表,要代表们不辜负他们的嘱托。选举的法定程序是在极短的时间内完成的,但提名的酝酿和协议都是费了不少考虑。周总理在九月二十三日所做的政府工作报告,无论就以往五年来的伟大成就言,抑就今后建设社会主义和解放台湾的任务言,都不能不把权衡人选的依据,放在加强党的领导和扩大统一战线的两大原则上。我确信新的国家领导人选,完全符合上述两大原则,从而完全符合全国人民的愿望。

九月三十日晚间,即国庆的前夜,首都各界在中南海怀仁堂庆祝五周年国庆。国家机关的领导工作人员和各部门各团体的负责人员,和第一届全国人民代表大会的代表都参加了;苏联,波兰,朝鲜民主主义人民共和国,罗马尼亚,蒙古,捷克斯洛伐克,匈牙利,德意志民主共和国,保加利亚,越南民主共和国,阿尔巴尼亚等十一个国家的政府代表团的人员全参加了,各国驻北京的使节全参加了。包括这么多国外贵宾的盛大集会,在中国无疑是空前的。

周总理在庆祝大会中的讲话,清楚明白地说明了这种盛大集会的重大政治意义。中国人民在解放以后短短五年中,由于紧密团结在中国共产党周围,在军事、政治、经济、文化各方面所表现的惊人成就,生动有力地证示他们在今后人类进步和世界和平事业上,能做出更大更多的贡献。以苏联为首的十一个社会主义、人民

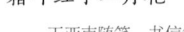

霜叶红于二月花
—— 王亚南随笔、书信集

民主主义国家的政府首脑人物前来参加中国的国庆典礼,来参加中国刚由第一届全国人民代表大会第一次会议制定宪法、选出新的国家领导工作人员、接着就举行的国庆典礼,不但大大鼓励了中国人民的大团结,同时也充分体现了世界人民的大团结。

苏联政府代表团团长、苏联中央第一书记赫鲁晓夫的"其声大而远的"发言,不仅在以充满喜悦的心情祝贺我们五年来的惊人成就,并还因伟大的国际主义的深厚友谊,殷切期待我们今后在有关人类进步和世界和平事业中担当起更大更多的责任。其他如朝鲜政府代表团团长金日成元帅,波兰政府代表团团长贝鲁特主席……等的讲话,都不约而同地贯注着流露着这样一种精神,中国人民的任何方面的胜利和成就,都是属于我们彼此间的共同事业的。中国古代人反映无阶级无国界的原始社会所漠然幻想的"天下为公"、"四海一家"的景象,成了我们眼前生动的现实。

我不知道一同参加那次庆祝大会的其他来自资产阶级国家的来宾们当时作何感想。他们应当也觉察到了那是一个伟大的动人场面;他们中间有的人一定也从他们灵魂的深处,召唤出国际友爱的闪光,认为他们也是应当在精神上和那些社会主义和民主国家的代表一样,和睦无间地把中国人民的成就,把中国人民的欢乐当作他们自己的啊!不同制度国家的和平共处和扩大国际统一战线,不正好是诉之于这种理性和良知么?

十月一日是中华人民共和国建国五周年的伟大节日。由于刚好开完中华人民共和国第一届人民代表大会第一次会议,由于刚好这次会议制定宪法、选举出新的国家领导工作人员,全国人民就把他们的重重大喜事,积在这个伟大的节日来尽情庆祝。

正好是北方秋高气爽的季节,这一天格外显得晴空万里,风日清和。上午十时,盛大的阅兵式在首都天安门举行。体现着人民武装力量日益壮大和日益现代化的各种受检阅的陆海空部队,以充沛的精力、优良的配备,通过天安门广场,通过天安门高空,受着站在检阅台上的人民领袖毛主席及其他国家首长和各国政府代表团的贵宾的检阅；站在观礼台上的全国人民代表大会的代表，来自四十多个国家的观礼来宾，来自朝鲜的志愿军归国观礼团，来自西藏的观礼代表团，来自全国各地的解放军战斗英雄观礼代表和工农劳动模范观礼代表，都在以不同的眼光和情绪，惊叹我们国防力量的飞跃增长。而面向着检阅台，在广场一边整队排列着的十万基本群众队伍，不论是站在前面还是后面，不论看得见还是看不见检阅的部队，都在殷切地企望透过红旗招展的晴空，瞻仰毛主席的丰采。

阅兵式结束，接下去就是由包括十三万工人十四万学生的五十万群众的盛大游行。游行队伍都是由东到西，通过天安门广场，以七十纵列浩浩荡荡前进。各界各行各业的群众，都分别执着一色的花束；从观礼台远远看去，队伍像是掩盖在红的、白的、蓝的、黄的、绿的五彩缤纷的浮荡天幕里，大红旗、领袖像、大幅标语，标识各行各业的工具模型，体现它们工作成果的彩色图表，使人应接不暇地、像是无穷无尽地连续呈现出来；每个队伍行经天安门下，都不约而同地迟缓了他们的步伐，甚至伫立起来，以万分热烈兴奋的情绪，欢呼"中国共产党万岁"、"毛主席万岁"、"中苏牢不可破的友谊万岁"、"世界和平万岁"、"建设社会主义"、"实行宪法"、"一定要解放台湾"……来表示他们的热望。他们从天安门主席台上，从观礼台上，不断得到毛主席及其他国家首长、各国政府代表团、各国人民观礼团以及全国人民代表大会代表们点头、摇手、挥帽或高呼的热烈反应。

游行到午后二时终止，这个伟大的庆祝场面显然给每个人留下了深刻印象。特别是对于来自和平民主阵营以外的各国来宾，如其说他们在新中国其他一切场合所见到的、所听到的，是一些零碎的、局部的观感，他们就很有根据地在这种伟大场面中，得到总体的认识：中国人民是热爱他们的领导者——中国共产党、毛主席的，是衷心拥护他们的政府的，中国在各方面的进步是非常迅速的，中国人民政权是非常巩固的，中国人民是渴望在和平环境中建设社会主义的，中国人民是坚决要解放台湾的，中国人民是乐意和全世界一切爱好和平的人民讲交情的，中国和苏联的友谊是在人民当中立下了深厚基础的……这一切事实，已经由各国来华观礼代表在归

霜叶红于二月花
—— 王亚南随笔、书信集

国的旅途的谈话中以及在归国后的传达报告中，分别当作访华观感的总结提到他们国人前面了。他们已多少深切体会到：中国业已作为一个伟大的现象，叫人在正视并搜索它的生命和力量的根源了。

不错，中国老早就是一个大国，但在五口通商以后被帝国主义各国肢解了宰割了。以致在"九一八"事变发生时，日本驻国际联盟代表芳泽谦吉在大会中根本不承认中国是一个有主权的国家，而说它仅是一个地理上的名词。中国历史也是悠久的，但由于到近代这一阶段走得太慢了，一百多年以前，像德国黑格尔那样渊博的学者，也遽然讥诮我们是永久停止前进的没有历史发展的空间的国家。到了抗战时间，日本军阀的御用学者秋泽修二竟无耻地论证我们的亚细亚的特殊社会经济结构，非经过外国征服就不能自行走上向前发展道路。我国的人口是众多的，但我们由人口众多方面所受到的侮辱，比之由大国古国方面所受到的侮辱还要厉害，帝国主义者把殖民地是看得连狗都不如的，记得一九四七年全国各地展开反对美帝国主义干涉中国内政、反饥饿反迫害大游行，而上海的美国总领事居然在公开会场中宣称示威游行的不是什么群众，而只是一堆生物。再说到我们地面地下的财富，早在十三世纪，就由马可波罗把中国当作一个遍地黄金和无穷宝藏的国家介绍到西欧，等到帝国主义东来，经过长期买办官僚伙同封建地主的劫掠搜刮榨取，益以相伴而发生的天灾水旱，结果不但导出了"地大而物不博"的谬论，甚至认定河流山岳都是"利少而害多"的奇谈。

试想，我们的国家，拥有主要是处在温带的广阔的肥沃土地，由无限的天然财富和地下宝藏，由悠久而丰富的人民文化遗产，特别是有几万万以聪慧劳动见称的劳动人民，由这一切构成的人杰地灵的大好山河，落到败家子手里，落到买办官僚地主阶级统治下，不但容许并还勾结帝国主义强盗，尽情地踩躏、破坏和糟蹋。等到民穷财匮，地方枯竭，灾旱频仍，匪盗充斥，文化破产，再回头来埋怨祖先，责备自然，嚷叫人民"愚"、"弱"、"顽"，不争气，不可救药。

然而，一当人民的政权在中国共产党领导下开始建立起来，一切旧观念都改了。

仅仅在短短五年之内，我们在社会、政治、经济、文化各方面的伟大成就，已经向世界清楚明白地证明了，我们的人民该是如何和善、勤勉而聪明；我们地下地面的资源该是如何丰富；我们的文化遗产该是如何优美、多彩和朴实。不论是自然的宝藏还是冬眠着的万物，由春天赋予了新的生命。人民的财富只有掌握在人民的手中，才能充分发挥作用；人民的力量只有在创造他们繁荣幸福生活的场合，才能充分表现出来。这是马克思列宁主义简单真理，中国共产党就是运用这个简单真理来教育团结全国人民，我们全国人民也正是在理论上在实践上逐渐体会了这个简单真理，才心悦诚服地团结在中国共产党的周围，在短短五年之内做出了这么多成绩，准备在今后根据宪法赋予他们应享有的权利和宪法规定他们应承担的义务，做出更大更多的成绩。

一切变得真快啊！一个被反动力量阻滞着的社会，二十年有如一日；一个变革过来了的新社会，一日有如二十年，这是革命导师马克思教导我们的真理。

我们目前各方面的飞跃发展，真是体现着这个真理。预计宪法通过以后，中国几万万人民的政治生活政治认识，将跨进一大步，他们将更紧密地团结在我们社会主义建设事业领导者——中国共产党的周围，更好地利用我们丰富天然资源和丰富文化遗产来创造更大更多的成绩，几万万人团结起来向着一个目标——社会主义道路前进，该是如何"伟大的现象"啊！

（原载《新厦大》1954年11月12日第96期）

霜叶红于二月花
——王亚南随笔、书信集

人民生活中的一件大喜事

最近中央公布发行新人民币代换旧人民币。这是国家财政经济上的一项重大措施，同时也是关系全国人民生活改进，且为全国人民所非常期待的一件大喜事。

通过这一项新币代换旧币的措施，说明我们国家的财政金融状况和流通经济状况，已经达到了非常稳定健全的程度。中华人民共和国成立五年多以来，政府曾经在社会政治经济文化各方面，进行了一系列的改革，而种种改革所给予我们人民的总经验，就是每种改革不但是必要的，而且一定是在改革所需的条件都准备好了才进行的。因为我们的政府，一切是以人民的利益为前提，凡属在人民生活上、工作上、思想上发生影响的新措施，都预先作了周到的考虑和安排，务使它对于人民只有利益，没有坏处。现在来进行新旧人民币的代换，从我们人民方面的经验看来，就是标志着我们国家在财政收支方面，在进出口方面，在货币管理方面，都已做出了极大的成绩，使货币上的这种变化，只会在这些方面进一步发生有利的影响。

用新人民币代换旧人民币的具体内容，无非是把票面额过大、种类太复杂的货币，加以缩小和简化，看起来像是非常简单的事，像是不要延迟到现在，老早就可以做好的事。但我们如果想到，货币这种充当经济流通媒介的工具，除了如我们前面讲到的，和国家财政收支、对外贸易收支以及金融管理等方面有着密切的关系外，它还是我们全体人民日常生活上所不可缺少的一件事体，无论什么人，无论在什么时候，都要同货币打交道。所以，哪怕是货币上很轻微的改变，也必然要为全体人民所关怀。

我们人民诚然是非常信赖人民政府的，但以往蒋介石卖国集团，在抗战及解放战争那一段时间，借着通货膨胀和货币改变勒索诈取人民，所给予人民的损失和痛苦，那是人民记忆犹新，言之犹有余悸的。人民大众的这种惨痛经验和心情，是从一切方面关心人民的人民政府，所不能不考虑到的。必须等待人民深深体会到，他们什么也无须顾虑,并且殷切期待这样一种变革,这种变革就水到渠成地实现了。

  事实上,我们新旧人民币的代换,虽然变革面不大,但它今后在人民日常生活上和在国家建设上的有利影响却是无可估计的。作为流通媒介的工具,过大的票面和过于繁复的种类,是要使每个人在每日生活细节上,特别是在计算会计上引起许许多多的麻烦。而作为国家建设计划和财务管理的核算监督工具,旧币的那两大缺点就更要发生诸多的不便。因此,新人民币的发行,不仅只标志着我们人民生活在迅速改进,我们国家建设在迅速发展,它还会作为一个有利条件、一个动力,进一步敦促我们向着社会主义美满生活的道路前进。

(原载《厦门日报》1955年3月1日)

庆祝中华人民共和国成立六周年

十月一日是中华人民共和国诞生的伟大的日子。

在六年前的这一天，全中国人民在中国共产党的旗帜下，在中国共产党的伟大领导者毛泽东的旗帜下，忘怀了长期艰苦奋斗的疲劳，排遣去对于千千万万为人民事业牺牲者的苦忆，带着被压迫者挣脱锁链感到的轻松、兴奋和骄傲的心情，在北京天安门广场上向全世界发出"大而远"的呼声：中国人民从此站起来了！我们已经不是一个"空间的国家"了，我们已经不是一个"地理上的名词"了，我们开始有了一个给予我们以权力，给予我们以力量，给予我们以光荣，给予我们以无穷希望和美满前途的中华人民共和国了！

在短短六年中，中国共产党和人民政府，没有让我们白费一点时间，没有叫我们错过一个机会。我们建立新的社会秩序和恢复并改善人民经济生活的工作，是通过镇压反革命运动、土地改革运动和各项民主改革运动进行的；像抗美援朝那么大规模的军事行动，不但没有妨碍那些运动，并还成为那些运动推进的动力，成为全国人民在爱国主义高潮中全面改革我们政治经济文化生活的鼓舞力量。就在这种物质条件和精神条件相当成熟的基础上，党向全国人民提出了我们过渡时期的总路线总任务，随即就根据总路线总任务，着手进行发展国民经济第一个五年计划的规划。

同时，由于人民通过各种改革运动，通过各级人民代表会议，把政治觉悟水平不断提高了，逐渐习惯于民主的政治生活形式了，这就使得全国人民代表大会的召开，全国人民遵守的国家大法的制定，成了全体人民迫切要求实现的共同愿望。一九五四年第一届全国人民代表大会第一次会议通过的决定我们国家性质和我们社会发展方向的宪法，以及在今年全国人民代表大会第二次会议通过的发展国民经济的第一个五年计划，使我们国家的政治生活、经济生活都开始一个新的篇章。

所有上面提到的这些大工作，没有哪一件不是关系历史性的根本的变革，没有哪一件不是关系全国范围的大规模的运动,没有哪一件不动员几万几十万工作干部,不使几千万几万万人受到影响,受到教育,得到改造。这惊天动地的大事业,这气象万千的大场面,是在几年之内做出来的啊!是中国人民的核心力量——中国共产党,依据马克思主义的原则,领导我们全国人民做出来的啊!

回忆我们年年国耻、月月国耻的过去,回忆我们长期处在被压迫、被侮辱、被损害状态中的过去,回忆我们一直被人看作没有出息、自己也实在感到没有前途的过去,面对着今天的大转变场面,面对着今天国家日益向着富强繁荣之路迈进的盛况,我们应当感到幸福,感到光荣,感到骄傲。然而,这样一些情感不是任意可以发生的。不是对旧社会有强烈的憎恶,不是对新社会有真诚的热爱,是不能有那样的情感的。而我们如果不是在旧社会吃了一些苦头,不是在新社会卖了一些力气,也是不能有那样的爱憎情绪的。

因此,临到国庆节,我们每个人不仅应当为国家的成就与进步而欢欣鼓舞,还应问问自己对于那种成就和进步贡献了多大的力量;还应检查一下我们对于新社会是否有真挚的情感;并还应勉励自己或大家相互勉励,怎样在今后的具体工作中,培养我们自己对祖国、对人民、对党的忠诚,对于新社会秩序以及对于每日每时出现在我们面前的新事物的真情实感。

实践,惟有实践,是最可靠的检验。我们必须以行动来响应党及政府当前向全国人民提出的号召,在我们各个工作岗位上,在我们教学工作和服务于教学的工作岗位上,为实现五年计划而奋斗,并为揭发和肃清一切破坏我们国家建设计划的反革命分子而努力。

(原载《新厦大》1955年10月1日第113期)

霜叶红于二月花
—— 王亚南随笔、书信集

一九五八年国庆献词

中华人民共和国成立九周年了。

在中国共产党的领导下,我们国家的社会主义事业在不断飞跃发展,我们人民的物质文化生活水平在不断提高,我们在国际上的威望和地位在不断增进。人民一年比一年幸福,国家一年比一年富强,我们的国庆节就一年比一年过得更有意义,更成为"四海腾欢"、全民共庆的大好局面,更成为全国人民用他们忘我努力的新成就,来向党、向国家表示其真忱热爱的大好机会。

一九五八年是我们社会主义建设第二个五年计划的第一年,也是党号召全国人民"鼓足干劲,力争上游,多快好省地建设社会主义"的第一年,同时也是全国人民在党的总路线的照耀下,在经济、政治、文化、军事各个战线上都取得了空前伟大胜利的一年。农业的大跃进,推动了工业的大发展;农业工业的革新跃进,要求文化技术大革命,要求进一步变革生产关系,打破传统规章制度,解放思想。真是大转变的一年啊!在这样的年头来过国庆节,该是多么令人兴奋鼓舞啊!

然而,所有这些伟大的成就,都是全国人民在党的正确英明领导下,调动一切积极因素,鼓起十足干劲,辛勤努力得来的。只有用自己的体力脑力劳动,在那些伟大的成就中贡献了足够力量的人,他们才真正能感到幸福,真正能感到愉快。

一年来,我们厦门大学的全体教职工们、同学们,不仅在文化教育革命运动中,改进了工作,改造了自己,并还在工农业生产战线上,贡献了自己的劳力和技术。就这样,我们才能跟上形势、跟上时代,和全国人民一道,和全国文教战线上的同志们一道,分享国庆带给我们的快乐和幸福。

特别是我们学习和工作在祖国对敌斗争第一线的特殊环境下,在日夜不停的炮火下坚持教学,坚持科学研究,坚持农业生产劳动和大办工厂,我们对于祖国的强大,对于六亿人民共同欢乐的国庆,该有多么深切的体会,该有多少说不出的内心感召啊！

  同志们，党的总路线在照耀我们，鼓舞我们，全国六亿人民在关怀我们，支持我们。我们要继续在敌人炮火下大踏步前进，在敌人炮火下锻炼我们的斗志，改进我们的工作，加速我们的改造。我们除了用各项工作上的新成就、新发明来向国庆献礼，我们还要趁此机会，向党、向全国人民、向关心我们的国内外兄弟学校和朋友，汇报我们藐视鄙视敌人的心怀，汇报我们的高度爱国主义精神和大无畏的英雄主义气概。

（原载《新厦大》1958年9月30日第239期）

在全国经济理论讨论会中的学习心得

首先,我要说明这种性质的讨论会给予我的教育。当我把这次大会看作是统一并提高我们认识的学习大会的时候,当我把这次大会看作是党领导下的全国经济实际工作者和经济理论研究者相互学习的大会的时候,我感到非常满意。我个人很明显地体会到在十多天的讨论过程中,我们大家不仅都达到了提高认识的结果,并还在很大程度上达到了统一认识的结果。

我尤其满意的是,全国各地来的经济实际工作者和理论研究工作者团聚一堂,没有显示出一点生疏或彼此存在着任何隔膜的现象。这是因为经济理论工作者在党的新的教育方针下迫切要求联系实际,向经济实际工作者学习;同时,我们的经济实际工作者也在迫切要求在理论上提高自己。我们许多有分量的调查报告是经济理论工作者搞出来的;我们许多有相当质量的论文,是经济实际工作者写出来的。这体现了党的教育的光辉成果,并为我们开好这次讨论会提供了非常有效的保证。

提到大会的六十多篇论文和二十多篇调查报告,不但论文和报告可以相互补充和印证,就在论文和论文之间、报告和报告之间,也大可相互参证充实并从其中收到相得益彰的效果。何况大家来自四面八方,各人带来了不同的学习工作经验,通过小会大会、讨论与座谈以及会外分别交换意见,这就是最好的学习、最有效的批评和自我批评。我想,我们是通过这样的学习和批评、自我批评来提高我们的认识的。

然则我们大家的不同认识,是否收到了一些统一的效果呢?我看这一点也是可以肯定的。尽管随着讨论的深入和开展,不少新的课题被提出了,还有许多比较次要的问题仍存在着颇不一致的看法;但若干带有根本性的大论点却似乎愈来愈接近了。我感到大体接近了的有这几点:

1. 我们这次大会讨论的两大课题或三大课题:商品生产、价值规律和计件工资,这三者在以往一段时间内都是颇不得人心的,都被看作是资本主义的特产物或副产物。党的八届六中全会"关于人民公社的若干问题的决议"公布后,情况有些改变,但是认识还没有很快跟上来。这次讨论会虽然不是要为它们"恢复名誉",但都认为应使它们在社会主义经济生活中有一个适当的地位,应使它们好好为社会主义建设服务。

2. 在我们社会主义社会,商品生产的必要性是一般所肯定的。甚至为什么必要的理由,也一般地认定基本上是由于存在着不同的所有制,虽然对所有制强调的程度还不是一致的。

3. 把商品生产肯定下来,就撤除了围绕着商品所产生的一些思想障碍。以前不敢想象的国营企业间的生产资料的商品性质问题也被提出来,甚至还有很大一部分同志确认它是商品了。

4. 对于商品生产的认识的改变,就为对价值规律的思想束缚的解放开了方便之门。一味强调价值规律的消极破坏作用的人愈来愈少了;反之,却有更多的同志在反复讲求如何发挥其积极作用。

5. 以往把计划和价值规律看成互不相容的、相反而不相成的意见也逐渐转变了。大部分同志在讨论中,肯定国家在依据国民经济有计划按比例发展规律制定计划任务的过程中,可以而且实际已在自觉运用价值规律;并通过价格政策,来帮同调整国民经济生活,调节供需,在不同程度上调节各种产品的生产与流通。

6. 由于价值规律本身就包含着等价交换,更本质地说,包含着按劳分配原则。肯定价值规律,肯定按劳分配原则,这就为计件工资在理论逻辑上找到了存在的根据。这个问题在执行上虽然还有许多工作要做,虽然还要讲求一些限制运用的技术条件,但在原则上已经不怎么被看成憎恶的对象了。

所有上面这些看法,比之过去应当说有了很大的改变。虽然这种改变是近几个月来的事,但在我们这次会议讨论当中更加明确了。这对于我们今后有关这方面问题的理论探讨和理论在实践上的应用有着非常重大的意义。

当然,像商品生产与价值规律这样一种带有根本性的、全面涉及国民经济生活的理论问题,特别是结合到史无前例的我国人民公社的实况及其发展趋向来研究,我们的工作就还是一个开头。对于很多实际问题、很多理论问题的看法，甚至是非常明白的论点还不能给人以满意说明，还存在着分歧，还有待于统一提高认识。

有的同志提到，毛主席讲"帝国主义及一切反动派都是纸老虎"，概念明确，非常容易懂。商品生产还好一点，怎么价值规律的研究越搞越糊涂？还有的同志提到，价格好的产品收购量往往超过计划生产量，价格低的产品往往就不易完成收购计划，这两者是价值规律的积极作用还是消极作用？价值规律是客观存在的，怎么有消极积极的区别？还有的同志提到，有人说价值规律是要破坏了它才发生破坏作用，是不是顺着它就发生积极作用呢？

我自己对于政治经济学第一课的商品价值规律，几乎接触了三十年，一向照着书本上所说的去思考、去讲授，以为是没有什么问题。看到了国内外论坛有关这个问题的讨论，我已感到颇不简单了。最近实际参加讨论者行列里面来，就更觉得需要认真钻研一番。为了集中论点，把成为问题的价值规律及其在我们社会主义经济下的作用弄个明白，而且我在福建经济理论讨论会中，也深切感到大家希望把究竟什么是价值规律，究竟什么是价值规律的作用弄清楚，我就专门写了这次提到大会中来的"关于价值规律及其在我国社会主义经济中的作用的再认识"这篇论文，通过在讨论过程中的学习，我觉得有以下二点需要作补充或一定修正的说明：

第一，关于价值规律及其作用的再认识——我用马克思在"资本论"中有关价值规律的基本形式、补充形式及其在资本主义社会的特殊表现形式，来说明各个不同社会形态的共有的价值规律，其作用是从促进生产、提高生产力的积极意义方面表现出来的。只有在资本主义的社会经济条件下，它才在促进生产的同时，表现了严重的消极破坏作用。

不少同志的论文或其讨论中的发言，大体表示了同样的看法。但由于有些同志，如许涤新、千家驹、管大同三位同志的论文中，提到价值规律的核算作用，厦大经济系的调查报告及其他论文报告中，也用价值规律的核算作用这个术语；以及有的同志在有的论文中，在讨论中，还用等价交换作用的术语。我感到，把价值规律及其作用解述得太广泛了一些，太随意了一些；同时也因此感到我自己对于价值规律的说明，要有所补充。

价值规律体现着三个原则：经济原则（即以最少劳费获得最大成果的原则或投资效率原则），等价交换原则，按劳计酬（或分配）原则（它是等价交换的先决条件，等价交换就是等劳动量交换）。它的基本作用，还是止于用社会必要劳动量决定商品价值这个带有客观强制力的方式，来促进生产。核算不过是企业管理的方法或工具，单用等价交换的作用来概括价值规律的作用也不完全。如果单说等价交换作用没有顾到按劳分配就要使价值规律发生自发破坏作用，有很多情况不能说明。如果说我们不遵守经济原则，不按照等价交换原则、按劳分配原则，价值规律就要发生破坏生产的倾向，那是较易明白的。

在这里，我还想附带说一句，等价交换、按劳分配，都只是表明一种原则、一种倾向，都只是作为交换分配的依据和要求。樊弘同志的有关论文，是建立在有关马克思的价值规律的误解上。他以为只有需要与供给一致、价值与价格一致才是价值规律发生作用。恰好相反，假如它们都一致了，就万事大吉，就没有价值规律作用的余地。事实是，马克思教导我们的是，现实上不一致，却不断要求其一致，这才有价值规律作用可言。

第二，关于价值规律作用的范围和它与社会主义基本经济规律及国民经济有计划按比例发展规律的关系——这是目前争论最多的问题。这个问题争论的焦点是价值规律起不起调节生产、特别是调节生产资料生产的作用。我是认为它不仅对消费资料的生产与流通起调节作用，即对生产资料的流通乃至生产也起一定的调节作用。

可是，这次各地提出来的有关人民公社的调查、上海方面有关某些企业单位的生产资料和消费资料的调查，除个别材料外，一般也都认定不能调节生产。一般也都肯定调节生产的方向和生产规模的，是社会主义基本经济规律和国民经济有计划按比例发展规律。我们是应当信赖调查材料的，但我体会调查报告中所指的调节作用和我及许多同志所认定的调节作用，不是一个东西。

他们所谓价值规律在国营企业及纳入国家计划的人民公社的生产中，不起调节作用,是指着价值规律自发的调节作用,即生产任务决定了不会因价格及利润的变动而改变。这一点,我们也是承从的。但我们所谓价值规律起调节作用,是指着国家在制定生产任务时,各国营企业及人民公社在接受国家计划任务将其具体化时,都在自觉地掌握运用价值规律。也就是说,国家根据社会主义基本经济规律及国民经济有计划按比例发展规律确定生产计划任务、或调节生产的方向和规模时,只要它同时自觉地掌握运用了价值规律,在这里,价值规律也就忝陪末位,帮同发生一定的调节作用。

以一九五九年的国民经济计划来说,把钢、大米、棉、粮的任务突出出来,显然是依据基本经济规律;而如何在计划平衡表上将其实现,又显然是依据国民经济有计划按比例发展规律。但当国家考虑到必须生产多少吨铁、煤、棉、粮任务,并如何始能有效完成任务时,一定已经把价值规律作用的发挥放在很重要的地位了。"全国一盘棋"的号召,就是在全国范围内,高度运用价值规律,否则就不会叫那些设备差的、成本高的、技术水平低的企业向设备好的、成本低的、技术水平高的企业让路。那在资本主义社会是由所谓优胜劣败的自由竞争去淘汰,而我们则主动地、自觉地予以安排。在计划中分明体现着价值规律的积极作用。

当然、像这样把价值规律的自发调节生产作用和自觉地利用价值规律来帮助调节生产加以区别,并不是我们为了调和折中的便利,而是在事实上显出了这样的差别。即使如此,朱剑农同志也许还不放心,以为这样仍旧强调了价值规律,因而相对地减低了国民经济有计划按比例发展规律的作用,以致引起价值规律自发破坏作用的后果。但他的这种顾虑似乎和他主张的价值规律在我们的社会经济条件下,不致引起像在资本主义社会那样的自发作用的意见相抵触。

事实上、我们在社会主义国家的价格政策,就是把价值规律作为运用的基准。价格政策就有在国家计划经济下,调整、调节一切经济生活(包括生产流通活动)的作用。薛暮桥同志的论文中关于这方面的说明,我认为是值得注意的。至于我在《人民日报》发表的那篇论文中,认为价值规律与社会主义基本经济规律及计划规律有对立的一面,也有统一的一面,这个讲法是否妥当,还值得进一步商榷。但如我在"再认识"一文中所谈到的，国家计划定得不周密、不全面、不合理，就会在个别特定场合引起自发的消极作用，如不完成计划，不履行合同，乃至追逐较有利企业之类。我想，这是很可能的，而且调查材料已证明是现实的。所以，我认定要好好发挥价值规律对国家计划的助手作用，是必须在加强统计调查工作，加强经营管理和核算工作等方面创造一些有利条件的。

总之，我从讨论中学习了不少东西，我还准备在会后仔细对这些文件进一步学习。在讨论会过程中，我体察到，我们已做了一些工作，但还有更多的工作要做。我们国家就是社会科学的一个广阔园地，特别是经济学的一个广阔园地。把长期的、特殊型的地主经济封建制度抛开不说，我们是在一个落后的半封建半殖民地的经济基础上向着社会主义转变的；我们在这样的社会历史条件下，竟非常迅速地开展了社会主义建设，特别是还出现了史无前例的人民公社，这一切，向我们经济科学工作者提出的任务，已经够重了。而我们的力量，又是相对薄弱的。如何团结并有效地运用我们经济学界这一点力量，就是我们这次会议下一阶段要讨论的问题。

如果我们各地经济理论工作者、经济实际工作者，能在党的领导、组织下通力合作来做，能选择最重要、最必要、最现实地来做，能根据马克思主义毛泽东思想方法来做，我们是一定能够做出一些成绩的。这次会议对于我们今后的工作有着重大的意义，请允许我向领导并主持这次会议的同志们，对和我抱有相同意见和不同意见的同志们，表示衷心的感谢。

（原载《中国经济问题》1959年5月第5期）

注：

本文系王亚南同志在全国经济理论讨论会上海会议的发言，原题为"在讨论会中学习的心得和体会"。

霜叶红于二月花
—— 王亚南随笔、书信集

为建国十周年而欢呼

中华人民共和国成立十年了，这说明了什么呢？这说明全世界四分之一的人类，从帝国主义铁蹄下挣脱出来，爬了起来，站住了，站稳了；它没有按照帝国主义和一切反动派的希望和预言倒下去，没有因为它们的诽谤诅咒受到损害，没有因为它们的阴谋破坏受到打击；它将永远站得很稳，站得很高地存在发展下去。

中华人民共和国成立十年了，它又说明，我们在这十年中，做了许许多多使我们能够站得住、能够站得稳的伟大事业。我们在一九四九年十月一日得到解放，由人民的政权代替帝国主义统治下的国民党反动政权，只不过是走向自由新生的第一步。大家该记得，我们国家在解放当时是一个什么局面：广大劳动人民在长期受到帝国主义及反动派的蹂躏和劫夺之后，在丧乱之余，朝不保夕，流离失所；工农业濒于全面破产，而各种恶势力及匪盗犹到处横行，真是疮痍满目，百废待兴。而这也正是帝国主义及一切反动派认为我们就要倒台、无法维持下去的论据。

可是出乎他们的意料之外，甚至也出乎世界进步人士的意料之外，我们很快把社会秩序恢复过来了，很快把经济生活安定下来了；就在进行大规模抗美援朝战争的同时，土地改革运动在全国范围内展开了，这样剧烈而艰巨的反帝反封建斗争刚一获得全面胜利，发展国民经济的第一个五年计划就提上了议事日程；农工商业上的三大社会主义改造运动，是在大规模经济文教建设中进行的，紧接着，在第一个五年计划的胜利基础上，又提出了第二个五年计划。就这样，我们在十年内，把从帝国主义及国民党反动派手中接过来的烂摊子，搞出一个名堂来了。他们感到惊异惶恐了，不敢再小视我们，不敢再预告我们维持不下去了，有时却有些像是恭维我们，说我们是一个强大的国家了。事实上，我们要不是变得强大了，我们早就被国内外反动派包围摧毁掉了。我们的存在，就是证示我们的强大。

中华人民共和国成立了，还更有力地说明，领导全中国人民进行革命与建设的

第一辑
随笔与报告

中国共产党，是经得起一切考验的。帝国主义和一切反动派，始终总认不清共产党是怎样一个政党组织，它们从来也不肯相信工人阶级是要起而消灭资产阶级，代替资产阶级的最进步阶级，正同他们资产阶级曾经是以进步阶级的地位代替了封建贵族阶级一样。他们总以为历史发展到他们的时代就要中止了。苏联的出现，苏联的广大劳动人民，在苏联共产党领导下，在极端艰难困苦条件下，很快地做出了许多伟大的事业。但他们并没有由此得到教训，他们不肯也不敢承认，中国人民的解放，在人类历史上是第二个十月革命；中国共产党也将同苏联共产党一样，很快把全国人民团结在自己周围，以迅速而坚定的步伐，创造革命建设奇迹。

他们不这么想，一直把他们的希望寄托在一些愚蠢的幻想上；他们所有的反动派，都认定共产党只会组织群众打运动战，没有治理国家的经验，其次是没有搞经济工作的本领，再是没有在科学文化工作上进行领导的知识……还没有什么，缺乏什么……十年了，他们该抱过多少幻想，该做过多少预言。从一连串的失败中，他们已经有些模糊认识了，共产党是能够领导广大人民做出一切他们想象不到的伟大奇迹的，于是，他们改变调子了，不再预言我们什么时候垮台失败，而是咒骂我们的成就，说那是强迫人民从事奴隶劳动的结果。这一来，他们那些吸血鬼，就为他们的那种人吃人的剥削制度感到满意了，阿Q精神胜利了。

不论如何，事实胜于雄辩，历史是最好的见证人。十年的历史不算长，它该包含有多么丰富而曲折的内容，该体现了多么伟大而惊人的事迹。我们每个站在不同工作岗位上，但却是同样参加到这个历史斗争和历史创造行列中的人，回顾这十年的过程，应当毫不迟疑地说，我们没有虚度此生。也只有在这十年岁月中，把每分钟每秒钟，都贡献给了伟大人民事业的人，才更会感到十周年国庆该是多么令人兴奋鼓舞的节日啊！

我们厦门大学十年的历史，也如同全国其他各兄弟高等学校一样，是一部改造改革史，是一部建设发展史，如其有必要指出我们的特点，同时那还是一部对敌斗争史。我们全体教职工及同学，在党的领导下，都在不同程度上，用自己的力量与

智慧，用自己改造的决心和对人民事业的责任感，在那个改造改革史上，在那个建设发展史上，也在那个对敌斗争史上，做出了贡献和成绩，因而我们每个人，面临着十周年国庆到来的时节，也就特别感到愉快而高兴！

愿我们在学校党委领导下，随着全国经济文教事业的发展，随着全国高等学校的发展，而一日千里地发展前进！愿我们学校全体教职工同志和同学们，在今后的教学科学研究工作中，取得更大更多的成绩！

（原载《新厦大》1959年9月30日第296期）

1964年7月，王亚南校长（二排右七）、陆维特书记（二排左七）与经济系计划统计专业毕业生合影

第二辑

书信与日记

教书育人

愿大家为端正学风、加强学习而努力
我们今年努力的方向
厦大三年来的成就及今后的展望
一天参加五个会议所得的教育和启示
为养成自觉地遵守学习生活纪律的优良品德而奋斗！
前进吧，亲爱的同学们！
正确认识节约粮食的重大现报意义
和同志们谈谈几点比较原则性的科学研究经验
大学里必须加强政治思想教育
关于红与专的问题的一点体会
认真改进科学研究工作
十年前线大学教育生活的体验
跟青年教师谈谈怎样治学

岁月留痕

厦大诞生五十年
到祖国最需要的建设岗位上去
送别本届毕业同学
厦门大学在战斗中成长
光荣地愉快地走上建设社会主义的工作
祝二十五周年校庆
总结一九五六年，迎接一九五七年
在三十六周年校庆中的一点感想
在缅甸工作了个月的观感
欢迎文艺界福建前线慰问团（诗）
悼念陈嘉庚先生
陈嘉庚先生与厦门大学
回顾与展望

书山有路

一个有益于作者读者的启事
中国出版界近十年的几个重要倾向
亚当·斯密《国富论》述评
战时经济的读物（书评）
翻译小论
《中国经济原论》序言
《中国官僚政治研究》序言
《厦门大学学报》编辑后记
关于《红楼梦》研究问题
《学术论坛》发刊词
雨果的长篇小说《九三年》读后
我们研究经济的方向与实践
写在《〈资本论〉通俗讲座》前面

家国情怀

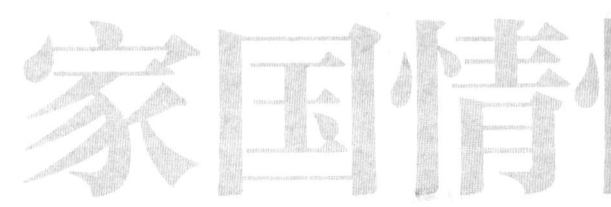

当前的两个紧迫问题
三中全会的观感
第二期抗战与国际形势
生活与战争
今年经济的展望
抗战七周年来的经验与教训

Ⅰ. 教育书简

关于经济学初学几个问题的通信

贶余先生：

礼锡先生转来先生致我的手书，我读到非常惭愧。我对于经济学，也还是一个初步的研究者。先生奖励之辞，固然使我大感不安，而先生提出初学问题要我答复，我就更加踌躇了。

来书所谓："为顾全环境的便利与兴趣的需要，我抓住了社会科学作此生力学的对象，并且，在广博的社科领域中，更把握住了经济学作我着力的开始。"研究社会科学从经济学开始，我认为，那是一个必当遵循的步骤。因为经济学是一门最下层最基础的学问。而且经济学在今日之所以颇称流行，并为大家所注意的，那决不是如少数人所说，为了时髦装饰，甚或说好一点，为了学问而学问，而实是当前紧迫严重的经济问题，迫着他们，使他们都觉有向这方面注意和研究之必要。总之，先生选定经济学作为力学的开始，我是非常赞同的。

至先生所提出的两个初学经济学的问题——即一，初学经济学的人，哪几本书是他必需一读同时值得再读的（书目以中文为原则）？二，学经济学应该着重哪几点？学现代经济学更应该着重哪几点？我自信不能给先生以满意的答复，但总不妨提出我的商榷的意见。不过，为了便利述说起见，我想把第二个问题放在前面来讲。

关于这第二个问题，先生所谓"学经济学……学现代经济学……"，似显然把"经济学"与"现代经济学"，区分为不同的两个学问的范畴了。在先生之意，或者以为"经济学"是所谓资本主义经济学，而"现代经济学"，则是指着马克思主义经济学，如其我者猜想得不错，那在答复这个问题之前，我须得就"经济学"加以

补充的说明。

经济学是到近代才成立的一门学问;关于他的诞生岁月,有的学者说是重农学派大师魁奈(Quesnay)之经济表发刊的一六五八年,有的学者又说是正统学派大师亚当·斯密之国富论出版的一七七六年,我们无论采取哪一种说法,经济学的历史,总不过一百数十年的光景。所以普通对于经济学的称谓,往往附以"近世"或"现代"这类形容词。简单一句话,经济学与现代经济学两者,在实际并不具有不同的内容。

至普通所谓"资本主义经济学","马克思主义经济学"云云,那在某种场合——即就其立场与方法论言——虽是相反的对立的观念形态,但就其性质或所探求的对象而论,马克思主义经济学也就不外资本主义经济学。因为资本主义经济学,是"关于资本家生产样式之特殊法则的科学",而马克思主义经济学则是"发现资本主义没落法则",并"揭露资本家社会之经济运动法则"的科学。与马克思同时齐名的恩格斯,他对此有很好的说明,他说"至今日为止,我们所有的经济学,几乎全都是局限于资本主义生产方法之发生及其发展,即是说,那是以批判封建的生产形态及交换形态的遗骸开始……对于资本主义生产诸方法,加以社会主义的批判而告终"。"以批判封建的生产形态及交换形态的遗骸开始",那是指着资本主义经济学,"对于资本主义生产诸方法,加以社会主义的批判而告终",那是指着马克思主义经济学。两者相合,而成为"至今日为止,我们所有的经济学"。惟其如此,所以卢森堡女士说:"由马克思说明了的资本主义的无秩序及其将来没落的法则,确是布尔乔亚学者创始的经济学的继续。"总之,言"经济学"或言"现代经济学",应该包括有马克思主义经济学这个范畴在里面,马克思主义经济学是无从标指现代经济学全体的。

说到这里,我想附带表述一点我偶然触及的意见。关于资本主义经济学与马克思主义经济学,学者们不但在认识上,即在研讨上,亦以为其间存有彼疆我理、不可越的鸿沟。在一些分明为资本家的代言人而同时又不肯遽然这样自承的资产阶级经济学者,他们抱有一种非常顽拙不通的成见,以为马克思主义经济学不成其为一种经济学。试就现在驰名欧洲乃至亚洲的一位德国经济学者罗柏特·里夫曼（Robert Liefmann）的话来说吧，他曾谓："马克思主义之在今日，与其说它是说明了经济现象的一个学问的体系，宁不如说他是一种信条，一个信仰。"可见这种意见并非里夫曼大经济学者一人的意见，而是现在中外大小资产阶级经济学者共通的意见。

然而这是谬误的一个方面，在另一方面，一般自命马克思主义者——特别是在目下的中国——却又以开口马克思、闭口马克思为能事，他们不知道马克思主义经济学要由古典经济学探得其根源，他们以为马克思主义经济学是一种时髦的、不大费力便可把握其中心思想的学问。这样，他们与资产阶级经济学者，同样犯了轻视马克思主义经济学之科学性与历史性的毛病。

这两方面的谬误见解，已普被于今日中国学术界，而最明显的表现于学校的经济课程或课本上面。大抵仰官厅鼻息，不悉世界经济进入了何种阶段，而无常识地把资本主义经济学即古典经济学与夫调和了、修正了，且庸俗化了的新古典经济学奉为圭臬，"世守勿替"的经济学者，他们老是抄袭背诵美国式的刻板浅薄的经济教本，而从不肯讲到或提及马克思派的经济学——其实他们对于那是全无所知——不过，他们间或也胡扯一顿外行的傻笨的批评，以图"取好"而"炫博"。

而同时在一般挂起马克思主义招牌的所谓"经济学者"，或大讲师大教授们，不问学生是否于经济学原理，或经济学上主要诸观念形态，如"价值""利润""地租"等，有了初步的基础知识，一开始便以其饱学的"资本论大纲"或"马克思主义经济学说"一类书本，硬向学生注射；以为现在来讲古典的经济理论那是太反时代了。这两种讲授或研究经济学的态度都是封锁的，忽略了历史的意义。

即是说，前者视资本主义经济学的性质为"凝固"，后者以马克思主义经济学的产生为"飞跃"。诚然，我们研究经济学，虽不妨有一个立场，或者虽必须有一个立场，但决不宜以立场来妨碍我们的研究。换句话说，处在资本主义末劫将要到来或已经到来的今日，一部分经济学者虽仍企图稳定其拥进资本主义经济的壁垒，那原是他们的自由，或者另有他们的"苦衷"。但以唯物的经济史观相标榜的所谓马克思主义经济学者流,亦"固步自封",贪图便利,不肯进一步或深一层地从历史的方法论上,去把握经济学的本质,去探寻亚当·斯密经济学,发展转化到马克思经济学的演化过程,那就未免令人太感到失望而且觉得有几分滑稽了。

上述这一大段话,虽然是顺便表述我最近的一点感想,却也正是先生所提问的"学经济学应该着重那几点"中的一点。

其次,一切社会科学特别是经济学全系社会环境的产物,经济学上之任何理论、任何学说皆不外经济事实的反映;经济理论乃是与经济事实成平行的发展,所以,某时期在经济史中成问题的问题,亦就是同时期会在经济学史上呈现的问题,前者为根本,后者为考案。前者不但可以决定后者性质,且足以决定后者的内容。经济学是随近代资本主义社会之要求而产生的,所以,经济学之史的发展恰好与资本主义经济展开的序列相照应。

在资本主义发轫的当时,经济上的主要问题是生产问题,即如何解除生产上旧的封建的束缚,使生产效能扩大的问题,因此,当时的经济学者如亚当·斯密,便以生产问题为中心,而展开其经济理论;往后,生产上的种种束缚渐形解除了,益以机械的发明、工厂经营法的改正,于是经济方面不可终日的问题,便由生产移向分配了,即如何分配生产物,亦即如何使地主阶级、劳动阶级及资本家阶级间的矛盾冲突得到解除,因此,亚当·斯密以后的经济学者,如马尔萨斯、李嘉图等,便以分配问题为中心而展开其经济理论。

但由资本主义本身造出的矛盾,它自己是无法解除的。在这当中,"暴露资本主义经济运动法则"的马克思派的经济学者登场了,他们对于资本主义无从自拔的致命的分配问题提出了新的考案。这样,所谓现代的经济学就是由现代诸经济事实,或资本主义发展中所呈现的诸经济问题,而取得其内容,而变易其内容。所以,研究经济学是不能与经济史实分开的。亦就因为这个缘故,我们研究经济学不但要顾及其历史性,且须顾及其现实性。干燥的考古与脱线的吹牛,都不是研究经济学,而是玩弄经济学,那可以说是没有研究的态度,也可以说是不知道研究的途径。

根据上述两点，我觉得，一个初学经济学的人，首先不妨把一般解明经济诸概念的经济原理或原论一类的书物，加以初步的讨究；迨经济学上的诸种概念有了相当认识，再选取一般的经济史与经济思想史同时并读。不过，当我们读这类书的时候，切不要忘记了，我们当前的经济事象，以及对于那些事象所表述的诸般理解，都是既成的经济史与经济思想史的继续，我们不但要同样注意，且须特别注意。设欲对于经济学作更进一步的研究，那就非读各家的名著（资本主义的、马克思主义的）不可了。到了这个阶段，乃可读到系统的经济思想史即经济学史。往后，那就随个人研究的兴趣立场，而有所特重或偏重了。不过，我这里所说的，是研究经济学的一个大抵的途径，我并没有成见说这是必当遵循的，我只觉得这是可以遵循的罢了。

至先生要我指出哪几部中文的经济书籍，必需一读同时值得再读，我却非常感到踌躇。第一，我于中文本经济书，实在所读有限；其次，必需读的书，在我看又不一定是值得读的。单就入门的经济学原理一类书来说吧，听说某博士著了一部有页数的经济学原理，重了若干版，且得到了其他捧的学者的好评，但责我浅薄也罢，我迄今是一本也没读过的。往后，他又出版了一部名为经济学的缩小本，我在朋友地方点开一看，他全书是采取整整齐齐的典型的"四分主义"，为了取巧的不落窠臼，他把"消费"放在前面，其次是"生产""交易""分配"，这样便可表示一点特见与发明！但内中说的些什么，我没有去检阅，不去检阅的理由，就是翻看了他第一章第一段经济学的定义，使我没有勇气与兴趣继续下去了。

他说："经济学是一种社会科学。它的研究对象大部分是人类谋生存或生活的各种单独的或团体的现象，然而也间有涉及自然界的现象者。换句话说，经济学就是研究人类谋生存或生活的种种活动的一种社会科学。这样，所以如果我们叫经济学为'谋生学''民生学'或'货殖学'等等，也是名称其实、无有不可的。"他这段话，除了第一句尚称允当外，其余各句几乎都有语病。至说"叫经济学为'谋生学''民生学'或'货殖学'"，也是"名称其实"，那就不但有语病，而且是完全不通了。

经济学是谁个谋生之学？资本家的、地主的抑或是劳动大众的？经济学不但讨论资本家之资本蓄积的原理,同时也讨论到:因资本家之资财蓄积,而致一般小资产阶级的小商人、手工业者渐趋没落的究因;且讨论机械发明、生产过剩致劳动失业、一部分资本势力较弱者破产的究因。如此说来,经济学在一部分大资本家,即使视作是谋生之学、致富之学,但在社会其他大多数人看来,就是一种谋死之举、致贫之学了。

有人说,亚当·斯密之大著《国富论》别题为"富之性及其原因之研究",马尔萨斯之大著《人口论》不妨别题为"贫之性质及其原因之研究",若是照我们舶来博士之经济学即可称为"谋生学"的定义说来,亚当·斯密的经济学才算是经济学说,马尔萨斯的经济学就不得称为经济学说了。其实,在经济学本身,它不是为谁致富,亦不是为谁致贫。它是同等的讨论富的原因和贫的原因。资产阶级之典型的代表者西尼尔氏(Senior)说过:经济学是一种"学"而非"术",其结论是事实的定理,而非悬有何种目标的教义。

不幸,数典忘祖的资本家代言人的大博士,居然提出经济学可叫作"谋生学"的谬论了。在他的意下,大概资本主义社会以前已有此谋生之学,资本主义社会没落以后亦有此谋生之学,经济学博士对于经济学的认识竟是如此浅薄而荒唐,他的大著是否"值得一读"就颇是疑问了。

现在再说转来吧,关于初步的经济"原理"、"概论"一类书,就我所知,你不妨把施译波格达洛夫所著之《经济科学大纲》和马译津村秀松所著《国民经济原诠》二书,同时阅读,因为这两书译文较好,而其内容互有短长;至关于经济史方面可读的书,如施译光泽新次郎所著《经济史纲》,王译德国莱姆斯所著《社会经济发展史》,陈译卢森堡女史所著《新经济学》,新生黎明出版的各国经济史,神州国光社出版的社会形式发展史大纲,均可参考。而商务由李君译出之近世欧洲经济发达史,因所讲仅及于现代而又过于细密,所以诚可用作参考。

关于经济思想史一类书,中国出版者本属有限,臧译韩纳所著《经济思想史》对于所有学者的罗举虽较详,对于每个学者的经济思想的论述则过略,有人指摘其为杂货摊实非酷评。最近沈译鲁滨所著《经济思想史》，确为难得之书，惜所讲只限于重商主义、重农主义及正统学派，而把这以前以后的都省略了，故不成其为一份完整的经济思想史，不过上述两书，都是值得一读的。

此外，经济名著的选读，当然要从亚当·斯密的《国富论》，李嘉图的《经济学及赋税之原理》等书开始。于这类书的研究有了相当的把握，那对于批判经济学的马克思派的经济书籍，斯可批隙导窾地顺畅读去。不过，要研究马克思本人的大著《经济学批判》、《资本论》等，首先宜把刘译乌特曼所著《马克思主义经济学》，胡译考茨基所著《资本论解说》，陈译河上肇所著《经济学大纲》，施译高畠素之所著《资本论大纲》一类书妥为研究。但研究这些书的时候，我们应当同时注意现在关于世界经济恐慌的诸种记载和议论，这不但可以帮助我们认识经济学的实质，且可防止我们的研究不致流于学究式的经院式的考古。

最后，关于中文的经济学史或经济学说史的书，据我所知，还没有差可人意的一部。王建祖所译法人季德与利斯特合著的经济学史，在原书的内容固已不甚高明，经过王君仿拟严又陵氏，而其才力又颇不相称的译笔译出来，那简直令人读之喷饭了。最近，我为民智书局写了一部经济学史，这部书的上卷约在九月可出版，下卷则或要迟至十二月。我固自知我的力量，与我担当的这种业绩颇不相符，但在努力尝试的旅途上，我是乐于被斥为顽强者的。

上面的论调，我很知道有许多越出了先生要我回复的范围，而且在回答的范围内，又一定不能使先生感到满意。不过，我写这堆话的时候，我自己的身体失了平常的健康，同时我座旁还睡着一位因病哼叫不休的伴侣。这信的潦草与僭越，我盼望能得到先生的原谅。

  顺致

  努力！

王亚南

八月二日

读者张觇余给王亚南先生的信

亚南先生：

我读经济学讲座知先生于经济学研究的深确，及见《国富论》与《赋税原理》等在神州出版，在此大家都只喜欢摩拳擦掌打架儿以冀博得观众喝彩的今日，而先生独能专心一意地致力于最基础的工作，我于先生劬勤力学的精神，尤深致敬佩。

我今年二十，去年起弃了学业，由故乡杭州来至沪上。此一年余中，生活备尝艰苦。然自问献身为学的决心，却并不因物质的限制而有所移转；反之，却更因物质生活的艰苦，坚定了从事学业的决心，希冀以所得的成果，作为此身的安慰。这样，为顾全环境的便利与兴趣的需要，我抓住了社会科学作此生力学的对象，并且在广博的社科领域中，更把握住了经济学作我着力的开始。

无疑地，我对于经济学是毫无认识的，于读先生的著作之后，除深致敬佩之外，冒失的提出几个初学的问题，愿先生于文笔之暇答复了我的要求。

一、初学经济学的人，哪几本书是他必需一读同时值得再读的（书目以中文为原则）？

二、学经济学应该着重哪几点？学现代经济学更应该着重哪几点？

此二要求，我敬以热烈与诚恳的态度，请先生于文笔之暇，答复我的要求。

   就此

    祝好！

张觇余
七月廿九日

注：

1932年7月29日，一位年方二十的青年读者张觇余给刚在神州国光出版社出版了亚当·斯密《国富论》的经济学者王亚南写信，就"初学经济学的人应当如何读书，读什么书"等问题求教。神州国光社总编辑王礼锡将读者的信转给王亚南。8月2日，王亚南就读者提出的问题回复了一封长信。于是有了王亚南与张觇余《关于经济学初学问题的通信》，原载《读书杂志》1932年第2卷第11-12期。

王礼锡（1901—1939）：字庶三，笔名王抟今，江西省安福县人。他是一位爱国诗人和社会活动家，曾参与创办神州国光社及《读书杂志》。担任过立法委员、军委战地党政委员会委员。1939年率战地作家访问团赴抗日前线采访时在洛阳病故。

（原载《读书杂志》1932年第2卷第11-12期）

致吴大琨先生的信

大琨先生：

你寄来的《资本论勘误》这篇大作，业经仔细校读过，这位作者的计算，是非常正确的。原著校者发觉了第一版的错误，但没有严密地加以校正。他看到第十八表假设第二个投资的生产力，为第一级生产十五布奚，第二级生产十八布奚，所以他接着在第十九表也这样假设。

我们在翻译的时候，不曾发现这样的错误，并且也不曾精密检点校正者的错误，自觉非常抱歉。这种表格上的计算错误，本来不会影响原作者关于对差地租（级差地租——编者注）的正确说明，但我们能把它指明出来，那亦是非常必要的。

《资本论》中译本出版以后，前后曾发现了不少认真的读者，我们因此感到异常的兴奋。盼望将原稿发表，并附上数语，以志心感之忱。

弟 王亚南
四月廿八日

本文系本刊读者某君在三月前所投来者，编者于接到该文后，即将其转寄《资本论》中译本原译者王亚南先生。现已承王亚南先生将解答之复信寄来，这问题虽比较专门一些，同时《资本论》中，这个计算的错误也并无损于《资本论》原作者对地租理论的说明，但我们认为这位读者的"求真"的精神是极值得我们

赞佩的。兹特将两文一并发表，借供读者中有中译本《资本论》者之参考。

读者在来信中称："这样一个小问题，愿提供研究马氏著作的学者们参考，如能友人主义，则我这浅薄的解释便也非徒劳了。"

（原载《经济周报》1946年5月第2卷第20期）

注：

吴大琨（1916—2007）：江苏吴县人，曾就读于东吴大学。后出国深造，1936年回国后参加抗日救亡运动，在暨南大学、东吴大学任教，时任《经济周报》主编。1946年赴美国任华盛顿州立大学远东研究所研究员。1951年回国后任中国人民大学教授，系著名经济史学家和世界经济专家。

致中山大学经济学系同学一封公开信

全体同学：

我要去了，在几点钟之内，我就要远走高飞了。临着这夜未央的时际，总觉得这样超然别去，好像有许多话需要对你们全体说，而不仅是对那些已经见到了我，已经陆续同我接触，殷切盼望我留下的一部分同学说。

我已无须再分说我为什么离开中大的理由了。那完全是基于我对厦大方面的责任感。而在我自己，并还希望今后不再到中大。因为我认为，老是待在一个地方，就我个人学习方面讲，就社会文化交流传播讲，都是不必要的。

但我在中大，前后快七年了。如我在《中国经济原论》那部书的序言中所讲的，中大，特别是中大同学、同事所给予我研究上的益助，我是再也不会忘却的。我到中大以前，虽然也出版了一些有关经济学方面的东西，但用我自己的思想、自己的文句、自己的写作方法，建立起我自己的经济理论体系，并根据这个体系把它伸展延拓到一切社会科学的领域，特别是展拓到社会史领域——这个企图和常识不论达到了什么程度，却显然是到了中大以后开始的；而我自己分明记得，是在发表"政治经济学在中国"那篇文章开始的。因此，我念念不忘中大和中大经济系，在我自己这方面，并非因为我在那里留下了什么，而纯是因为我从那里获得了一些我此前不曾获得的东西。

中大和中大经济系为什么能这样造就我，我自己一时也不能把它全部原因指数出来。不错，战争是一个骇人深省的有力因素，战时的许多社会现象，会帮助我们认识那些隐伏在表象后面的有关社会本质的东西。但假使我留在其他地方，或者留在其他大学，恐怕会是另一种结果吧！这使我联想到大家动辄自夸的"中大传统"。

但"中大传统"究是怎样一种精神的东西呢？是怎样一种起着"升华"作用的"烟士披里淳"（精神）呢？你们以及其他的人，往往把这解作是"自由研究"。中大在研究上所获得的自由，并不比其他大学多，甚至可以说，在许多方面比其他若干大学还少。

我认为，假使说中大有一种使它与其他大学相区别的特征的地方，那与其说是"自由研究"，毋宁说是"自己研究"，"自己学习"。这种特征的存在，在许多原因之中，我得把中大由中山先生所创造，并为纪念中山先生而继续予以发展的事实指明出来。"向世界迎头赶上去，把民族从根救出来"的中山先生的伟大抱负，会使学习在这种学校的学生，油然而富有"时代感"和"现实感"。结果，他们中间那些不肯过于落在时代后面，不肯过于对现实采取旁观的人，就设法自己从现实体验中，使所学的得到验证和充实。这样的人，在一百人中有三、五个，在一千人中有三十、五十个，就很容易造成一种领导的风气，使得生活在这种环境中的学者和教者，要么就是自甘落后，满不在乎地去享受"不研究"的自由，否则，他就得经常把自己放在进步状态中，去同其他"自己学习"者竞赛，并准备去接受"自己学习"者的质疑与论难。这样的自己学习或自己研究，显然会自己表现出一种自由研究的外观，而在实际上，自己研究比从讲堂上被动的"习得"，是更需要自由的。而且，也只有肯认真自己学习的人，才能体验到"自由"的可贵。

像这样的自学或自己研究，显然并非不需要指导者。反之，指导者的责任和负担，是更加艰巨的。我自负起中大经济学的指导任以后，我就痛感到，把一本美国或英国大学的经济学教本在课业中敷衍一下，无疑是非常轻松的偷懒方法，但无奈那一类刻板的常识性的书籍是专为它们自己社会需要而写出的书籍。含糊笼统地，"以其昏昏，使人昭昭"地，叫那些被动性强的同学勉强学着应付考试，固然是轻而易举，但要用此对付那些认真学习，要求使理论同现实联系来理解的同学，那就太嫌不足了。所以，在解答继续不断的质疑问难过程中，我先后刊行了《经济科学论丛》，《中国经济论丛》，及《中国经济原论》几部书。就连中途暂时离开而在去

霜叶红于二月花
—— 王亚南随笔、书信集

年度印行的《社会科学论纲》，其中的许多命题也还是在中大教读当中，为大家所分别提起，因而引起我进一步研究的结果。我现在无需冒言这几部书在今后中国经济学界的影响，但至少在我个人方面，是借此确立了我今后继续学习研究的基础。

上面的说明，就表示我所负于中大及中大经济学者，是如何的多且大了。

现在，我要向你们"临别赠言"的，只有一句话，就是希望你们发挥自己学习的精神，自己去找门径，自己去探索。也许有时觉得太迂回了、太苦了，但这却最靠得住。真正的大学教育，并不是要大家到学校里来，张着口，让老师"填鸭"般地灌进一些在他认为"营养"的东西。而是要大家在就学期间，利用学校人和物的环境，利用一切可能的机会，自己去寻觅食物，自己去消化。自己找来的东西，自己消化了的东西，往往是最有益于自己的。

可是，怎样才能发挥自学的精神呢？却非一言两语所能尽；我此刻在仓促中想到的，约有以下几点：

第一，自学应随时不要忽视了共学的重要性。独自一个人学习，易使人流于孤僻，流于孤陋。一个人在自学过程中，不但自学的物质条件（如购买书籍等），需要不时补充，就是长期支持自习的毅力，也得不断有人从旁"打气"。相与切磋，相与共患难，特别是相与共书籍这种财产的朋友，十个八个也好，三五个也好，甚至一个也好，那是自己学习所最不可少的。但这样的朋友的发现和获得，是要在自己努力学习进程中，才有可能；而且定要自己在那种进程中，才能感知其必要。

第二，自己学习与自由研究是有关联的，但自由的研究空气，虽则是自己学习的一个非常重要的条件，可是所谓"自由"，并不单指从外面给予的那一面，还有从自身"创发"的那一面。学校即使做到了学习第一，完全由科学之神所主宰，但如果自己过于狭隘，陷于象牙之塔中，不肯给予相反意见、相反理论以充分考虑的余地，那样，即使完全取得了政治性的自由，也难免要丧失学术性的自由。坚定个人的研究立场和尊重人家意见，给人以充分表达意见的机会，不是不可并行的两件事。任何光辉正确的学说，只是在诸多相反学说的并存中才显现出来；也只有通过诸多相反学说的论难、质疑甚至攻击，才能使它从每一视野、每一角度，都阐发出真理的光芒来。在研究的论坛与讲坛上，应"从反对者获取自由，予反对者以自由"，这是我个人以往提倡过的。在自己研究还不够自由的今日，我认为，开明的研究态度与坚定的研究立场，有同样的重要。

第三，每个人在自学中迟早总可发现他自己认为有效的研究方法。而在我，认为不妨采行比较法。例如在经济学方面，读到某家价值理论，同时把一切其他各家价值理论拿来参阅，最后如发现只有劳动价值理论最合理能科学地说明一切有关现象，然后再进一步把各家的劳动价值理论拿来比较。照此研究下去，虽然在一般的表象论者，有流于形式主义的危险，但我们如果对于社会科学基本法则和方法论有了相当认识，则这种研究方法最能展拓我们的视野，增进我们的学力。

第四，我前面讲到中大同学的自学精神，主要是由于我们这个大学的历史所赋予大家的现实感和时代感。但在自学过程中，要防止因个人及其他生活的种种原因，使研究慢慢倾向与时代和现实脱节的路上去。就我们学经济科学的人说，注重理论的研究固然怕发生这种毛病，就是从事技术性的研究也怕发生这种毛病，或者说尤怕发生这种毛病。试想，在经济学系学习会计、统计、赋税一类学科，如也像商业速成所的学生一样，只懂得它们的技术面，而不懂它们致用的社会面，那就无需来大学学习这类学科了。我们今日的会计制度、赋税制度以及专卖制度等等，都是注重学习技术、忽略了社会条件的结果。

至于我，我是随时警惕着，怕我自己的研究带有讲坛式的、书院式的倾向。例如，最近上海论坛上，有位作者评述拙著《社会科学论纲》，指出全书贯彻三个重点，即"实践的，批判的，中国的"。我感到非常兴奋，倒不是因为他讲了恭维话，而是因为我由是得知，我的研究尚未太脱离现实；而且这三点，也确是我的全部经济理论所企图实现的目标。我是乐于以此来勉励大家的。

最后盼望你们当作我还在学校里一样，有什么问题和疑难，随时写信告知我。因为我不但有这种道义上的义务，并且还从内心有这种要求！质疑和论难，并不仅

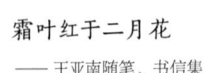
霜叶红于二月花
—— 王亚南随笔、书信集

在你们的学习上是必要的，在我的学习上也是必要的。当作一个永远的学习者，我始终在精神上同大家聚在一块。

愿大家向着学习的光明前途迈进！

王亚南
一九四六年十一月

注：

1940年至1944年王亚南曾任中山大学经济学系教授、系主任。后到福建讲学及从事经济研究工作两年，1946年暑期特地回到中山大学给学生补课。这是他告别中山大学时写给经济学系全体同学的一封公开信，原载1946年11月《每日论坛》。后收入福建教育出版社1981年出版的《王亚南与教育》一书，标题为《如何发挥自学的精神》。

致张鼎丞主席的函电

（一）

省府张主席：

本校文法学院师生二百七十人日前出发往惠安、安溪二地区参加土改，情绪高涨，出发前举行誓师大会，保证坚决在共产党与人民政府领导下，跟工作干部、农民兄弟一道胜利完成土改任务，留校师生以搞好教学来全力支援，特此电告。

王亚南
一九五一·十·十四

（二）

张主席：

我校文法学院二、三、四年级师生，参加晋江专区土地改革，历时两个半月，胜利地完成了任务，上月廿九、三十分别由安溪、惠安两地返校。工作过程中一般均表现良好，有工作积极性，能刻苦耐劳，群众干部关系均很密切，参加土改师生都得到不同程度的锻炼及改造，他们能取得这些成绩，跟当地党委直接领导与帮助是分不开的，跟您的领导与关心也是分不开的，我代表全校师生向您表示谢意。

参加土改师生今日起已转入学习，相信在今后学习与思想改造运动中他们均将发挥积极作用。此致

敬礼！

王亚南
一九五二·一·七

张鼎丞主席致厦大文法学院师生的函电

厦门大学文法学院全体师生:

西皓教2147号来电收悉。对你们积极支持本省广大农村土地改革运动的爱国主义精神甚感欣慰,特致敬意。祝你们在土改和学习岗位上获得胜利。此致

敬礼!

张鼎丞

一九五一·十·三十

(原载《厦门大学校史资料》(第三辑),厦门大学出版社1989年出版)

注:

1951年10月,根据华东教育部的部署,厦大文法学院二、三、四年级全体师生前往福建省晋江专区,参加为期一个半月至两个月的土地改革工作。这是1951年底、1952年初王亚南校长就厦大学生参加土改工作致福建省政府主席张鼎丞的函电,以及张鼎丞主席致厦大文法学院师生的函电。

张鼎丞(1898—1981):福建永定人,闽西革命根据地的主要创始人之一。解放战争时期任华中军区司令员。新中国成立后曾任福建省人民政府主席,华东军政委员会主席,中共组织部第一副部长、代部长,最高人民检察院检察长,全国人大常委会副委员长。

复林尚炘等十一位同学的信

林尚炘等十一位同学：

你们好！

新春接到你们联合写来的信，那是一件富有极大教育意义的精神礼物，我非常愉快地心领了。

人民大学一开始就是依着苏联优越的教育制度、教学方法，直接在苏联专家协助下，采用苏联教材来进行教学工作。但这一切方面的优点，是靠着在它里面从事教学工作的全体教育工作者和学生的高度为人民服务精神和集体主义精神，才保证它在几年中的飞跃发展和重大成就的。它已经是全国高等学校的方向和表率。但由于我们争取联系不够，人民大学的模范作用，对于我们还不曾很好发挥出来。先后到人大学习的教师和同学们，能够不绝把人大在教学各方面的先进做法和设施，报道回来，使我们的工作有所遵循，那是多少可以弥补联系不够的缺陷的。

你们离开学校只几个月，学校的变化是很快很大的。从形式上讲，我们差不多在完全实行苏联教育制度、教学方法，并尽可能地采用苏联教材。在去年暑期以前，大家还不熟悉还不习惯的东西，现在已渐熟悉，已渐习惯了。虽然苏联的先进制度、方法乃至先进科学，需要一定的马列主义水平和集体主义精神，才能更好地发挥作用，但根据我们年来的经验，那些制度、方法，特别是先进科学教材一被采用了，那也能反过来成为我们提高马列主义水平和增进集体主义精神的敦促力量。你们把人大和我们学校对照所提出的一些特点，那都是我们需要进一步努力的地方。我把你们的信公开出来，我相信，我们全校教职员工同志和同学们，一定都会像我一样，从那里面找到不少可以督促自己前进的东西。我代表大家感谢你们！我同时也得附

告你们：所有由厦大到首都各教学研究机关去研究或进修的教师和同学们，差不多全是优异成绩的获得者，这一点，使我们得到极大的安慰。

祝进步！

亚南

二月十三日

林尚炘等十一位同学致王亚南校长的信

亲爱的王校长：

正当全国人民欢度春节的时候，我们谨向您和通过您向厦大全体教师、职工以及同学们致以热烈的祝贺！去年八月间，我们十一个人服从毕业生统一分配，按照国家和人民的需要，来到了人民大学教师研究班学习。去年九月一日我们便分别进入马克思列宁主义教研室、政治经济学教研室、辩证唯物论和历史唯物论教研室、贸易教研室、外交系国际关系史教研室以及法律系学习，到现在已经结束一个学期的学习了。

光荣而又艰巨的任务

人民大学是我国一所新型的正规大学，当我们踏进校门的时候，我们深深地感到能够在这一所大学学习是幸福的啊！同时，我们也感到党和人民交给我们的学习任务是光荣而又艰巨的，因为国家要求我们在这里学习三年后，要培养成为合乎规格的高等学校师资。同时，我们也不会忘记和必须做到，如行将离开厦大时，厦大全体教师、职员、工友以及同学们勉励我们那样忠诚地完成党和人民交给我们的任务。我们很兴奋地向您报告，在教师指导和同学帮助下，我们基本上完成这一个学期的学习任务了。我们想这点是可以告慰的。当然，我们并没有满足于这些学习的收获，我们知道新的更艰巨的学习任务又摆在我们面前了。在这次寒假中，我们好好地休息，以便精神更加充沛来迎接下一个学期的开始。

模糊的概念必须搞清

在这一个学期中，我们深深感到有系统的学习和对学习中每一个问题或者概念的毫不模糊的认识，并把它提高到理性认识的阶段，这点是很重要的。这些，我们在厦大的时候，虽然也曾经注意到或者曾经做过，但是今天看来，那是非常不够的，由于在许多问题或者概念上还停留在模糊的认识上面，就使得对问题的理解或者进一步的深入钻研失去了必要的基础。同时这样也必然不能很好地进行有系统的学习，因为对问题最基本的认识还很模糊，那就不能理解一个问题的或者问题与问题之间的内在联系，这样就容易使学习停留在片段的认识上面，使学习不容易深入。我们感到来人大学习以后，无论在教师课堂讲授或者我们课堂讨论时，都要求对每一个问题的系统性和基本概念必须是明确的，一点含糊不清都是不容许的。所有模糊不清的认识都要求在辅导、课堂讨论或自学的时候搞清楚。我们感到这是我们在学习最初阶段的时候，必须特别注意到，并且一定要做到的。这一些话，初看起来好像人人都会说，都会注意到的，而往往却是很多同学不容易做到或者做不好的。

学习纪律和劳动纪律

在注意学习内容的同时，我们感到人民大学的学习纪律和教学的劳动纪律是保证教与学的计划完成的很重要一个因素。在这里，无故旷课不必说是一个很严重的问题，就是上课迟到也被认为是一个严重的问题。除了上课之外，在课余自习的时候，同学们都很专心地进行各种科目的学习，没有一个同学例外地去做其他非学习的工作，因为这样是不容许的。谈到这里，我们回想到在厦大时，有时上课或者自习时，我们遵守学习纪律是不够好的，特别是自习的时候，往往去做其他非学习的工作。当时我们并没有认识到这是严重违犯学习纪律，因而来到人大以后，在这方面我们的体会比较多，所得的教育也比较大，这里学校有关于学

习纪律的规定，但是我们感到还必须使每一个同学认识：遵守纪律是我们日常生活中培养社会主义道德的一个很重要的因素，这是很重要的。特别使我们尊敬和值得我们学习的是，学校的纪律不仅同学们很好地遵守，而且教师们也坚决不渝地遵守。教师们把教学的纪律堪称是劳动的纪律。我们从来没有看到教师迟到过。我们想：教师们这种良好的遵守纪律作风，给全体同学生动的、具体的教育可以说是巨大的。

一切围绕着教学来进行

在谈到学习纪律以外，我们还感到全校各部门有机的配合，也是完成教学任务有力的保证。我们来到人大就有这样的感觉：无论教师、志愿或工友，他们的每一项的工作都是围绕着保证教学任务的完成而进行的。教师们的工作不用说了，就是在出访工作的炊事员同志们，他们的工作也是紧紧地围绕着保证教学任务完成而进行的。好像在这次学期考试的时候，全体炊事员同志们便在广播中向同学们保证：一定要在学期考试中，把同学们的伙食办得更好，使同学们吃得好，一边更好地完成学期考试的任务。接着，在暖气房工作的工友同志们也向同学保证：一定要把暖气供应得更好，使同学们能够得到温暖，更好地准备学期考试。

总之，所有全校一切部门，一切工作人员、学生都共同围绕着中心任务——顺利地、胜利地完成学期考试。我们感到：炊事员和其他工作人员向我们提出保证，这不仅仅提高了工作人员的工作热情，保证同学们顺利准备学期考试；同时大大地鼓舞了同学们的学习热情。因为每一个同学想：学校各方面工作人员这样关心我们学习，他们为的是什么？那么，我们将应该怎样去做？在这当中，我们还要提到的是人大的同学们和工作人员是彼此互相尊敬的，好像在新历元旦的时候，很多同学自动地到厨房向炊事员同志祝贺新年。这样不仅加深彼此的感情，而且也鼓舞了炊事员同志们的工作热情。虽然这是一件小事情，却很生动地教育了我们。因为在旧社会里，一个大学的学生是从来也不会向炊事员同志祝贺新年的。

为厦大的进步而感到兴奋

从一些厦大校刊以及厦大个别同学的来信中,我们知道厦大在上学期里又了很大的进步。在上学期中,厦大出现了好几项新的教学改革的措施,这些都对厦大同学的学习起了很大的帮助和推动的作用。我们深深为厦大的每一个新成就而感到兴奋,我们知道厦大的每一项进步不仅仅是属于厦大全体师生员工的,而且也是属于我们国家走向社会主义道路的一个有机部分。因而,在听到厦大同学们的每一项进步时,都鼓舞了我们学习的热情。我们希望能够经常得到您的指导和厦大全体教师、职员、工友和同学们的帮助。让我们用我们辛勤的劳动,把我们祖国朝着毛主席所指引的方向推进!这里附寄上我们最近所合摄照片一张,我们送给您作为留念。

此致

敬礼!

厦大一九五三年暑期毕业学生

林尚炘 杨立凡 黄聚有 林国民

刘树勋 林毓辉 黄海卜 尤贻宗

罗立业 刘梧桐 黄文镛

一九五四·二·五

于北京中国人民大学

(原载《新厦大》1954年2月27日第82期)

注:

这是1954年2月厦大毕业分配在中国人民大学学习的林尚炘等11位同学给王亚南校长的信及王亚南校长的复信。

霜叶红于二月花
——王亚南随笔、书信集

　　《新厦大》在发表时加了《编者按》：1953年暑期在本校毕业分配到中国人民大学学习的十一位同学，在今年春节写了一封信给王校长，叙述了他们到中国人民大学半年以来所得到的主要的感受和教育。信中所提到的问题，正如王校长回信中所指出，"都是我们需要进一步努力的地方"。大家可以联系王校长所作本学期第一次校务报告（见本期第一版），加以体会。这里发表原函和王校长的回信。插题是编者加的。

复志愿军总分团张秀川副团长及志愿军代表团全体同志的信

张政委转全国人民慰问人民解放军代表团志愿军代表团全体同志：

你们奉了毛主席及全国人民的嘱托，来厦门慰问解放军。在慰问工作万分紧张的当中，分出极宝贵时间到厦门大学参观、联欢、演出，并赠给我们锦旗一面，我代表全校三千教职员工及同学们向您及全体同志表示衷心的感激！

我们一定按照锦旗上的指示，好好为祖国努力培养社会主义建设人才，以报答你们的盛意；我们一定要以你们在朝鲜前线杀敌报国的精神，在祖国海防前线坚持教学，并于必要时协同解放军，给敢来侵犯的敌人以无情的打击。望向代表团全体同志转达我们热烈的谢忱；望向朝鲜前线的全体志愿军同志，代致我们无限的敬意！

敬礼！

王亚南

三月二十六日

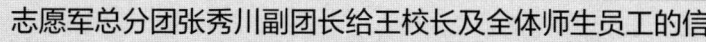

志愿军总分团张秀川副团长给王校长及全体师生员工的信

王校长并转厦门大学全体教职工和同学：

全国人民慰问人民解放军代表团志愿军代表团在厦门进行慰问工作中，受到你们热烈欢迎、热情关怀和帮助，给我们很大的教育和鼓舞。当我们就要告别的

时候，谨向你们致以最衷心的感谢。为表达我们对你们的敬意，特献上锦旗一面。最后祝你们身体健康，在教学上取得新的成绩。此致

  敬礼！

张秀川
三月二十六日

（原载《新厦大》1954年3月27日第84期）

注：

  1955年3月24日下午，全国人民慰问人民解放军代表团代表及文工团员一百多人，在何长工（副总团长）、郑振铎（总团代表）、张秀川（志愿军总分团副团长）、陈同生（第四总分团副团长）、陈绍宽（第五总分团副团长）等带领下，莅临厦门大学。全校师生员工夹道欢迎，随后，在丰庭广场与慰问团代表和文工团员们举行了联欢大会。

  3月26日，全国人民慰问人民解放军代表团志愿军代表团在群贤楼前，向厦门大学赠送大幅锦旗一面。锦旗上写着"为祖国社会主义建设培养优秀人才"。章振乾教务长代表王亚南校长在赠旗仪式上致答谢词，指出这是本校最大的荣誉，我们会永远记住这种光荣，我们坚决保证好好地学习和工作，以报答最可爱的人。

  告别厦大前，张秀川副团长给王亚南校长及全校师生员工写了一封感谢信，王亚南校长在复信中表示，要以志愿军战士在朝鲜前线杀敌报国的精神，在祖国海防前线坚持教学，为祖国培养更多的社会主义建设人才。

  张秀川（1919—2005），原名张清湖，河北省深县人。1937年参加八路军，1955年9月被授予少将军衔。曾任中国人民志愿军第46军副政委、政委，陆军第3兵团政治部主任，解放军总政治部组织部副部长，海军政治部主任、海军副政委。

致陈嘉庚先生的信

（一）

嘉庚先生：

兹有二事，向先生请示：

一、关于厦大礼堂木架问题，自前次趋前经先生详细分释后，已增加极大信心。惟近月来厦大参观各方人士，他们对全国最大规模之礼堂，均特别表示景慕。惟全部花岗石钢骨礼堂用木架作为顶盖，暗感美中不足。此点，先生早深感切，感到以限制采购钢铁困难，故权用之耳。

前此中央高教部及华东高教局索取厦大礼堂建筑图样，此次学校党（委）书记张玉麟在北京开会，中央又复垂询，经张书记详述，厦门采购钢铁困难以及以铁加固木架情形，中央高教部责难厦大此前未及时反映并予协助，嘱张书记告学校，如陈先生同意，高教部拟设法商请有关部门调拨不够部分之钢铁，全用铁架，以策万全。

此事多费先生精神，实感不安，惟考虑给予指示。如觉可行，现已裁用之木架材料，可移作两校大操场之用，亦不致太多损费。如先生觉有未妥，可作罢，如何，敬请指示。

二、学校校园设计委员会正进行全校整理设计工作。对于拟建中之雨盖操场或体育馆，不知安置何所为宜。一部分人意见，以位置在芙蓉第一、第二、第三之半圆形制稻田地带中，建筑为圆形，对该三楼分别操练相同之半径距离，既使学生雨天会操，又颇美观，但另一部分人认为如此将使该三楼风采为之掩蔽。迄未决定，盼先生给予指示。为此，特请林主任秘书前来请示。

敬礼！

王亚南
四月二十日

（二）

嘉庚先生：

上次偕林主任秘书来集美谒见以后，返校即与学校有关负责同志一再集议商定解决办法。答以铁架所需经费如达九亿十亿之多，要教育部调拨，确不是没有困难，且购买钢铁如需时太长，旷日持久，不独影响建筑部计划，亦无以应学校迫切需要。当即由学校修建工程部连日连夜将十三列铁架及做工全部经费，按厦市交电公司开列价格再加上铁工工资约数，计共不超过六亿四千万元。如建筑部拨给厦大铁一百担，高等教育部只筹拨六亿，即无问题。

又钢铁由上海拨运，交电公司保证目前签订合同，下月初可运到全部三分之二，其余亦准在七月初以前运到。至若铁工所需时间共约四十日至四十五日，约在九月底前可以铺瓦，赶上下学期初步使用需要，一号林主任秘书及方工程部主任来集美请示铁架新图样，云先生对建筑刘工程师已作新的指示，二号卢副教务长由集美归来，今日上午正同刘工程师商洽时，虞愚教授又来传达先生意旨。具见先生对厦大礼堂盖架问题，曾多方予以考虑。惟厦大礼堂，为国内不可多得之建筑，为求万全，为求经济，为求不虞白蚁蛀蚀，如趁此钢铁价廉（比前两年降落百分之三四十）及颇易到手之便利，将木架改作他用，亦不致太多损费。至高教部拨款，估计将钢铁架尺寸大小标准图样寄至华东文委会基建部门审查批定，即示拨下，而厦市交电公司购铁，且无需现款，通过拨划手续即行。先生所关心考虑之问题，如此解决，未审能邀同意否？

专此敬复，顺请

福安！

王亚南 拜上

一九五四年五月三日

（三）

嘉庚先生：

前示敬悉。

接得前示后，适章教务长赴上海开招生会议，当请其向华东文教委会请求增加礼堂铁架预算两亿三千万元，含前六亿三千万元。昨接其来电，已蒙批准。今日已同厦门交电公司正式订立购铁合同，七月可全部运到，计九月可施工完毕，希望十月能盖上红瓦，初步应用。关于礼堂地面，刻同刘工程师及方虞田工程师商洽，为求早日完工，是否及早来定样式，此点将由刘工程师请示，先生作最后决定。

专此顺祝

崇安！

王亚南

五月十四日

注释：

这是1954年4月29日、5月3日、5月14日王亚南校长就厦大建南大礼堂建设致陈嘉庚先生的三封信。

陈嘉庚（1874—1961）：爱国华侨领袖、著名企业家、教育家。福建厦门人，1891年"下南洋"到新加坡谋生，因善于经营成为一方巨富。后倾资办学，先后创办了集美小学、集美中学、师范、水产、航海、商科、农林等校（统称集美学校）和厦门大学。抗战爆发后，主持南洋华侨筹赈祖国难民总会（南侨总会），募集了大量资金支援国内抗日。1950年回国定居，曾任全国政协副主席、全国侨联主席，被毛泽东称誉为"华侨旗帜、民族光辉"。

章教务长：即章振乾，时任厦门大学教务长。

卢副教务长：即卢嘉锡，时任厦门大学副教务长。

林主任秘书：即林莺，时任厦大校长办公室主任秘书。

方工程部主任：即方虞田，时任学校基建工程部主任。

（录自厦门大学校办档54-15）

致章振乾、张玉麟诸同志的信

振乾、玉麟、兆莘、林莺诸同志：

我在上海西站仓促写回的信谅早收到了。火车由陇海路转京汉路，以加倍的时间到达北京。到北京的当天（十七日），就参加会议，主要是参加对解放台湾的联合宣言的讨论和听取首长们关于解放台湾的外交报告，而参加欢迎英国工党访华代表团和通过公私合营组织修例会议，也占去了一些时间。

从二十五日起，留北京的和在北京的代表，开始分组讨论各种组织条例（如国务院组织条例、法院组织条例等等）。到下月五号正式报到以后，再讨论宪法草案。到十五日以后，才是进入正式会议。会议的规模是大的，时间是长的。我因为住在家里不便，到北京后的第三天，就搬进了华北招待所（新的），黄金城也住在这里。

周总理的两次报告围绕着解放台湾的问题，使大家对这个问题有了非常明确而透明的认识，清除了或隐或显存在于各界特别是工商界的一些不正确的看法。报纸上没有登载这些，这里也不便详述。我们所应特别注意的，就是：

（1）解放台湾是一个须得从各方面加紧努力的战斗过程，不是一个地区的事，也不是一朝一夕的事。

（2）在任何地点任何场合遇到美帝的防阻，也将毫不迟疑地予以痛击。由此，就有必要做美帝挑起大战的一切准备，而我们的准备已体现在我们的宣言的决心中表示。

（3）在战斗过程中，除了加紧岗位工作外，每个人每个单位都得做好提防暗藏分子的工作，这在我们学校将要成为一项需要重视的任务（希望到时，把这项工作加强起来，并和市里党政军警方面取得密切联系）。至于这以外的事情，中央是会随时有指示的。

到北京后，几乎没有接触学校的事情。高教部只有杨部长一个人在北京，天天在开会，我经常在会场碰到他，但也没有机会谈琐细问题。卢嘉锡兄是前天才离开的，我昨天到科学院接洽好了钟同德的进修问题，下午到俄专找到那一些新旧留苏师生，谈叙了许久。……

许多学校的开学期延到九月一日以后，我回厦商议，是否我们学校也不考虑这个问题，假使有必要的话。其他问题，卢返校是会谈到的。

这次开会的招待是特别好的。隔两三天有一次晚会，虽然没有印度尼西亚的歌舞和侯宝林的相声那样有趣，但演出当时的场面和气氛，是同样值得欣赏的。

我希望知道大礼堂铁架工作的进程，也希望知道学校新近的一些动态，林莺同志抽得出时间，望告知一二。

九月份薪水，除了交萧贞昌家属贰拾万元，张玉英拾万元，其余请函汇北京东四九条52号甲交。

  致礼！

亚南
8月26日

又及：

教师困难补助不知已采取新的步骤否？

九月十五日以后的信不必转来北京。

（录自厦门大学校办档54-15）

注释：

这是1954年8月王亚南校长赴京参加全国第一届人代会期间写给学校领导及相关部门负责同志的信。

章振乾（1907—2005）：福建连江人，1937年日本东京帝国大学农村经济研究生毕业后回国。曾先后在国立中山大学、福建省研究院社会科学研究所任职，时任厦门大学教务长。后曾任厦门大学校长助理，福建省博物馆副馆长、馆长，民盟福建省委专职副主委。

张玉麟（1913—2000）：广东广州人，曾就读于天津河北省立水产专科学校。曾任晋冀豫区《胜利报》社社长、副专员、长治市委书记等职。新中国成立后任共青团福建省委书记。时任厦大党委副书记兼政治辅导长。1981年任国家海洋局副局长。

吴兆莘（1901—1978）：浙江东阳人，曾就读于上海震旦大学、东京法政大学、东北帝国大学。1937年归国后任暨南大学、英士大学、厦门大学教授，兼银行学系主任、图书馆馆长。新中国成立后任沈阳东北行政学院教授。时任厦门大学教授、总务长。

林莺：1916年出生，福建龙海人。时任厦门大学校长办公室主任秘书。后曾任厦门大学中文系主任，"文革"中被迫害致死。

杨部长：即高教部部长杨秀峰。

钟同德：1928年出生，福建武平人。1950年厦门大学数理系毕业后留校任教。后曾任厦大数学系教授、副系主任，厦门大学出版社副总编辑。

萧贞昌（1898—1983）：德国莱比锡大学经济学博士。1938年受聘厦门大学法商学院教授，时任厦大会计学系主任。

致吴兆莘、林莺同志的信

兆莘、林莺：

昨日寄回一函，谅已收到。今晚杨部长会晏，谈到几个问题：

一、大区撤销，华东高教局改一个名称存在，只是把所辖区域山东划出去了，这对我们有不少便利。

二、工作日、工作量制度坚决执行，只是执行步骤将有指示下来。

三、工资仍决定调整，方案已送政务院批准中，不久当可见其事实也。

四、部对一九五四至一九五五年工作，计划要点有一全面指示。我已见到指示内容，部里再斟酌一下，就要确定下来。

情况料比预计要加紧一些。提高警惕，保持镇静，候上级指示，仍是我们应对的原则。我已去函华东及福建省委，请其随时给予学校以较具体指示，有必要可来电，我即请假返校。关于学校一般动态，是非常关心的，盼据实告知。

此信写好，忽接林汝昌同志痛逝上海讣告，万分哀痛，我已函华东，请从优抚恤。

卢先生大概已返校了。

顺祝

大家安好

亚南

八月二十九日

中央高教部致王亚南校长的信

王亚南校长：

我部所举办的综合大学暑期教学研究座谈会于八月十五日左右先后结束，当时因各处大水为害，使水陆交通均受梗阻，京沪线的火车票最难买到。经我部与铁道部、北京铁路管理局等有关单位洽商，方先后于八月二十日及二十三日租得硬席卧铺及硬席车各一，华东及中南各校先生始得启程返校。

你校陈允敦、严楚江、林汝昌等先生乘二十日十七次硬席卧铺列车返校，乘此次硬席卧铺列车的尚有中山大学吴印祥先生（七十多岁）、武汉大学钟心煊先生（六十一岁）以及其他复旦大学、南京大学的老先生。

兹接华东高教局电报，获悉你校林汝昌先生竟因旅途劳累，宿疾十二指肠溃疡复发，医治无效于八月二十七日晚在医院逝世。我部惊闻噩耗，十分哀悼，并均认为此一不幸，不仅为厦门大学之损失，亦整个国家教育事业之损失。

林先生之死耗已由华东高教局请厦大转知其家属，我部亦于今日电往吊唁。其善后事宜有卢嘉锡教务长在沪协助办理。特此告知并请向林先生家属转致哀悼之意，并致深切的慰问。

此致

敬礼！

中央人民政府高等教育部
一九五四年九月二日

（录自厦门大学校办档54-15）

注：

林汝昌：时任厦门大学生物系植物学副教授。曾在植物资源调查中发现闽西河田森林顶极群落——槠栎植物群落及南靖和溪热带雨林珍稀植物。1954年8月赴京开会返途中病故。

陈允敦：1902年出生，福建泉州人。1933年毕业于燕京大学化学系。历任泉州培元中学、厦门大学等校教师，时任厦门大学化学系教授。

严楚江（1900—1978）：上海崇明人，1932年获美国芝加哥大学哲学博士学位。回国后，曾任中央大学、北京师范大学、云南大学、福建师范大学教授。时任厦门大学生物系教授。

致章振乾、张玉麟、卢嘉锡诸同志的信

振乾、玉麟、嘉锡、兆莘、林莺诸同志：

到北京后的前两信，应当已经收到了。

我又由华北招待所迁到北京饭店新添建的楼房628号，新添建的部分比旧的更富丽堂皇，大约有几百人住在这里。我们从明后天开始就讨论宪法草案，作为最后的审核。这次人代大会将是空前的热闹，据说将有一千五到两千个外宾参加，其中可能有非常显赫的人物。

高教部列别捷夫专家考察山西三个高等学校提出的意见，有许多是非常中肯的。高教部印送我校，要我提出我的看法。我今天已经写好了意见。刚才杨部长派一位同志来，对于没有替严、林、陈诸先生买好软席卧铺，表示极大的顾虑。我把这封信寄回，请转有关教师一阅。杨部长并探问林先生家属情况，我了解不够，请林莺先去并告知我。

研究部工作暂照上学期方针进行。由卢先生、郑先生照管理科方面，由胡先生照管文经科方面。联络计划室当然仍请黄、韩、刘三位分途做一些具体工作。如卢先生有时间，就请召集一次谈话，当然要请林惠祥先生参加。请总务长、方虞田先生不大着痕迹地安排修缮一下，防空壕、防空洞在三亿范围内（大南新村一带似可利用沿马路的长壕），在必要场所新建防空洞（如白城一带）也请考虑考虑。割盲肠是会有些痛的，但时间短而容易康复。

要熄灯了，就写到这里。

亚南

九月三日

（录自厦门大学校办档54-15）

注释：

这是1954年9月王亚南校长在北京参加人代会期间写给章振乾、张玉麟、卢嘉锡、吴兆莘、林莺诸同志的信。

卢嘉锡（1915—2001），中国台湾台南市人，1934年毕业于厦门大学化学系。1939年获英国伦敦大学学院哲学博士学位。时任厦门大学副教务长兼理学院院长。1955年当选为中国科学院学部委员（院士），1981年出任中国科学院院长。曾任全国人大常委会副委员长、全国政协副主席，是我国著名物理化学家、教育家、社会活动家。

致陆维特同志的信

维特同志：

  我们昨天下午五时差不多是同省里来的代表同时到达漳州，住在专署的招待室（所）。今天上午地委洪书记会报龙溪的情况，下午向各部门的同志会报。晚间确定视察程序，明早下乡，约定两周结束工作，争取在十号前返校。

  梁灵光同志视察铁道修建工作（通漳支线也在明年完成，通福州支线也确定了，通龙岩也考虑继续兴筑），我同他谈到了厦大持续工程情况，我提及了市委及厦大的看法。他今日赶回福州，我要他代向省委反映，停下来旷日持久，夜长梦多。不知已同省委联系否？明日开工准备完成否？望嘱高扬同志告知我。

  请向总务长提示一下，速中临时宿舍围墙最好用漳州体育场石围方式（如下草图），省料而美观，可以考虑。

  附：速中围墙草图

亚南
一九五五年十一月二十六日

（通报林莺同志）

（录自厦门大学校办档54-15）

注释：

  这是1955年11月王亚南校长赴漳州考察时，给时任厦大党委书记陆维特同志的信。

  陆维特（1909—1991），原名赖成瑚，出生于福建省长汀县。曾就读于南京晓庄学校文艺部。1929年9月加入中国共产党。曾任华东局宣传部宣传局局长，福建省政府文教委员会主任，福建师范学院党委书记、院长,1955年调任厦门大学党委书记、副校长。

洪椰子:时任龙溪地委书记。后曾任晋江地委书记。

梁灵光(1916—2006):时任福建省工业厅厅长。曾任中共厦门市委书记、市长,中共福建省委常委、福建省副省长,轻工业部部长,中共广东省委书记、广东省省长等职。

高扬:时任校长办公室秘书。

速中:指厦门大学速成中学。

致沈翰奎同志的信

（一）

沈翰奎同志：

关于你订的学习计划，我认为是正确的。对苏共二十次党代大会的决议及苏共领袖的报告最好结合学习，因为它对当前国际形势作了明白、具体的分析，对马列主义有了新的大胆的发展。学习它，对于我们克服学习中的教条主义倾向有帮助。至于外文，从头学习俄文是必要的，因为在社会科学方面，苏联是最先进的，掌握俄文，就是掌握学习苏联先进科学理论的工具。此致

敬礼！

王亚南

一九五六年五月四日

（二）

沈翰奎同志：

前接来信询问关于经济方面招收研究生事。现我校已决定于明年招收"资本论"副博士研究生。特此答复

敬礼

王亚南

一九五六年十月二十三日

（摘自墨彻：《父亲和他的恩师王亚南教授》）

注：

这是1956年5月、10月王亚南校长给经济系1948年毕业的沈翰奎同学的两封信。

致蔡启瑞先生的信

启瑞先生：

你给我的信，已收到多日了。你要求把中央高教部核定你的教授等级——第二级，降到第三级，以及你关于提出这个要求的诚恳说明，给予了我及学校其他负责同志以深刻印象。我同陆副校长及一部分党委同志交换了意见，认为尊重你的诚恳要求，照顾你的谦虚品德，有必要向省委并通过省委向中央高教部反映。我想省委及高教部是会考虑你的要求并作出决定的。顺颂

敬礼！

王亚南

一九五六年十二月

蔡启瑞先生给王亚南校长的信

亚南校长：

前日由化学系陈主任处得知这次系中教师工资调整的结果，我个人对于这次学校领导方面的推荐首先应该表示深切的感谢。只是我刚回来不久，一切尚在做准备工作，还没有成绩表现，这回实在感到无功受禄。而系里的教师有的在教育界服务多年，夙有劳绩；有的这几年来努力工作，也已取得一定成绩；我觉得他们似乎应该得到更多的鼓励。

我知道这回国家对于我的鼓励，也许有些千金市马骨的意思。我当然希望能努力地做到使这马骨废材在祖国社会主义的建设上也能发挥些动用。可是我这次

霜叶红于二月花
—— 王亚南随笔、书信集

回来,绝对不是为了希望生活上能够过得优裕一点,目前物价稳定,三级的工资已尽够我生活,现在我建议把我的工资暂降一级至二级,待以后有了成绩表现再说。我这建议是诚恳的,请校长代为转达高等教育部为感。

此致

敬礼!

蔡启瑞 顿

一九五六年十二月

(原载《新厦大》1956年12月21日)

注:

这是1956年12月蔡启瑞先生要求降低工资等级给王亚南校长的信及王亚南校长的复信。

《新厦大》在发表时加了《编者按》:谦虚永远使人进步

——工资改革中,新从美国回国的化学系蔡启瑞教授自动要求减低自己教授等级给王校长的信和王校长的复信。

蔡启瑞教授信中说:"……我知道这同国家对于我的鼓励,也许有些千金市马骨的意思。我当然希望能努力地做到使这马骨废材在祖国社会主义的建设上也能发挥些动用。"

王校长复信中说:"……关于提出这个要求的诚恳说明,给予了我及学校其他负责同志以深刻印象。"

蔡启瑞(1914—2016),福建同安人,1937年毕业于厦门大学化学系。1950年获美国俄亥俄州立大学博士学位,1956年回国后任厦门大学化学系教授,1958年创建了中国高校第一个催化教研室。系著名物理化学家,中国科学院资深院士。

给应届毕业生杨恩瑜等的复信

杨恩瑜、陈炳麟、颜学如诸同学：

你们好！

我非常满意地读到你们的来信。你们的决定，充分表现了青年人愿在艰苦奋斗中磨炼自己的革命乐观主义的情绪，表现了对于祖国的热爱和对于社会主义事业的忠诚。我鼓励你们，并打算好好考虑如何满足你们的要求。

  祝

    身体健康、学习进步！

王亚南
一九五七·三·二六

杨恩瑜等同学给王校长的信

王校长：

我们怀着万分激动和兴奋的心情，给您写这封信。

我们和所有的同学一样，祖国的宏伟的社会主义建设每时每刻地振荡着我们的心弦；我们曾经为鹰厦铁路的建成而欢呼，也曾经为解放牌汽车的诞生而歌唱。我们的心被克拉玛依钻机的轰鸣声所勾住，我们的眼睛也被喜马拉雅山麓的电灯照得更加明亮。当我们还在一年级的时候，我们就日日夜夜地盼望着：有朝一日，我们能迈着矫健的步伐到那祖国建设的机车上，驾驶着祖祖辈辈千百年的理想。

今天，我们的理想快要实现了，再过几个月，我们就走上国家分配给我们的

霜叶红于二月花
——王亚南随笔、书信集

岗位。

敬爱的王校长,我们真感到无比的幸福。世界上有什么能比为培养和哺育了自己的祖国尽自己所能地工作更幸福的呢?

所以,在即将出征之前,我们恳切地希望组织上能把我们派到祖国最需要的地方去,把我们派到亟待开发的祖国富饶的边疆去。我们保证决不辜负有光荣革命传统的厦大学生的光荣称号,为母校增添荣光,为祖国建立功勋。

我们清楚地知道,困难是有的,而且也不会少的,但是我们能够克服它,因为我们是人民的大学生,是青年人,是新中国的青年。现在,比起过去革命者的经历来说,我们还有什么可怕和不可克服的图难呢?我们是不怕一切艰苦的。

  祝您

  健康!

统计专业四年级应届毕业生

杨恩瑜 陈炳麟 颜学如 敬上

1957.3.21

(原载《新厦大》1957年3月30日第143期)

致吕振羽等同志的信

（一）

振羽同志：

　　大札收到多日。想还在继续修养中。我以为你身体很好，竟有这样麻烦的毛病，盼加意治疗。厦门之行，盼今年可以实现。

　　《资本论》第二卷还没有寄到，因为那是第三批印行的，迄今第三批第二卷还没有拿到，拿到了，就会奉上。恐扰清神，不多写。祝

　　　　健康！

　　　　　　　　　　　　　　　　　　　　　　　　　　王亚南
　　　　　　　　　　　　　　　　　　　　　　　　　　三月五日

（二）

振羽、大年同志：

　　郑成功收复台湾三百年纪念会，拟于二月十七日至二十二日在厦门市举行。厦门市及厦门大学已向京沪及全国有关单位及个人，发出参加纪念和学术讨论的请柬，也请了你们，要我专函促驾。

　　我想，你们一定是愿意前往参加的。那不但是有重大的政治意义，学术意义，看看那个前线建设景象，也是颇有兴趣的。除你们外，还请了翦伯赞、邓拓、黎澍诸位。我因在上海搞文科教材，届时将陪同你们前往。

　　如何？由熊德基同志负责联系。容此，顺致

　　　　敬礼！

　　　　　　　　　　　　　　　　　　　　　　　　　　王亚南
　　　　　　　　　　　　　　　　　　　　　　　　　　一月二十五日

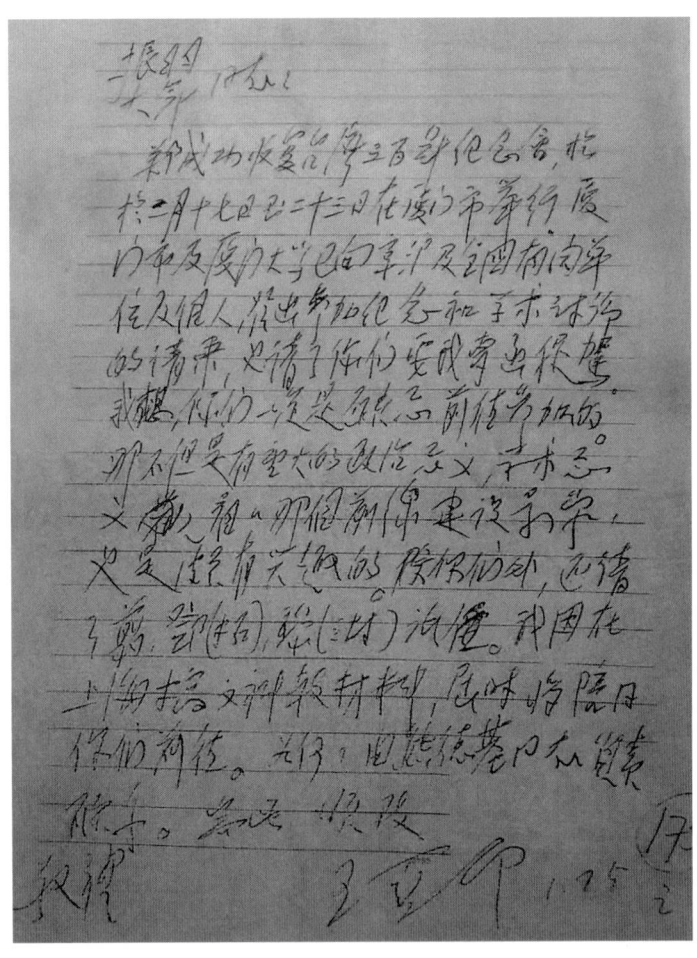

王亚南致吕振羽、刘大年同志的信

注：

这是王亚南校长1958年给吕振羽的信及1962年给吕振羽、刘大年同志的信（由王亚南之子王洛林、吕振羽之子吕坚提供）。

1953年，人民出版社出版了郭大力、王亚南修订的《资本论》第一卷、第二卷和第三卷。1956年和1958年，人民出版社又两次重印了《资本论》第一、二、三卷的中文全译本。

1962年2月1日是民族英雄郑成功驱逐荷兰殖民者、收复台湾三百周年纪念。厦门大学和福建历史研究所、厦门市纪念郑成功收复台湾三百周年筹备委员会在厦门联合举行了"郑成功研究学术讨论会"。来自北京、天津、上海、广州、南京、杭州、福州等地的专家学者出席了讨论会。

吕振羽（1900—1980），湖南邵阳人，著名历史学家。1926年从湖南大学电机工程专业毕业后参加北伐战争，大革命失败后赴日本求学。1928年归国后，参与创办《新东方》杂志及在中国大学、朝阳大学任教。1942年到延安任刘少奇同志政治秘书，并在中央马列研究院任职。新中国成立后任大连大学校长兼党委书记，东北人民政府文教委副主任兼东北人民大学校长、党委书记，中央党校教授，1955年为中国科学院哲学社会科学部学部委员。

刘大年（1915—1999），湖南华容县人，著名历史学家。1936年肄业于长沙湖南国学专修学校，1939年抗日军政大学第五期毕业。抗战时期生活、战斗在河北平原、太行山上。新中国成立后历任中国科学院近代史研究所研究员、中国科学院编译局副局长、近代史研究所副所长、中国科学院哲学社会科学部学部委员、中国社会科学院近代史研究所所长。

霜叶红于二月花
—— 王亚南随笔、书信集

给在苏联学习的校友的复信

坚冰、金谈、雪清、友仁、志固、学耕、琳娜、大仁诸位同志：

你们写给我，并由我转给全校教师及同学们的信，已经收到很久了，我现在才答复你们，并且也是到了此刻，我才找到一个更好的机会，把你们的关心祖国，热心学校的好意见好建议，通过校刊，向全校教师、同学们公开发表，我希望得到你们的谅解。

我是去年年底才从缅甸转回学校的，在学校没有停留几天又到福州，又到北京去开人代大会，好不容易到最近才在学校待上两个多星期。我在不停的往来奔走中，你们写给我的信，也被带在我的身边，我想仔细阅读，并找一点较充裕的时间回答你们，但是不成功。

国内在近几个月来展开的全民大跃进运动，使每个热爱祖国、热爱社会主义事业的人，都在党的伟大号召下，激动兴奋起来，分别站在各自的工作和学习的岗位上，争取贡献出自己最大力量。这个社会主义的全民大跃进运动是在三大改革、全民整风和反资产阶级右派斗争的胜利的基础上进行的：无论在农业上、工业上、文教科学事业上都由放手发动群众，反浪费反保守，掀起了多、快、好、省方法建设社会主义的高潮。

但由于我们的文教科学界在解放后的各项社会改革运动中并不曾彻底打垮资产阶级的形式主义和教条主义的传统，对于培养又红又专的工人阶级知识分子始终是一个障碍，其结果，一定会使文教科学事业，无论在质上在量上，都不能配合上工农业的飞跃发展。也就是因为这个缘故，党提出了新的勤工俭学的教育方针，使教学与生产相结合，使理论与实际结合，使知识分子与工农群众结合，打破常规，剔除正统，使全国各级学校特别是大学院校和科学研究机关，经历一次带有根本性的改革。现在，这种改革已在全国各高等学校分途普遍展开。而我们学校已经把这个改革运动推到一个非常令人感奋的高潮。

我很难用笔墨把我们全校教师、同学及职工乃至眷属同志们争先进比干劲的热烈情况表达出来。当然，我向你们会报的时间，也大大的受了限制。你们见到了最近的校刊，会仿佛得到一个大概。要简单指出一个轮廓，那就是，我们全校的大学同学现在仅及二千四百人，下年可能达到四千人，其中包括有几个工科的科系、一个地质训练班、一个师范专科学校……

学校范围及其附近将出现我们教师同学参加生产劳动的若干工厂和农场，各种化验室及养殖场……大家比干劲、发掘潜在力量的结果，不仅把所有这些新任务新要求包下来了，并还决定按照不同的科系别，为全省的工农业文教卫生及科学研究事业的大跃进提供协助的力量。此外，各个单位和个人还将定出教学与科学研究的规划。这一切，一定是你们最感到十分鼓舞的消息。

你们信中提到的你们的学习情况，特别是我们最亲密的朋友苏联列宁格勒大学的教师和学生的教学生活情况，一定会对我们还在改革浪潮中争先恐后的教师及同学们，发生莫大的鼓舞作用。可见勤俭办校，勤工俭学，是我们社会主义国家教育的通则。我告诉你们，我也代表全校的教师及同学向你们保证：在全国大跃进的浪潮中，有革命传统和勤俭作风的厦大人，是一定会鼓起干劲，力争上游，不落在全国其他高等院校后面的。

我感谢你们寄来的长信，也感谢你们带给我的纪念品。如果你们肯在课余抽点时间把苏联大学生从事勤工俭学，如何完成他们在教学计划的学习任务的具体做法，再供我们一点材料，我想全校师生将是非常感激和期待的。春风有便，伫候好音。顺祝

进步！

王亚南

3月7日

列宁格勒校友的来信

王校长转全校师生：

我们是在列宁格勒学习的厦大人，虽然有的只在厦大学习了一年，有的在厦大工作过，有的已离开学校好几年，有的才离开几个月，但是大家对迅速前进的厦大，对于美丽温暖的厦大，却始终惦念着。

这一次卢先生来到了列城，我们像亲人一样欢迎他，经常要求他讲讲厦大的情况，他满足我们的要求，讲了一些，但是他说他已经出来两个月了，对学校最近情况也一样隔膜。我们相信学校反右派斗争和整风一定会得到彻底的胜利，并且使得整个学校蓬勃发展起来。这里，我们迫切需要知道母校的消息，首先要求母校给我们寄一份《新厦大》来，好让我们知道得更多些。

为了表示我们对学校的心意，我们还托卢先生带回去一些小物。我们虽然远离家乡，跋涉万里到这里来学智，但是在这个亲兄弟的社会主义国家、在这个美丽的英雄城里，我们和苏联人相处得像一家人，毫不感到寂寞，我们只感到做一个中国人的幸福光荣，只感到祖国对自己的期望，只感到苏联人对我们的爱护和尊敬。

在列城的时间，我们每个人虽然长短不一样，但对于苏联人的热情、直爽和友谊，都很快地感觉到。系主任头一次碰到我们，谈起学习情况，他就不客气地对于中国在研究工作方面提出批评。俄文教师对于我们礼貌不周到的地方也是当面提出来，没有转弯抹角。他们对中国人特别好感，他们说："中国人和我们虽然性格不大相同，语言差异很大，但他是最亲密最可靠的兄弟。"

在路上，在车上，在店铺里，只要你有什么困难，就会有人自动来帮助你。在学校里我们住比较好的宿舍。系里面也尽量给我们机会去参观考察，譬如这一次在莫斯科开化学科学会，列大就花一千多卢布让我们中国的三位进修教师和研究生去参加。在这样友情洋溢的环境里，我们才亲身体会到中苏兄弟般的友直和无私的帮助。当我们从报纸通讯知道国内人民在党领导下取得反右派斗争的胜利，在整风、大辩论中人民社会主义觉悟迅速提高，我们特别感到高兴，苏联人也感到高兴，一谈到这些事情，他们总是说："中国共产党有办法！"

厦大在这方面所取得的成绩，我们虽然知道得不多，但听起来很亲切，受到很大鼓舞。特别是我们从人民日报看到厦大订出学生劳动制度和一些措施，我们感到特别兴奋。苏联青年虽然在社会主义建设了四十年的今天，仍然没有忘掉体力劳动，我们宿舍里常常看到同学洗衣服，煮饭，女同学还会擦地板和做其他家务事。此外，他们对一切劳动都是很尊重，不管是对宿舍的看门或者洗走廊的同志。最近苏联政府还规定了学校教师和学生参加体力劳动的一些措施。这些都表明我们知识分子多么需要从体力劳动中来加紧自己的思想改造。苏联社会主义建设已四十年还这样，我们要做个红色专家就更应该了！我们认为从事一定的体力劳动是红的第一步，因此我们完全拥护这种措施，并且要以身作则，在国外也要适当从事体力劳动，否则我们会落后的。

从人民日报上，我们知道国内在掀起一个"上山下乡"的知识分子和工农结合的革命运动。对于这运动的深刻性我们还不理解，但现在已经感到这是一个革命理论的实践课，我们都是出身于小资产阶级的家庭，从书本里懂得一些"为工农服务"的抽象理论，但这正像没有过实验、实习的原理，在我们脑子既容易忘掉又不会联系实际。就凭着这些皮毛的认识，我们要向你们表示，回国以后我们每个人一定要补上这一个实践课程，使自己真正有可能变成一个又红又专的知识分子，不辜负工农阶级对我们的培养。像苏联专家一样成为工人阶级知识分子。

对苏联或列宁格勒几个大学教育制度的认识，我们是不深入、不全面的。这里只是我们联系国内情况把所得到的一些观感供给大家参考。在培养工作方面，许多教授都是通过各种方式从大学四、五年级的同学中发现有才能的人才，因此在选择研究生方面是比较严格细致的。这样培养出来的研究生就能大部分达到要求。在四五年级的时候，学生很多工作都是自己做。实验课不像国内一样教师先

讲一套,而是自己看讲义或者参考书,由教师检查理解的程度。所以一名研究生除了导师出的论文题目之外,大部分都是自己自由支配时间,独立克服困难,通过各种锻炼机会,培养出来的人才当然是够格的,合乎社会主义建设的要求。这并不是天才教育,因为每个人水平毕竟不一样,而要形成一个科学大军,不能单靠这些高、中级干部。所以除了对这些人才培养以外,对一般的也有一定要求,此外还有夜大学,补习学校等,给每个人以提高机会,这样形成的队伍和后备力量就是苏联科学的实力。在这基础上要在各个科学部门赶上并超过美国是有物质和客观的条件。

科学研究上的集体主义精神不但表现在大专家之间的合作和争论,而且还表现在这大专家领导下中小干部所发挥的集体力量。在这里我们特别感到学校内辅助性工作人员不安心工作的危害性。这里的实验员以及其他工作人员都很安心工作,对每一个劳动都很认真并且把这种工作当科学研究工作的一部分。因此,在实验室中有许多是几十年工作经验的同志,他们也可以说成了专家,绝不闹前途问题;我们还碰到许多很年青的工作人员,有的专科毕业,有的中学毕业,他们都是在业余时间一星期挤出四、五个晚上去夜大学学习航空、建筑、电影技术等各种各样专业。苏联青年人一般是活泼,喜欢玩,但是学习时间还是靠他们自觉安排。列城有个数理院士(理科同学大部分都参考过他所著六大本的高等数学吧!),他的爱人是一个头发花白的老教员,担任学生辅导工作,不论是大是小都很认真,很多同学感到满意。这也就是为什么在四十年建设中经过多少波折和风险,而苏联知识分子终于通过严重的考验,把苏联科学推进到这样高水平的主要原因之一。

因此我们热切希望学校全体工作人员互相尊重,团结起来,在党的领导下像苏联一样向自然界作斗争,那样子集体所创造出来的成绩一定是很巨大的。我们有些同志在国内常常接触到一些专家和高级知识分子,他们在大会上在集体面前口头上会讲大家工作都重要的,成绩是属于大家的,但是私下谈的时候就是发牢骚，把自己作用估计得过高，甚至把大家工作成绩也算在自己身上，向党讨价还价，对待下级工作人员也不够尊重，这就难怪下级人员对工作更不安心了。因此我们希望学校在这次整风中应当通过自我教育，把知识分子那种酸溜溜的可笑可恨的架子打掉，像苏联专家一样，做一个工人阶级的知识分子，把一切知识和才能贡献出来。

关于勤俭办校方面，我们也有一些体会。列大化学的情况，卢先生也看过，据卢先生说，莫斯科大学除外，国内许多大学化学系的基本建设面积都已超过列大化学系；而就厦大化学系的质量说，要十年到十五年才能到达他们这样的水平。

从卢先生的看法，我们更体会到列大勤俭办校是苏联教育的特色。列大有两万多学生，房子分散在几个地方，学生宿舍也不是集中的，建筑一般也很旧，有的已经一百多年，只是内部粉刷一下，里面住的除了学生外还有工作人员、教员的小家庭。仪器设备也不是那样充分，但是人家已做作出成绩，培养许多院士、通讯院士和学派。数学系教研室很多，但除了一个系主任办公室以外，再没有其他办公室。教师来讲课都是在系主任办公室休息，图书室是挤在一层楼角落，但是在这样环境中四十年来也培养出许多院士和数学界知名人物。物理系是列大一个很强的系，教师课间休息地方也只是在走廊一角，列大教室是很紧的，但利用率很高，从白天九点到晚上十一点，教室都是人来人去，因为课程太多，学生太多，不这样，没办法。当然，这样也影响每个学生作息时间的安排，常常连上六节课，到下课五点才吃午饭，教室有时挤得三个人坐两个人的位置。但是他们都无所谓，对这些东西没多大计较。这给我们每个中国人一个很深的印象。我们认为勤俭办校，并不影响教学质量，反而对同学有莫大教育作用，它使得大家不计较生活上的方便，能够在困难环境中安排自己的学习日程，专心于功课，能够独立解决一些生活困难。他们很多是靠助学金生活，衣服除了一两件好的外，也不是很充裕，我们有一位同房子的研究生，积蓄一些钱要买呢大衣，逛了好多商店，没买到合适的，他怕我们误会，立刻向我们一位同志解释，"苏联现在是在肉类、

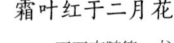

牛奶、奶油三方面要全力赶上美国，至于呢绒、房子要过几年才大量发展。现在缺乏大量呢大衣不要紧，过几年就有了。"这就是他们对生活上问题的看法。这样看问题是我们应当好好学习的。总之，我们希望全校师生响应党的号召，把我们学校一切不合乎勤俭方针的现象揭露出来，进行批判，提高认识，学习苏联人民勤俭精神，并永远保持和发扬下去。

我们在这里拉拉什什提些意见和感想，给学校做参考。学校如果有什么问题或需要知道列宁格勒各学校的情况，只要我们能够做到的，我们一定乐于去做。最后敬祝全校师生

    身体健康

    思想进步

    工作顺利！

            在列城的厦大同志

            林坚冰、张金谈、王雪清

            苏友仁、徐志固、章学耕

            张琳娜、何大仁

注：

这是在苏联学习的厦大校友给王亚南校长的来信及他的复信，原载1958年3月13日《新厦大》快报6号）。原标题分别为：《母校以大跃进的行动回答你们——给在苏联学习的校友的复信》和《学习苏联人民的勤劳精神，办好高等学校——列宁格勒校友来鸿》。

林坚冰（1927—2010）：福州人，1948年厦大数理系毕业后留校任教。1957年9月至1959年8月赴苏联列宁格勒大学进修。后任厦大数学系、计算机学院教授。

徐志固：出生于1932年，福建德化人，1953年毕业于厦大化学系，1959年获列宁格勒大

学化学博士学位。后在中科院原子能所、清华大学化学系工作。后任厦大化学系教授。

何大仁（1932—2010）：浙江瑞安人，1952年厦大海洋系毕业后留校任教。1957年赴列宁格勒大学学习。后任厦大海洋系教授，曾获全国科学大会和福建省科学大会奖。

（原载《新厦大》（快报6号）1958年3月13日）

致乌里扬诺夫斯基、华西里耶娃同志的信

敬爱的乌里扬诺夫斯基同志、华西里耶娃同志：

你们四月九日的来信收到。田汝康同志正在将你们所需要的稿子，进行修改和补充，不久当可寄去。

我校南洋研究所将在六月初举行第二次科学讨论会，讨论的稿件有十篇，主要内容是有关东南亚某些国家以及华侨社会的当前的政治经济问题。写这些稿件的同志绝大部分都是年轻人，从事东南亚问题研究的时间，最长也不过几年，因此，稿件水平是不高的。希望通过这次会议，听取各方面的意见，来帮助他们成长。由于时间关系，来不及邀请你们参加，是一件憾事。这十篇稿件，另由邮局寄给你们。希望你们和东南亚组的同志们看后，能提出批评，这对于稿件的作者将是莫大的帮助和鼓舞。至于这些稿件可否在你们出版的东南亚各国文集中发表，请你们考虑决定，我和南洋研究所的同志们没有意见。

南洋研究所的同志们很希望能早日看到东南亚各国文集，以从其中吸取经验，提高他们的水平；另外，他们也想把这些论文翻译出来，发表在他们出版的东南亚问题译丛上。如果你们能在这本论文集编好付印的时候，就把原稿寄一份给南洋研究所，那我们是非常感谢的。

　　此致

　　敬礼

王亚南

一九五九年五月二十二日

乌里扬诺夫斯基、华西里耶娃致王亚南校长的信

敬爱的王亚南同志：

我们很感兴趣地赏识了贵校出版的科学通报内容。在上述文集中，田汝康先生那篇阐述东南亚华侨这一有意思题目的文章我们尤其感兴趣。如果他能亲自将这篇作品扩大至1.5个出版单位并同意将其发表于我们的文集中（论东南亚各国）的话，那我们将很感激他。

同时我们请求您，如果您认为可能的话，请由您斟酌把您的同事们所写的有关东南亚问题的新文章寄给我们，以便发表于上述文集中。文章内容最好勿超过2个出版单位，即2万至2.5万字。由于我们的文集将在今年七月间出版，我们请求您能把文章在六月底寄给我们。倘若您认为无法实现我们的请求的话，也请事先通知我们。

苏联东方学研究所副所长（经济学候补博士）　P. A. 乌里扬诺夫斯基

东南亚国家部主任（经济学博士）　B. 华西里耶娃

一九五九年四月七日

注：

这是1959年两位苏联学者给王亚南校长的信及王亚南校长的复信。

P.A. 乌里扬诺夫斯基：苏联东方学研究所副所长，经济学候补博士，印度问题专家。

B. 华西里耶娃：苏联东方研究所东南亚国家部主任，经济学博士。

田汝康（1916—2006），1916年出生于云南昆明。曾就读于北京师范大学、国立西南联合大学、英国伦敦大学，获哲学博士学位。回国后在浙江大学、复旦大学任教授，社会学家。

（录自厦门大学校办档62-24）

致列维逊同志的信

苏联 莫斯科 东方学研究所列维逊同志：

  从您给广州中山大学何肇发的手信得知华西里耶娃博士不幸在五月去世，我及我校南洋研究所全体同志都感到非常沉痛，因我们正期待她再到中国到厦门来给我们指示呢！请把我们伤悼惋惜的心情转告华西里耶娃博士的家属暨东方学研究所全体同志。

厦门大学 王亚南

一九五九年八月十四日

注：

  这是1959年8月王亚南校长给列维逊同志的信。

  列维逊：苏联东方学研究所负责人之一。1958年底曾与华西里耶娃同志一起访问中国，并与王亚南校长在广州会面。

  何肇发（1921—2001），广州市人，曾就读于齐鲁大学、金陵大学、美国南加州大学。回国后任中山大学教授、东南亚历史研究所副所长、社会学系主任。社会学家。

（录自厦门大学校办档62-24）

致胡培兆同志的信

培兆同志：

二十五日来函收到。考试犹无消息，我也不清楚是不是名落孙山，三十八人考两个，是不很容易的。也许还没到发通知的时期。照理，也是应让考生知道的。

关于你假使考不起，下学期又恐没有教俄文的机会的问题，我意你不妨依照学校的意思，向外作一些联系，但决不要讲"绝"了，总须表示希望学校设法安排。因为据我所了解，厦大也和其他学校一样，规模在缩小，人员在精简，只经济系说，还有一堆讲师、助教放在经济研究所徐图向外安插，虽然应届非毕业生还可能有几个会参加到我的教学队伍中来。因此，归队到厦大，可能性是不太大的。尽管如此，我还是把你的信，转往厦大经济系，一则探询考试结果，一则探询有否安插余地。我要系里答复你。

生活的道路是不平坦的，它同学问的道路一样。一个人，只要他自己经常安放在进步状态中，有志于为社会、为人民尽一分力量，迟早总是有个着落的。不能急躁，也不能以为归了队，就非常理想。我在大学原是学教育的，出了学校，连一个小学教师的职位也找不到，我才自学经济。现在，我倒庆幸当时没有当成小学教师。今天的社会不一样，道理是有些相通的。祝

进步！

王亚南

一九六四年五月二十八日

（原载《学科之魂 异代重光——纪念王亚南诞辰110周年暨厦门大学经济学科老教授访谈录》，厦门大学出版社2011年出版，第58页）

注：

这是1964年5月王亚南校长给厦大经济系1960届毕业的胡培兆同志写的信。

胡培兆（1937—2019），浙江永康人。1956年考入厦大经济系，1960年毕业时原保送复旦大学读研究生，后因国家政策调整，回家乡中学任教。1977年调回母校厦大任教，1985年获首届"孙冶方经济科学奖"。曾任厦门大学经济研究所所长，经济学院副院长、院长，是国内知名的经济学家。

致伍远资先生的信

远资先生：

大示敬悉。此次李光前先生一行莅校参观，以来去时间匆促，未得机会略尽地主之谊，深以为歉。

李先生热受祖国，关心文教科学事业，至为敬佩。承转询及陈嘉庚老先生过去为李先生代劳扩建校舍情况，厦大解放后一般发展情况以及当前正进行发展意图，谨分别奉复如次：

一、关于陈老先生代劳扩建校舍经过

一九五〇年夏本人自北京奉派来厦大主持校政，时陈老先生在北京，我曾往拜晤，请其提示办校意见，并述学校校舍大部毁于炮火情形，彼当时未明白表示支援。逾数月，彼由北京返厦之当日，即到厦大找我，谓彼在北京闻我讲到学校校舍不敷情形即函李先生资助，刻李先生已来函慨允请即着手筹建云云。此后陈老先生即在学校设置厦大建筑部，亲自督建，计自一九五〇年起至一九五五年止计共建筑楼房十七幢共六万余平方公尺，再加可坐一万五千人之体育场看台，此外还修建了一个大游泳池和一条三合土马路。各楼房顶端皆砌有李先生家属名字，学校验收皆注有李先生捐资兴建字样。惟鉴于对外宣扬，恐于李先生不便，故始终未将详细经过公刊于校刊。

二、学校解放后的发展概况

陈老先生督建校舍初期，学生尚不足一千人，教师不足二百人，至一九五八年，学生将近五千，教师将近七百，又加研究机关工厂农场，人数近万，虽在同年将工科教师学生及一部分职工分往福州大学，而校舍仍大感不足。又由政府陆续增建科学楼课室教授职工宿舍二十座亦达六万余平方公尺才勉强应付，工科调整出去以后，学校为综合大学性质，包括自然科学、社会科学两大部门，自然科学部门分四个系，计学生二千余人；社会科学部门分四个系，计学生一千余人。以学校地居东南海滨，面向海洋，面向南洋的特点，设有研究海洋物理化学生物的海洋研究所，和研究南洋各国的南洋研究所，又以与华侨的深厚历史关系，在华侨函授部收录有海外二十二个国家的华侨学生达四千余人。

三、今后发展展望

本校以历史较为悠久，师资设备亦较有基础，列为国家重点配备的二十六个重点大学之一，发展方向大体系从现在基础出发，为了更好提高质量，其规模，学生限是在四千人，研究人员不超过一千人。国家逐年在大量充实图书仪器设备。现并拟请国家增建图书馆一座（因陈老先生所建图书馆系木架结构，又加容量太小，不够容纳六七十万册图书），海洋研究所水族馆一座，华侨函授部教师、工作人员工作住宿楼一座。如获批准，则在一九七〇年内各方面略可满足教学与科学研究发展之要求也。

王亚南
一九六五年四月八日

伍远资致王亚南校长的信

亚南校长：

　　李光前先生此次在校长热情引导参观厦门大学建设，并得知大学在解放后遵党的正确教育方针政策，又得校长主持把学校规模充实扩大，列为全国重点大学之一，至为心佩！

　　据李先生说：在校长引导参观时，曾说解放初期，陈嘉庚先生到校参观，校长告诉他学校校舍不够用，影响到学校发展，陈老先生默然良久，后来陈老先生又到学校，说有一位至戚愿捐资扩建校舍……这段事实，学校应有记载，李老先生要请学校抄录赐告。

又据李老先生说：厦门大学在解放后更大发展，要请学校将发展情况扼要写告。

上述二事如蒙同意，抄件请寄：南安梅山五爱楼伍远资收（最好快些）。谨此并致

敬礼！

国光中学 伍远资 敬上
一九六五年四月四日

（录自厦门大学校办档65-24）

注：

这是1965年国光中学伍远资先生受李光前先生之托，给王亚南校长的信及王亚南校长的复信。

李光前（1893—1967），原名李玉昆，福建南安人。新加坡著名实业家、教育家、慈善家。曾就读于暨南学堂、清华学堂和唐山路矿专门学堂。1912年赴新加坡，1920年与陈嘉庚的长女陈爱礼结婚。曾任新加坡中华总商会会长，新加坡大学首任校长。1950年应陈嘉庚之请，为修复和扩建厦门大学捐赠600万元港币，为厦门大学的发展做出了不可磨灭的贡献。

伍远资（1899—1970），南安石井镇人，毕业于集美师范学校。1926年入厦门大学国学研究生班进修。主持国专校、国光中学董事会三十余年，曾兼任国光中学副校长。

致女儿王岱平的信

岱平：

此刻妈妈大概已经回到上海了。你一个人也许有些不惯，但有集体，就不会怎样无聊了。

治病是一种搏斗，在治疗过程中，打破日常生活的圈子，把最大部分的精力，配合治疗上的要求，想办法克服自己日常习惯上的惰力，自我创造出一种有利于病情的生活规律。一个有志气、有毅力、有耐性的人，不要很长的时间，就会自我体验到并坚持着一种有恒不息的锻炼方式。这个有益的锻炼方式养成了，变成了自己生活的一部分，那就不但有益于治病，也有益于做人。

……

你一定要努力学习毛著，我觉得《中国社会各阶级分析》、《中国革命和中国共产党》、《改造我们的学习》、《在延安文艺座谈会上的讲话》等几篇要精读，每篇至少读五到十遍，做笔记，写心得或小结，把它们弄熟，熟到使自己能用毛泽东的思想语言来思考，借以改造自己的思想和学习方法。这几篇读过之后，再读《实践论》、《矛盾论》。我们生长在毛泽东时代，没有好好学习毛著，我们对于这个时代的理解就非常抽象。

……

妈妈来信说，她提前回去，是为了替你向复旦请假。我看她早点回去也好。

父亲

（原载《生命的辙印》，海峡文艺出版社1983年出版）

注：

  这是1965年王亚南写给女儿王岱平的一封信。其时，在复旦大学中文系读书的王岱平因患脊椎类风湿关节炎正在治疗。王亚南在信中鼓励女儿坚持锻炼，和疾病做斗争。

  因"文革"动乱，王亚南的家信几乎全部被烧毁。此信虽然也不完整，但从中亦可体会出父亲对女儿的殷切关怀和鼓励。

  王岱平，出生于1943年，湖北黄冈人。1967年复旦大学中文系毕业。曾到山西任教，后调回福建工作。系作家，作品有《王亚南与教育》、《生命的辙印》、《中国学者》、《南侨之光》等。

II. 访缅日记

1957年9月17日（星期二）

早五时半，我们起床用过早点，就赶往飞机场，搭乘赴仰光的飞机。因天气不好，直到八点才起飞。仰光时间十一点半（即北京时间一时一刻）到达目的地。有大使馆的程天平文化参赞在迎候，缅甸教部没有人来。虽然他们曾一再探问程参赞，打听我们什么时候到，以便迎接。等了近一小时，只好暂去大使馆再进行联系。

到了大使馆，姚大使接见详谈。一见，就知道他是一个在认识和风度上都有修养的人。从倾谈中，已经给了我们一些在工作上非常有益的提示。过了一会，缅甸教育改革委员会秘书吴巴敏来，把我们带到了嘎莫萨宫（kanbawza），原来是由中国华侨建筑的一个大旅馆。吴巴敏交代后，就跑开了。

我们一进那个指定的房间，就感到有些不妙。设备简陋极了，没有一个写字台，四个人如何工作？程参赞觉得很不愉快，打听美国人住在楼上，苏联三位同志也和我们一样，住在楼底下对过的房间里。程天平同志非常热忱负责，赶往吴巴明处，吴和他再同来，确定三日内调整房间。

今天算是上了第一课。

晚上六时，我们到苏联专家宿舍，会见三位专家，知道他们到此四十天，感到非常沉闷，争取和那位吴巴敏联系，一共只碰头过四次。但那个教育委员会提供的问题，他们都一一详细认真地作了解答，我们约定交换一下彼此的答案。

我们真是无所不谈地倾谈了两小时。我觉得，对于缅甸这样独立未久、一切尚待改进的国家，我们要有耐心的真诚帮助它进行工作，不要计较他们在工作条件、生活条件上不关心也不周到的一些缺点。

1957年9月21日（星期六）

今天早上及下午均解答"什么应当是大学教育的目的"那个题目，困难在于在缅甸这类国家，需要尽可能避免用马列主义的词汇，表达出马列主义的精神原则。到晚上八点，这个问题达到交卷的程度，还有近二十个问题要答，但其他的问题，打算讲得简单一些。

上午曾偕安、许二同志到缅甸国文艺大学参观，校舍是惊人的简陋，二十三个教师、八十个学生，分别活动在成垂直的两排木屋（约共有十数间）里，据校长讲，还是经过大力整顿充实的结果。他问我们中国有没有这类学校，安波同志答说我们共有十六个学院和七十八个这样的中级学校，他们有些惊异了。

晚上九时到大使馆去看电影。演的是香港片《金瓶梅》，做了翻案文章，潘金莲的形象被美化了一些。哈代的《黛丝姑娘》就是用这个笔法。女主人公被描绘为被侮辱被损害的、清白无辜的人。结局她是自杀，而不是武松把她杀死。情节这样一变，倒反而感到合情合理一些。

1957年9月23日（星期一）

早间完成了第二个有关高中毕业考试和大学入学考试合并举行的方案。当我讨论到这个问题的时候，觉得这也是我们自己应当好好考虑的问题。午间，开始三、四题有关考试应否多加限制或不及格学生如何淘汰的问题，直到晚间深夜，才把这两个问题的全部答案完成。

下午一时三刻，到仰光大学去访谈。校务长（nector）、文学院长、理学院长陪同答问我们大家所提出的问题，苏、美、以三国专家也提出了问题，我因为事先做了充分准备（也为了翻译的同志好熟悉了解词汇），系统地提出了四个问题（结合他们教育调查委员会提给专家的问题）：

一、仰光大学：仰大评议会（council）和教育部的领导关系怎样——校务长答称仰大是独立的自治体（independent autonomy），和教育部只有经费关系，招生的标准都由学校自行决定。我补问国家有所谓繁荣计划，仰大如何同国家的计划配合，他答得非常支吾。

二、教师职务没有吸引力（因为所提问题表中，有"如何能使教师职务成为大家愿意"的一条），原因何在？

1. 工薪待遇不够好？（假期工资，欠薪）

2. 社会政治评价不够高？

3. 工作条件（包括图书仪器，研究室，工时，助手）不够完备？

4. 生活条件有问题？（住宿、膳食、疾病、交通）

5. 年老退休、死亡抚恤？

校务长的答复，似乎有些慨然，他说都有问题，但没有详细分析解说，不知道是否因为政府有一位官员坐在旁边？

三、学生免收学费，不给法科学生原因何在？免了学费还要住宿费多少？助学金给予的原则，是倾重对贫困学生，还是倾重于对成绩优秀学生？

关于为什么不涉及法科学生，因为法科学生在外边兼职的多，且很多人已是大学毕过业的，又来补学，答得很不明确。学生免了学费，宿费膳费每月还要六十元，除此以外书杂等费，还大约月需四十元。奖学金只给成绩好的，助学金给家境坏的。

四、大学入学考试和高中毕业考试合并举行的实况怎样？他只说以前是分开的，由教育部和大学分途办理，现在又合起来了，没有讲出其中的详情。这四个问题除了第一个已大体明了外，第二题是了解全部问题的关键，下次还要提出。

今天写了一信由信使带北京给杨部长，会报请示工作情况。

今晚实在太疲困了，靠在睡椅上就入睡了。

1957年9月28日（星期六）

早起，继续解答最大班次及教育方法问题，算是差不多完成了。

上午至十一时由吴巴敏陪同各国专家到指定的设在仰光大学的办公室去看。那里配备有工作条件和工作人员，决定每天去那里工作一段时间。

午后四时，由吴努总理为首的教育调查委员会，开委员会和专家的联席会谈。茶会以后，换一个地方正式谈问题。我讲到我们这次得有这一个机会来参加缅甸的教学改进工作，感到光荣和愉快；并说明我们到缅甸后，了解了缅甸教育在英国统治下的情况，在日本占领时的严重破坏的情况，在独立恢复后的发展情况；知道缅甸政府的努力，在各级学校教育，也在大学教育上取得了很大的成绩。

缅甸政府不满足于这个成绩，还努力继续改进，通过调查研究，通过向社会教育人士搜集意见的办法，也通过延请外国专家提意见的办法，来制定更完备的教育制度、教育方针，这一点，使我们有极深刻的印象。缅甸和我们中国的教育改革发展过程，有很多类似的地方，我们两国应相互学习，相互交流经验。我们这次来，也不只是要提供经验，同时也要求从缅甸学习，并吸收缅甸经验。

就我个人说，我在旧中国当了十五年教授，在新中国义负责了八年大学行政责任，我非常了解旧大学教育和新大学教育的特点，也了解由旧大学教育向新大学教育过渡的成功的和失败的经验，我认为我们的成功的和失败的经验都可能对缅甸有好处。我愿意在总理先生领导的教调会的协助下，尽可能地贡献这些经验。感谢总理先生和教委会诸先生对我们的招待。交谈到六时，我们即返旅馆，提前吃饭，到大使馆去看电影。到十一时才回来。电影是伏老（苏联最高苏维埃主席团主席伏罗希洛夫——编者注）访华纪录片和《家》，旧中国和新中国尖锐对照。爱国爱党的意念，不禁油然而生。

今天的工作是顺利的，吴努总理及所有教育委员似对中国专家很友好，也很尊重，会后纷纷提出要我介绍某某方面的经验。吴努并交代让专家们到处看看和交朋友,这也是我们所希望的。这位总理先生昨天在国会发表了所谓"我的演说",其中有云:有人或以为我们放弃了社会主义,不,决不!我们只不过是说明什么是社会主义,什么是像我们缅甸这样的国家所要求的社会主义?真有趣。也许因为南斯拉夫副主席还在缅甸访问的缘故。社会改良主义确是这样一些国家必然要强调的道路。没有哪个强调说要发展资本主义,这毕竟是一种时代的进步。

1957年10月1日(星期日)

今天是我们全国人民共庆再生的日子。我们没有去办公,但还是一直工作到下午四点钟,搞了部车子,到大街上兜了一个圈子,到路旁书摊上去看书,各种进步而高价的小册子,都在那里公开售卖,而那些大书店却找不到一本。

中午饭后,同那位以色列教授谈起来,知道Dr. Nhrd五号就要走了,他也打算四周内走,我讲,我们也可能在十月内离开。主人不主动,客人再积极也是徒然的。

晚六时半,我们到大使馆参加国庆典礼,请了中外九百个来宾。布置是堂皇而充满了愉快气氛的。据说仰光没有哪国的大使馆能摆出这样的场面。在九百人当中,华侨就占了近六分之一。我在那里接触了许多侨胞。大约在工作将要结束的时候,是要到那几个华侨文化机关去看一看的。

九点钟赶回旅馆,还吃到了晚餐。

今天因为国庆停止工作,把前几天购买到的《收入和分配的理论》这本编印的书,翻了一翻,知道这是晚近流行英美的各经济学者言论的集成。从编辑的体系来看,就是把剩余价值的各个特殊形态,如利润、地租等,再加工资这几个收入及其所由分配的比例,都从所谓边际生产力的变动来予以说明。虽然在序言中,编者已认定那些方面有解得不够圆满的地方。我打算结合几本书,初步写出一个"政治经济学的贫困"的提纲。当然,要看懂他们那样用人工做成的观念体系,是颇费脑子的。

1957年10月8日（星期二）

早起半小时，运动如前。写了比较长的日记。

（今天）是缅甸的点灯节。办公室不办公。入夜灯火辉煌，到处放爆竹，比国内过年还要热闹。

苏联放射的人造卫星，已经绕地球几十周，进入到第四天了。人类被拘束在地球上，已经踏入了解放的第一步，这是从来未有的吸引全世界注意的大事。对于社会主义制度来说，这无异向全世界一切国家宣布，它的优越性不仅在政治经济上表现出来了，也在科学文化上表现出来了。美帝国主义者举朝上下的震惊，全世界进步人类的欢欣鼓舞，说明了这件事的深刻意义。我体会，国内学习苏联先进经验的阻力，不知道要因此减弱多少，同时也要大大加强向科学进军的推动力量。

上午徐四民代表夫妇来访，约我们下午去看电影。看《齐白石》，看《足球三杰》。齐白石的画，真是有特点，不愧为人民的画家。电影也拍得不错。《足球三杰》是儿童看的，我自己看了，除了为新中国青少年儿童的幸福表示极大的慰藉外，回想一下，似乎我自己就根本没有经历过这样的人生阶段。

晚间，开始阅读雨果的《九三年》，因为在脑子用困了的时候，需要这样变换一下。

1957年10月22日（星期二）

昨夜睡眠不见好，大概是吃药影响消化的关系。

早六时起，作日记。随后还在早餐后读了几节《斯大林时代》，在很多地方，我还真的为苏联建设社会主义过程中的那些英雄人物的言行感动得流泪。

从上午十时起参观曼德拉大学农工医各学院。总的印象是，一般基础设备还不算太差,但图书是非常贫弱的。有近两千学生的学校,不过两万册书,而书的内容,如社会科学方面,又不过是那些庸俗的东西。医学院的房子不好,但那位院长的才力,也许不错,还弄得条理井然,只可惜师资太缺乏,对学生为一比二十。

午餐后,又参观了一个技术工程学院及一个技术训练班,都是新设立的。曼德拉大学校长吴哥哥莱开了一个盛大的招待会,请了曼德拉文教界、社会贤达和该校的主要教师,许多新闻记者也到了。开始由吴哥哥莱讲话,介绍专家,把我放在最前面,我及各国专家分别讲了话,我讲得少,只着重提了两点:

1. 缅甸独立后,各级学校教育有长足的发展。

2. 许多学校都是依据勤俭建国、勤俭办校的精神。我举出这两天见到的国立第三中学和曼大医学院作例子。

我讲完,学生会的几位代表选定坐在我对面,单刀直入地要我表明中国方面对于学生会的看法和做法。对于这样尖锐的问题,我当然表示说来话长,只讲到我们国家学生会是合法的,中学的学生会也存在,但因学生年轻,他们一般是在教师指导下工作。我十分警惕,发现有一位记者在窃听我们的谈话,我走开了。碰见那位医学院院长,他表示:

1. 我们谈话对于他是一个很大的安慰和鼓励。

2. 中国的存在就是他们大家工作的希望和鼓励。

3. 中国在五年之内就会变为世界领导的国家。

他还没有讲完,他那个学院一位有印度血统的系主任,非常尖锐地谈到学校里的不平情况,大意是:

1. 他们没有民主,完全过的是奴隶般的被压迫生活。

2. 每天工作十小时,还要受洋气,洋大人什么都是好的,土货什么都不行。

3. 英美那一套民主完全是骗人的,只有像中国一样先实行专制,然后才能民主。

他讲得那样激动,校长听了一下走开了,联络官也听了一点走开了。我正想把民主和专制的含义和他谈一下,但他来势正盛,觉得讲也无益,在那种场合也不便,打过招呼和他们分手了。我这才完全明了主人怎么也不想我们接近教师和学生的原因。不说仰光，就连曼德拉，内部矛盾也这样尖锐。

时代毕竟是一个不容违反的力量。这从今天丹麦专家的即席讲话中，也得到一个明确的印象。

1. 东方和西方有许多极不相同的特点。

2. 以往，西方的事在世界看得重要；现在是东方的事，在世界看得重要。

3. 西方就斯堪的那维亚几个国家说，各方面已经显得停滞了，它的变动发展期早过去了，而东方则正在大动荡中。

4. 西方对东方，如果说能有什么帮助的话，只是在技术方面——他表示，看能否在这方面作一点贡献。

1957年11月7日（星期五）

今天是苏联的十月革命节。上午阅《民族报》，就见到毛主席昨晚在莫斯科十月革命四十周年庆祝晚会上的讲话。

因为有关教育调查委员会的工作已大体就绪了，按照我一向工作的习惯，是在工作告一段落时，阅读小说，写信。写好寄出了四封信：

1. 给文泉。

2. 给维特同志。

3. 给洛林。

4. 给谭云山先生，着重谈魏到厦大工作事。

还用英文写信给李约瑟博士（Dr. Joseph Needham）未成。

小说看《平妖传》，是罗贯中、冯梦龙写的，文字写得似比《水浒》还要生动平易，但书是用六号字排印，看起来实太费眼力，打算不看下去。

晚七时,我们一同到苏联大使馆,参加庆祝。和十月一日在中国大使馆一样,来宾近千人,礼节非常简单,只讲了三句话,以后就是大家相互自找对象,饮酒,吃点心,谈天。吴努总理眼尖,尽管只见过一次面,就问我到曼德拉看了什么地方,工作生活有没有困难。真是会应酬,但也实在表现得非常诚恳。后来我们和两位苏联专家一起合了照。

会见仰大副校长,他一见,就表示对于我提出的文件,感到极大的兴趣和给予很高的评价,这和在国内不同。如果对于我们提出的东西受到重视,就算此行不虚,对缅甸也对国家尽了一点力量。安波同志的文件,也受到缅甸教育文化部长的重视,他的自卑感一扫而光了,这样大家一道欢欢喜喜地回去,该多么好!

1957年11月9日(星期日)

今天除了写日记、看报以外,差不多都是谈话。

上午到大使馆和程参赞商讨向缅甸调查委员会的建议,他完全赞同。并闲谈到国际和国内的一般情况。

午后二时起,印度专家Melon、丹麦专家到我房间里谈大中学教育问题。他们强烈地要求了解中国教育情况,我把教学计划拿出来给他们看,Melon教授感到非常惊讶地称赞不绝,认为在一份简单的教学图表中就把一个学生四年要做的事情全部明确规定了。他们谈到四点半才去,丹麦专家还送了我一个烟斗,我有时非常想吸烟,觉得含含烟斗也好。

六点钟,我们按时出发到Dr. Dala家去吃晚餐。上车时,我的手放在车窗外,许清年关车门,一下压上了。幸而不曾太出力,否则两个手指截断了,结果只中指压破了皮,出了点血。我们延迟一刻钟到。一共有缅中友协十几位在那里等候。大家分别谈叙,后来缅菜西吃,菜味颇中国,吃得比在大使馆吃的中菜还好。饭后,宾主分别讲了话。我谈话中，鼓励缅甸设中文系，造就中文翻译介绍人才。九点多始欢散，像名副其实的缅中友好。

收到陆维特同志的信，谈到学校的一般情况，报刊上登载政治教师下乡的报道和速写，像不怎么热烈似的。对于党委确定的不迁东边社决定，我认为在目前的气氛下，缓迁是适合的，但说这有利于知识分子与农民生活打成一片，就似乎矫枉过正了。

洛林写的信今天也收到了。

1957年11月11日（星期一）

昨夜睡得非常好。今早做过日记，就开始准备将带来的小、中、大学教学计划表翻印出来，籍供谈话时参考。之后，看了一篇哈代的小说《西部的巡回裁判》，情节特殊，兴趣特浓。一个年轻女主人代女仆写情书，弄假成真，到了陪女仆出嫁之际，真相才暴露出来，彼此哭笑不得。

上午吴巴敏同一个教师联合会的秘书吴邦顿（O Myat Htun）来，谈了两个钟头，始知道：

1. 我明日同委员会的谈话其所以改期，是因为教育部长因事出巡了，要等他回来，他要自己参加这个讨论。

2. 中国专家的经验特别被重视。

3. 我已经被安排向仰大的学生做一次报告，向教师做一次报告，和经济教师讨论一个上午和下午，和教师联合会再谈三次。

4. 我们归国之期，我相应要到下个月。

这种情况的大转变，大概是在比较有利的国际气氛下（由两颗苏联卫星所引起的），看到我们提出的文件：1. 并不曾向他们宣传共产主义；2. 确实有新的东西，不讲英美的老一套；3. 知道我们确实想帮助他们改进。

晚间丹麦专家（Halvorsen）又来谈，他是一个话匣子，谈个不停；接触到丹麦的实际问题，他只非常糊涂，把帝国主义和反帝国主义的是非混淆了，以为英国侵略埃及是为了他的资产阶级，也为工人阶级的利益，埃及反对英国也是如此。我因此不得不较郑重的提醒他：作为一个社会主义者，连这种是非也分不清楚，是可惊异的。希望他再冷静一些考虑，以后有机会再谈，因为已经十一点多钟了。

1957年11月22日（星期五）

今天是来到缅甸以后，精神上最受感动的一天。领事馆的江秘书等陪着我参观了在仰光的几个华侨学校：

中国女中（周校长）

中正小学

华侨中学（李国华校长）

新侨小学（廖教务主任）

华夏中学（叶校长）

南洋中学（徐校长）

总的讲来，国内的翻天覆地的大变动，对于海外的侨胞，并不是换一下旗帜就表示一切顺利大吉。每一个人对于不只在名义上而同时在实质上接受新的转变，要经过一番深刻的思想斗争；每一个学校，要把它变成真正的人民的学校，也有它的一段艰苦的斗争史。华侨中学的李校长讲到这一点的时候，哭不成声，从这里看得出她及她的学校经历了如何的奋斗过程。特别是国民党分子的破坏捣乱，学校经费的异常困难。

看到那些学校对于祖国到来的人的热烈欢迎，就表示他们深深的爱国主义情绪。而有的学校,如新侨、如华夏还在极艰苦挣扎中,华侨中学已颇有规模,南洋中学则表现了更多的生气。上述几个学校的负责人及领馆同志在参观当中,讲到许多华侨的爱国故事,实在使人感动。

晚间接到岱平写来的信,确实有很大的进步。

把曹聚仁那本《北行小语》读完,后面附有庄惠泉的"大陆观感",看了当然使人极不愉快,他是一个典型的买办资产阶级,从他眼里看出的新中国,当然是处不多,但也就因为这个缘故,完全附和他的意见或看法的人,也不会很多,却值得注意它在侨胞中的不利影响。

1957 年 11 月 23 日(星期六)

这应当是到缅甸后最忙碌的一天。上午十时半到十二点多,和厦大函授生三十四人在一起座谈函授中存在的问题,他们分别提到:

物理化学专业是时间不够分配,参考书买不到;举例要多一些,要讲得详明一些,还有习题太多;

汉语国际音标没有唱片,纸上谈兵,是否学校不配给?

然后我结合他们的思想情况,讲了一个多钟头,谈到:

1. 来缅工作情况。

2. 国内业余学校发展情况。

3. 函授学习的职业的、文化的、政治的意义。

4. 在教联指导下相互帮助的学习方法。

回到寓所用过午饭,马上又到领事馆和教联负责人及各中小学负责人座谈,事实上变成了由我报告,就下面我提出的这几个论点进行阐述:

1. 国际局势对华侨的影响。

王亚南与缅甸侨生合影

2. 缅甸教育改革的可能性及其对侨教的关系。

3. 侨教应当改革的地方。

4. 国内最近的情况。

我大体就这几点分别做了说明,一气讲了两个多钟头,然后由徐四民代表用他的汽车送我到中央公立高中,应邀参加全缅教师联合会举行的茶会。茶会参加者近百人,被招待的对象是联合国文教组和各国教育专家。开会的时间不长,仅一个多钟头，只分别由宾主三人讲话，作为我们讲话代表的，是印度的梅隆教授。这是用过脑子，确信由中苏或英日代表都不合适，只有中立的印度大家都没有意见。丹麦专家讲一句俏皮话，印度的梅隆教授更表示赞同。

开了茶会赶回吃晚餐，又赶去看作家协会举行的话剧歌舞。话剧团不懂缅甸话，舞蹈确实精彩。我因太疲劳，看到十点半就回来了。

今天《民族报》登载缅甸吴努总理和吴巴瑞副总理就实现国内和平问题分别发表的讲话稿。再也没有这样强烈的对照，前者把和平老人德钦爵士捧之为圣人，执弟子礼，和一批政府要人跪在老人前面，登在报上；后者则直斥老人为狡猾的和平贩子、卖国贼，公开说老人为中苏所收买。

1957年12月14日（星期六）

早上五点半起床，用过早点，即离别住了三个月的塞普寨旅馆，首途归国。在飞机场送行的，有缅方人员及中国使馆同志们、侨领、侨校负责人，颇为热闹。

飞机到八时起飞，北京时间下午两点一刻就到昆明了。回到了祖国，心里说不出的高兴。歇在翠湖宾馆。

当天发寄厦门及北京两电报。吃了一顿非常愉快的饭。饭后，涉猎了近半个月来的《人民日报》。

晚间，看云南艺术剧团在翠湖宾馆的表演。各种表演的水平虽不够高，但生动活泼，富有地方色彩，是使人看了留下深刻印象的。

1957年12月25日（星期二）

早起，把行李检查好，用过早餐，我租车到大力家去，洛林也借此回到北大。

到了大力家,总感到他家中没有一点生气。大力血压还是经常高到二百多度。问题不在于高到了不能调治恢复,而在于他坚持每日要工作一个时间才好过的这种极不合适的调治方法。这是完全不对头的,他的病已在向坏处发展。

关于《资本论》的修改问题,我已告诉了他我的意图,我觉得还是参加到中宣部的马恩全集编审委员会好。为国家节省人力物力,为自己求得一点解脱,使自己的疾病有一个喘息的机会,是公私两便。我要他考虑,我知道这个意见一提出来,又会使他伤不少脑筋。他同我谈了一点钟的话,送我出来,就说脑子有点昏。我真为他担忧,他自己已经陷到一个自己造成的矛盾中了。他的那个生活形态成就了他,也限制了他。提到学术上讲,他的理论也没有好好同他自己的实际联系起来。

下午四时四分上车,安波同志、许清年同志及高教部的同志送我离开北京。晚间把《说岳》那部小说看完了。文字和结构都很不错,但因为是看的节本,总像没有面对着原作的真面目。因光线不好,眼看得非常吃力,八点就就寝了。

注释:

杨秀峰(1897—1983):原名碧峰,字秀林,河北迁安县人。毕业于北京高等师范学校(今北京师范大学)。抗战胜利后任晋冀鲁豫边区政府主席。全国解放后任河北省人民政府主席。时任高教部部长。后曾任教育部部长、最高人民法院院长、全国政协副主席。

姚仲明(1914—1999):山东东阿县人。曾任中共暨南市委第一副书记、济南市市长。时任中国驻缅甸大使。后曾任中国驻印度尼西亚大使、外交部条约司司长、文化部副部长,是新中国第一代外交家。

安波(1915—1965):原名刘清禄,山东牟平县人。1934年毕业于曲阜师范学校,后入陕北公学、鲁迅艺术学院学习。曾任冀察热辽军区文工团团长、东北文工团团长、鲁迅艺术学院党委副书记。时任东北人民艺术剧院院长。后曾任辽宁省委宣传部副部长,是中国现代音乐家、作曲家，中国音乐学院首任院长。

吴努总理（1907—1995）：出生于渺喀县瓦溪码市，1929年毕业于仰光大学哲学系。1948年缅甸独立后任总理，长达10年。1960年大选后再度出任总理。后几经起落，在政变后被捕、获释、流亡国外，1980年7月回国。曾多次访华，为中缅友好做出了重大贡献。

吴巴瑞（1915—1987）：缅甸前总理。出生于德林达依省土瓦县。1939年组织人民革命党。1944年参加反法西斯人民自由联盟，投身抗日运动。1945年任社会党主席、总书记。1952年任国防部长兼矿业部长。1956年任总理兼国防部长和国家计划部长。

徐四民（1914—2007）：缅甸爱国华侨，香港《镜报》文化企业公司董事长、《镜报》月刊创办人。曾就读于厦门大学文科。系第一届全国人大代表，第一至第七届全国政协委员，第八、九届全国政协常委。

谭云山（1898—1983）：湖南省茶陵县人，曾就读于湖南第一师范学校，后赴东南亚任教。1928年应印度诗圣泰戈尔之邀赴印度国际大学任教，1937年首任印度国际大学中国学院院长，为中印两国文化交流做出了突出贡献。印度总理英•甘地夫人称之为"伟大学者"。

仰光大学（University of Yangon）：位于缅甸仰光市甘马育，创办于1920年，是缅甸最古老、最著名的大学。主要模仿英国剑桥大学和牛津大学建立。反殖民主义运动的领导人昂山、吴努、吴奈温、吴丹、昂山素季都是仰光大学的校友。

曼德勒大学：缅北第一人学府，有近百年历史。与缅甸南部的仰光大学并列为缅甸最著名的两所高校，为国家培养大批知识分子和栋梁之才。学校所在的曼德勒是缅甸著名的故都和第二大城市，也是缅甸的政治、经济和文化中心之一。

缅甸点灯节：系缅甸传统节日，通常在缅历七月月圆之日举行。缅甸几乎是一个全民信佛的国度，大部分民众认为七月十五日日落时刻，点燃烛光就能迎接佛陀降临人间。点灯节期间，民众通常聚集起来，点灯祈福，目的是祈求平安，祈祷来年五谷丰登，邻里团结和睦。

曹聚仁（1900—1972）：浙江浦江人。现代学者、作家、报人。曾任教于上海暨南大学，主编过《涛声》等杂志。晚年移居香港。平生著述逾四千万字，结集行世的有《中国学术思想史随笔》《上海春秋》《文坛五十年》等数十种。《万里行记》是1950年代他以记者身份，多次从香港北上，访问北京及大陆各地，以客观、中立、公正的立场，深入报道大陆的社会巨变及产生的深远影响的一部作品集。

霜叶红于二月花
—— 王亚南随笔、书信集

郭大力（1905—1976）：江西南康县人。1923年入厦门大学化学系，后转入上海大夏大学哲学系。毕业后主要从事著译，曾任广东文理学院、厦门大学教授。1949年后任中央马列学院、中央高级党校教授、政治经济学教研室主任。曾与王亚南合作翻译《资本论》（全三卷）及《国富论》《经济学及赋税原理》等经济学名著。系中国科学院哲学社会科学学部委员，全国政协第二、三、四届委员。

（录自王亚南《访缅日记》手稿）

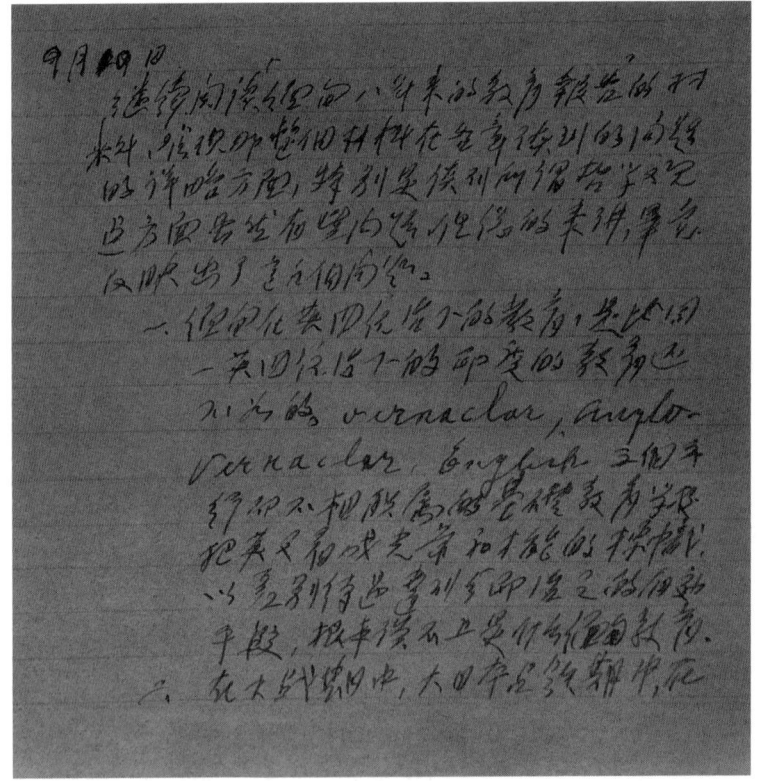

王亚南访缅日记手稿

附录

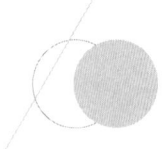

霜叶红于二月花
—— 王亚南随笔、书信集

附录一

陈嘉庚致王亚南校长的信

亚南校长台鉴：

日前台从过集，谈及厦大修建事，尊意对于图书馆之建筑，以为必待觅聘建筑专家设计绘图，并经集体再审议，认为适当，然后举行，为万全妥慎计，固应如是。但庚以为此项设计工作，当以最短时间迅速完成为切要。如手续迂回转折，恐时间失之太久。

昔在林校长任内，即有建馆之议，所以未克实现，正坐纡徐失机之故，此过去可得之明验也。庚今在此，虽不急于南渡，而于国内各地身以未历者于多，如时间许可，尚拟摒挡旅行，恐一出门动须数月，建筑之事，如未具体解决，势将更被展期，致多延误。倘修复之费出自政府，则缓急于庚无关，如系由庚劝募，则庚当负全责，应按实际之需要，依兴作之先后，陆续向南洋调款支应，非若公家之款可以一次核发，除报销外他非可问也。

庚回来已月余矣，关于修建事，自前月赴厦面谈后，值禾山、马巷两机场征工紧急，工人缺乏，尤以石工难于招致，又市政府计划大生里归我修葺使用，不得不稍待其究竟，有此二因，故至今尚未准备兴工。兹机场工程经已陆续结束，大生里之议亦既作罢，则此事即当进行，不宜再缓。

前晤谈时，尊意以学生宿舍楼将仿照博学楼建筑，庚又问如照被日寇折毁之生物学院式样，一切间格依旧，能否适用，卢教授以为可，先生亦无异议。庚谓如是则甚简便，故即面承负责。兹将仍照过去建筑群贤映雪囊萤等楼办法，石土木等料概由自办，工程方面，只以范围狭小，容易按核者，拘捕分别出包，而不予概括总包，以杜绝过去独占剥削，以及偷工减料诸弊。

目下南洋汇款英印禁令最严，每人只许月汇币四十五元，暹罗虽可通汇，然亦由相当限度。捐款人因在暹有商业机构，故尚可设法汇出，否则爱莫能助矣。此庚所以急待早定建筑方针，勿误工程进展，籍便源源划汇款项者也。

现石工已雇定三家，每家各按三四十人，土木工各二家，每家二三十人。近将开始起盖工人宿舍及工场。下月半即可兴工建筑学生宿舍及生物学院两校舍。生物学院比博学楼约大一倍，此楼建设，一切仪器图书及办公室等均可移入权用。学生宿舍问题亦可连带解决。

又厦大尚缺农医两科，如开办农科，庚愿将集美农场全部无条件献赠，前已言及；至于医科，首两年似无须多大设备，开办靡难。希先生速与华东当局或中央教育部商决，切盼明秋可以实现。世界各国从未有拥有人口千余万而无一规模完辈之医科大学，如吾闽者也。自有史以来，人类屡演战争惨剧，无非为生存竞争之故。至于卫生乃生存之根本问题，反多而不论，医学教育又为讲求卫生之基础，过去反动政府事事舍本逐末，医校寥寥，不足深责。今新政府一反其道行之，对于设置医科，谅可重视。校舍既无问题，如极力陈请，当获邀准，不致空此一行也。专此奉达，并致

敬礼！

陈嘉庚

一九五〇年十月十三日

林鸾致王亚南校长的信

（一）

王校长：

（1）陈嘉庚先生于（十月）二十二日上午偕陈村牧先生等十数人来校，察勘

校舍建筑地址，章教务长、卢嘉锡先生和我陪他们走了许多路（三小时），结果是决定在博学楼东西空场建筑一座学生宿舍，式样仿照博学楼。另外在生物院旧址建科学馆，学生公社后面高地建图书馆及礼堂（原议定地点）。开工次序是先清除生物院乱石杂土。同时在附近山上炸石取材。

陈老先生随带来四五个包工，当天议定三家包打石料，每工白米十二斤，一家包做泥水，大工每日白米十一斤，小工每日白米八斤，并即付该四家包工每人七百万元，以为搭盖工场之用。

据陈村牧先生云，此次建筑陈老先生拟自己主持，由厦大协助。日内将有正式函件给厦大，并派叶维奏先生常川驻校，监督工程。不过我们希望对于建筑各方面能够参加更多的意见，这一点卢嘉锡先生本想暂留陈村牧先生与之细谈，陈先生因必须陪伴陈老先生返集美，故约定三数天内再来。好在建筑的事不是一两天可以做好，将来校长有什么意见，还可以向他们提出。

（2）最近校中教职工方面，在酝酿选举厦门市第三届人民代表会议代表（名额六名），同学方面正在进行助学金评议运动。

（3）大课继续顺利进行。

（4）点名册已全部发出。

（5）校长大课讲演记录，罗郁聪先生已整理完毕，于二十三日快邮寄出。

（6）生物、机械两系，补送需要毕业生名单前来，兹抄录附呈。

（7）章教务长曾嘱转陈，谓据卢嘉锡先生云，本校物理教员需添聘，请校长劳神物色。

　　　谨祝

　　　　旅祉！

　　　　　　　　　　　　　　晚　林莺

　　　　　　　　　　　　　一九五〇·十·二十四

(二)

王校长：

昨晚陈村牧先生应邀来谈（在卢嘉锡先生寓），章教务长因向学生作助学金评议指导报告，未克参加。陈村牧先生转达嘉庚先生意见数点，兹摘要胪述如下：

一、所以急于建筑，不能等待修建委会详细讨论计划的原因：

1. 目前树胶涨价，捐钱较易，不可错过良机。

2. 现在暹罗尚可通汇，不久恐亦将实行限制。

3. 科学馆决定就生物院原地基建筑，学生宿舍建筑亦甚简单，故不必请建筑师设计绘图，即时可以兴工。

二、所以由彼亲自主持建筑的原因：

1. 彼除向李光前捐建三座楼屋外，尚拟向其他华侨继续募捐。建筑由彼主持可以得到华侨十足信任，打消不必要的顾虑。

2. 建筑中途万一树胶价跌或发生其他变化，他们不便就此弃之不顾，总勉强设法使老先生所主持的建筑工程底于完成。

三、楼板所以不能用钢骨水泥的原因：生物院楼板如用钢骨水泥，单水泥一项即须五万美元（约水泥一万包，每包以五美元计算），钢骨价恐怕亦须相同价目，共计十万美元。如用木板铺砖，全楼建筑费约需七万美元即足。水泥楼板一项超过全楼建筑费三万美元之多，似太不合算，不如暂用木板铺砖，待将来海运畅通后，水泥价贱，再来另建新屋。

四、学生宿舍不拟采用博学楼或映雪楼的形式，因为那样的建筑，光线空气稍嫌不够，故拟按照集美学生宿舍式样建筑。建筑费用约需多耗十分之一，现在决定建筑于博学楼之东广场上，长四百尺，宽三十尺，三层，每层宿舍三十间，每间住四人，房间大小约与映雪楼相等（映雪楼房间为21.5×12尺，住六人），新屋拟定为20×10尺，住四人。

五、图书馆、礼堂请我们设计,至于建筑进行应用何种方式,由谁负责主持,容后另商。

六、彼已专函寄上海向校长说知此事,日内有正式函件给厦大。另有给教职员同学公开信。

  余容后陈,即颂

   秋安!

晚 林莺

一九五〇、十、二十六

(摘自厦门大学校办档54-13,54-15)

注释:

王亚南校长在接到陈嘉庚先生的信和专函及林莺的信后,于11月9日由上海致电陈嘉庚先生:"函悉,赞同我公积极兴建程序及办法。已送请示中,十一日南返。亚南"。

林文庆(1869—1957),福建海澄县人,出生于新加坡,英国爱丁堡大学毕业。早年参加同盟会,曾任新加坡立法会议员、中华总商会副会长,南京临时政府内务部卫生司司长。1921年至1937年任厦门大学校长长达十六年,为厦门大学的发展做出了重要的贡献。著作有英译《离骚》、《从内部发生的中国危机》、《儒教观点看世界大战》等。

陈村牧(1907—1996),字子欣,出生于福建金门县。1924年进入集美中学学习,毕业后考入厦大预科。1931年于厦大文学院史学系毕业后应聘到集美中学任教,1934年接任集美中学校长,任职三年,成绩斐然。1937年后任集美学校校董,几十年如一日,为集美学校的发展付出了许多心血。

卢嘉锡致王亚南校长的信

（一）

亚南校长我兄：

二十二日来示知悉，款六百万元已收到，经知松踪、国熙二兄编选概算送核，另理学院修建费一千六百万元，究何所指迄未查明，便请详示。

1. 农学院整个问题：弟此次过榕参观农学院，认为该院师资太过缺乏，农场及仪器设备亦谈不上，图书尤其少，闻漳州寻源中学校址让出又发生问题，看来农院非由我校大下本钱不可。

2. 文体活动：已经组织理工二院文体活动指导委员会，请朱家炘、曾国熙（实际为工学院代表）、陈金铭、罗经龙与会，学生会主委各两人，共九人组成，另在工院成立分会，将来校本部实多经验，请多多赐示，以便吸收。

3. 谣传有虎：据数理系新教授陈贤镕兄云，三日前晚上三时半间，说来似是老虎无疑，经已通知员工同学入晚走路多加警惕，尽量戒备以免遭受无谓伤害也。

4. 弟自京返岩后，以兼副教务长职平均两日赴城一次，但年来教务处积下烂账太多，急需整理，而工学院各系精神似较理院散漫，使弟太费口舌、太费跑腿时间，目下非有人来帮忙不可，部作业实在太多了，至少麻烦点亦祈考虑及。

弟自兼顾两院教务后，常以个人能力、经验两有限制，感受莫大困难，日前曾笑语振乾兄云，天天在提高同仁同学政治认识，搞通他们的思想，但自己的部已在降低过程中，非辞去各项兼职不可。弟虽富有工作热情，但绝不能因个人能力经验之限制，使整个学校受到不可收拾之损失。尚祈准予早日辞去各项兼职，则弟仍当以"在野"之身随时协助行政诸公也。

专此，顺颂

钧安！

弟 卢嘉锡 书上

九月十日晚

（二）

王校长：

我们二十六日晚离厦，经于今晨安抵北京，当即到高教部招待所报到。该招待所现在改作回国留学生招待所，因此会议宿舍改借西直门大街重工业部招待所，一切尚算方便。安顿后我即赶到高教部（现已在新楼办公，综合司在二楼），看李司长才知道陆副校长已于今晨离开南行，正好错过，不巧极了。现将和李司长谈过的几件事会报如下：

1. 超额工资事：他未看到我校来文，正在调查中。一有结果当由余电告。

2. 生产实习地点问题：现尚不能决定，希望二月中旬可以下达，我已请他们决定时，随时用电报方式下达，以缩短公文时间，推动植物和历史三个专业来我校，在省内接洽。

3. 郑执中回校工作事：他要我径告郑提出志愿，他表示可派我校工作，但仍须向国务院接洽才能最后决定，看来问题不大。蔡启瑞事希望不大。赵景深因爱人在新疆工作有些不安心，我向王岳（现任综合司人事科长）谈过，他说只能往新疆调，我当即表示，如立即将赵调走，我们会有意见。王岳说，今夏化学系研究生毕业时可留几个（数目未确定），帮我的忙。

4. 印尼语专业事：今春可调北方五个团员毕业生到我校，档案材料已由陆副校长带回去，印地语可暂不考虑。

5. 部和侨委开过会，决定今夏由我校招收侨生二百名，来源包括集美、国光和侨委领导下的几个补习学校，要我回厦过沪时向王局长会报并预先在统一招生时留下名额。另外还要我们办华侨函授学校，对象为南洋各地华侨中学教师，今年先办教学以及侨办理论，北师大有函授学校规程和教材等。章教务长抵京时当一道到北师大去看一趟。

6. 所谓面对海洋面对东南亚华侨系指研究工作言，部要我校物理系设置海洋物理专门化，生物系设置鱼类学专门化（不必设海洋动物专门化）。关于这一点，我已将我校历史略谈一下,及请他们考虑设置经济海洋无脊椎动物专门化,可能同意,这是和侨委谈过后同意了的。

7. 顾学民学习事:待部考虑后再谈。

8. 财务科要我谈的事:大约无大问题,部已接到各方反映,有意作及时的调整。

中午和李司长谈及我开会"三打一"的问题,他认为全国政协会议极为重要,周总理将于后日下午作政治报告,最好参加。高教部的会议虽有我参加的必要,但可尽量调整配合。政协会议本月三十日正式开始,下月六日结束。高教部会议要包括化学方面的研究规划,要延到下月九日结束。农工民主党的二中全会预定下月二至十日举行,这样一来,我的主要任务应是同时参加政协和高教部两个会议(农工民主党的会应该是"点缀"吧)。

匆此。顺致

敬礼!

卢嘉锡 手上

一九五四年元月二十八日

(张辅导主任、吴总务长、范、林二主任、李、刘二处长和教务处各位同志均此不另)

(摘自厦门大学校办档52-18)

注:

这是卢嘉锡1951年9月内迁龙岩和1954年元月出差北京时写给王亚南校长的两封信,谈及办学过程中的诸多内外事务,从中可体察新中国成立初期厦大办学之艰辛不易和两位知名学者的心路历程。

顾学民（1914—1987），江苏吴江人，毕业于浙江大学化学系，后赴美国密歇根大学化学系深造。回国后在国内多所大学任教，1953年8月调厦门大学化学系任副教授、教授，1956年创办厦大无机化学专业，1963年、1979年两度出任厦门大学化学系主任。

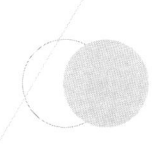

附录二

难忘的一九四九

王洛林

一九四九年是我们国家发生大转折的一年，我的家庭、我的童年生活也在这一年发生很大的变化。

我记得，就在一九四九年一月一日清晨，我的父亲提着一只小箱子走出家门，对我母亲说："你不要送我，免得引人注目，让孩子送送我就行了。"于是领着我走到离家不远的一座古庙门前，雇了一辆人力车去机场，上车以前对我说："我要经过香港到湖南去，你在家要听妈妈的话，以后妈妈寄给我的信不要投到家门前面的邮筒里，你骑车到厦门街上去投邮。"

送走父亲回到家里，妈妈说："你明天可以不去上学了，缺的课我请人替你补，你在家里帮我收拾东西，过些天你和妹妹也要跟我回湖南去。"

在这一天以前，我的父亲是厦门大学教员，我是一个不满十一岁的小学六年级学生。现在，父亲出远门了，我可以不去上学了，我不明白是怎么回事，但也模模糊糊地意识到我们家的变动和时局有关系。因为当时国民党政府在长江以北的统治已经土崩瓦解，解放军打过长江，甚至打到厦门都只是时间问题，以至于我父亲的一些同事对他的神秘出走都做了各种猜测。

多年以后我才知道，从一九四八年下半年开始，中央指示驻在香港的南方局分批把国民党统治区的一些学者、专家和民主人士撤到香港，再从香港送到解放区，我父亲是其中之一。这一措施是很及时的，就在我们家离开厦门以后不久，国民党的特务头子毛森到厦门逮捕、杀害了一些地下党员和进步人士，包括五位厦门大学的教职员。

霜叶红于二月花
—— 王亚南随笔、书信集

　　一九四九年三月，我和妈妈、妹妹乘轮船到香港和父亲会合。当时父亲在香港的一所学院授课，并且遵照南方局的指示从事一些统战工作，国民党的高级将领卫立煌潜入香港找地下党联系，我父亲就代表南方局去会见他。

　　一九四九年四月，南方局集合了一大批来自国民党统治区的学者、民主人士、文艺界人士，由作家周而复领队，乘上一艘英国货船，货船公开的目的地是韩国仁川港，实际上把大批客人送往天津。

　　这一段航程是很有意思的，乘客中间人才济济，由著名电影演员舒绣文组织大家搞文娱活动，舒绣文说："到了船上就等于到解放区了，大家可以听到解放区的歌曲，欣赏解放区的文娱节目。"有一位音乐家还教大家唱歌："解放区的天是明朗的天，解放区的人民好喜欢……"

　　经过十天的航行抵达天津大沽口，从大沽口进入海河，海河沿岸有一些解放军的营房，解放军看见香港来的客人，都聚到岸边鼓掌欢迎，船上的乘客也聚到甲板上鼓掌、欢呼，那种热烈的情景真是难以形容的。

　　到达北平以后不久，父亲就被分配到清华大学教课，我进了清华附中念书。这时候已经临近十月，大家都以各种方式准备迎接开国庆典，报纸、电台天天刊载、播放激动人心的消息，北平定为首都，更名为北京，抗日战争时期广为流传的《义勇军进行曲》定为国歌，清华大学的名教授吴晗、梁思成、林徽因等人参与了国徽图案的设计，中小学生即将参加少先队。

　　十月，我们中学跟随清华大学的队伍进入天安门广场，听毛主席宣布中华人民共和国的成立，广场成了一片欢庆的海洋。

　　七十年过去了，北京已经从一座独具特色的古城发展成世界闻名的大都市。作为一个年逾八十的老人，许多往事逐渐淡忘，唯有一九四九年经历的一切，还始终历历在目，难以忘怀。

注：

　　王洛林，我国著名经济学家，系王亚南之子。1938年6月出生于湖北武汉，1960年毕业于北京大学经济系。长期在厦门大学任教，曾任厦门大学副校长、党委书记。1993年后任中国社会科学院副院长、常务副院长，第十届全国政协经济委员会副主任。

1947年，王亚南（左一）和妻子李文泉（右一）及儿子、女儿在厦门合影

霜叶红于二月花
—— 王亚南随笔、书信集

深切怀念我的父亲

王洛林

我的父亲王亚南校长离开我们已经九年了。这些年来，我经常想念父亲，经常回忆起他生前的音容笑貌、思想言行。每回忆一次，都想起一些过去被自己忽略的细节；每回忆一次，都从中得到一些新的启示。

在怀念父亲的时候，我时常会想到他艰苦顽强的学习态度和对科学事业的献身精神。从我懂事的时候开始，父亲留在我脑海中的最鲜明的形象，就是从早到晚伏在桌前不停地写。抗战期间，生活比较艰苦，父亲又患着严重的胃溃疡，但他还是经常工作到深夜，实在困倦了，就在额上扎一块湿毛巾。解放后他担任了行政工作，白天要上班、要开会，他就每天清早四点起床，一口气写到七点。六十岁以后，他患了高血压症，仍是每天工作十多个小时。单单在一九六三年一年里面，就修订完了《资本论》第三卷译本，写了十多篇文章，为《资本论通俗讲座》审稿，拟定了《经济学说史》的编写大纲，还做了多场学术报告。

他从一九二八年开始自学政治经济学，到一九六六年"文化大革命"，到底写过、译过多少书，连自己也记不清。后来，在"文革"期间看了所谓"王亚南罪行材料"，才知道他在三十多年中间，出版了四十一部译著，发表过三百多篇文章。本来，他还想要突破西方和苏联的经济学说史的体系，根据毛主席指出的"少而精"的原则，编写一部以马克思主义政治经济学为中心的经济学说史，但刚刚写出开头几章，"文革"就开始了，他写的手稿也被全部抄走。即使在这种情况下，他还是抓紧时间看马恩全集，为写这部书积累材料。甚至当他病情恶化、半身瘫痪的时候，他还说："我下半身不能动了，两只手还能写，只要病情稳定一点，我就要继续写那部书。"然而，他的心愿只能留待后人去实现了。

在怀念父亲的时候，我也时常会想到他对青年的关心和爱护，对同志、朋友的真诚坦率。在我的记忆中,从来没有发现父亲在给青年传授知识和经验的时候存过什么私心,给自己留下什么"秘方",也从来没有发现他对自己子女讲的心得体会和对别人讲的有什么不同。无论是做大报告、讲课、座谈,还是只给一个人解答问题,他都一无例外地事先看书、查文献、写提纲,决不草率从事。许多自学的青年写了文章寄来请他提意见,他如果发现其中有一篇好文章就欣喜异常,到处向人推荐。

我经常听父亲谈论那一位同志、朋友帮助过他,但从来没有听到他讲起帮助过什么人。他最初和郭大力同志一起自学政治经济学的时候,在业务上曾经得到郭大力同志的帮助,对此他始终不忘,作报告写文章的时候经常提到这件事。一九三四年他流亡德国时,因为经济困难,得到过两位朋友的资助。二十年后他自己经济刚刚宽裕一点,就马上寄一笔钱给这两个同志作报答。但是父亲如果在经济上支援过什么人,总是置之脑后。在父亲去世以后,好几位同志拿钱来还给我母亲,母亲感到很意外,因为我父亲从来没有告诉她这回事。

在怀念父亲的时候,我也很自然地回想起他对子女的教育、对子女的严格要求。我记得,大学一年级暑假,我们全家一起到青岛,他玩了一天之后就又开始工作了,我同妈妈、妹妹一起多玩了几天。事后他对我说:"你头一次来青岛,多玩几天是可以的,但以后寒暑假再不能这样玩,对于做学问的人来说,是无所谓假期的。"一九六〇年冬,我到厦大来,他带我到校系领导干部的中灶食堂吃饭,对我说:"你刚刚来,在这个食堂做三天的客人,等办好手续就转到教工食堂去。"一九六四年夏天,我从上海送他到太湖疗养所,当天下午我就赶回上海,他仍然要我严格遵守疗养院的规定,同疗养院的职工一起吃午饭,不吃休养员的伙食。由于疗养院离公共汽车站很远,院里的工作同志想用车送我,父亲也谢绝了,叫我自己走路去,但又担心我被太阳晒会中暑,硬要我把他的大芭蕉扇拿着挡太阳。

对母亲和妹妹,他也同样严格要求。从一九六五年起母亲因得了慢性病,长期在家休养。父亲先是把母亲的全部工资捐给托儿所,继而又给母亲办了"留职停薪"

的手续,后来干脆去掉了母亲的编制,停止了公费医疗。直到父亲去世以后好几年,领导上才重新为母亲办了领取退休金和享受公费医疗的手续。我妹妹一九六四年在上海复旦大学念书时,因为患类风湿关节炎,一度行动很困难,母亲考虑到厦门气候比较暖和,希望父亲把妹妹转到厦大来学习。父亲不同意,写信给母亲说:"如果把她转来厦大念书,毕业后又会照顾她留在厦大工作,将来找的爱人也是厦大的,一家人都挤在一个单位里,再别扭也没有了。"

最使我难以忘怀的是,父亲一再教育我们要尊重普通劳动人民,要关心他们的疾苦。平时,他每到星期日总要绕着校园转转,或者走进苗圃跟校园组的同志拉家常,或者爬到自来水池同管水池的工友聊天,聊得高兴的时候,常常开心地大笑起来,对我说:"跟他们聊天很有味道,他们讲的话里很有一些道理。"一九六八年,他的工资停发了,全家的生活靠我和我爱人的工资来维持,我担心父亲不适应,可是他反而拿这件事来教育我们说:"这对我们倒是个锻炼,其实多少人家一向就是靠这样的收入维持生活的,况且,这种生活水平比乡下的农民还是好得多。"

在怀念父亲的时候,我时常问自己:父亲在我记忆中留下的最深印象是什么?他的哪一个优点和长处最值得我学习?我觉得,他最值得我学习的地方,是他对于马克思列宁主义的真诚信仰,是他坚持真理、维护真理的勇气,是他对党和国家前途和命运的发自内心的关切。

解放前,由于父亲经常在课堂上、在文章上以比较隐蔽的方式宣传马列主义经济学,深受青年学生的欢迎,但也因此成为国民党反动派的眼中钉。由于反动派的迫害,父亲不得不经常更换工作地点。从我四五岁开始做事情到十一岁全国解放,父亲更换了五次工作,带着我们搬了七次家。一九四五年初在永安的时候,父亲的好友杨潮(笔名羊枣)同志被捕了,父亲也被列入黑名单,但他还是镇定自若地照常工作,只拣出几本英文的马列著作,准备被捕入狱时阅读。

解放后,父亲一方面继续深入研究马列主义政治经济学,研究《资本论》,另一方面下了许多功夫学习研究毛主席著作。他总觉得，解放前没有机会看到毛主席著作，现在要认真补课。为了写一部关于毛主席经济思想的专著，他曾反复学习毛著，并做了详细的摘录。但是，他也反对把毛主席的著作神化、绝对化。1963年在上海的一次讨论会上，上海市委宣传部某人大讲毛主席如何"创造"了农业是国民经济基础的理论，而父亲在发言的时候，则说毛主席"发展了马列主义关于农业是国民经济基础的理论"。事后，有人攻击他是"同市委宣传部唱对台戏"。他说："只有实事求是地评价毛主席的伟大贡献，才是严肃的马克思主义的科学态度。我相信，毛主席如果知道这回事，一定会支持我的看法。"

"文化大革命"开始以后，林彪、"四人帮"的所作所为，最先引起父亲反感的，就是他们鼓吹所谓"顶峰"论来攻击、贬低马列著作。林彪在一次讲话中公开攻击马克思的《资本论》以后，也有人在大字报上说父亲翻译《资本论》是"为国民党反动派涂脂抹粉"，研究《资本论》是"为了抵制学习毛主席著作"。父亲看了之后，又气愤、又痛心。过后，他对我们说："既然翻译、研究《资本论》也成了罪名，我就没有什么话可说了。不过，也不能怪写大字报的人，他们是听信了林彪的屁话。林彪这样胡言乱语，把一整代青年人都毒害了。"

于是，父亲准备写一份"交罪"大字报，题目叫做《交代我翻译、研究〈资本论〉的罪行》，想用迂回曲折的方式表达他对林彪的谬论的愤慨心情。我和我爱人担心他会因此受到更厉害的冲击，硬把他写的大字报底稿抢过来烧掉了。后来，有一位好心的朋友写信给他，劝他马上写几篇介绍毛主席经济思想的文章，寄到北京的报社去，借以"改善"自己的处境。父亲说："我是要继续研究毛主席的经济思想的，但现在我没有本事去写那种'最最最'之类的东西去迎合他们的需要！"

随着"文化大革命"的深入和发展，林彪、"四人帮"的倒行逆施越来越引起父亲的反感和厌恶。尽管他当时还不可能完全识破这伙人的反革命真面目，但他已经逐渐意识到这伙人是一群祸国殃民的败类。因此，父亲对党和国家的前途也越来越感到担忧。到"文化大革命"第二年，父亲已经基本上把个人荣辱、毁誉

置之度外,对于抄家、挨斗、挂牌等等,也不十分在意,而对运动的进展情况却非常关注。他每天都要我把大字报的内容讲给他听,每天都要我上街买传单、买小报回来给他看。

有一天,一位青年学生偷偷地跑到我家来,问父亲这一年有什么感想。父亲沉吟一阵,然后一字一句地说:"在运动开始的时候,我主要是考虑自己的问题。现在,我主要是关心国家的命运。"后来,又有两三位青年到家里来,问父亲对中国前途的看法。青年人这样关心国家大事,使父亲感到欣慰,但也引起他的深思:今后的几十年,中国将会发生一些什么变化呢?

正是出于对国家命运的关切,父亲对周总理的安危和健康状况十分担心。特别是听说北京有人反周总理以后,他又愤怒、又焦急,说:"我在抗战时期就认识总理,他是一位在各个方面都非常杰出的领导人。现在这个时候,毛主席身边少不了他,中国少不了他!"

也正是出于对国家命运的关切,父亲对林彪、江青、张春桥等人的一言一行越来越警惕。反总理的王、关、戚在一九六七年被揪出来以后,父亲说:"早就觉得这三个人不是好东西,但是,他们还有没有后台呢?"父亲听说上海有人贴大字报讲张春桥是叛徒,他马上拍一下桌子站起来说:"这就对了。"他又说:"如果让张春桥这样的人上了台,国家前途真不堪设想!"

一九六九年父亲患了重病,在上海治疗期间,有一位朋友到医院来看望父亲,因为知道父亲患的是癌症,讲了许多宽慰的话。父亲紧紧地握住这位朋友的手,激动地说:"我明白你的意思,我并不怕死,只是想在死以前看看这出戏的结局,看一看几个丑角的下场。否则,我死不瞑目!"令人无比痛心的是,父亲没有能够实现他的这个愿望,就被疾病夺去了生命。父亲虽然没有能够活着看到林彪、"四人帮"所演出的这场丑剧的终结,但林彪、"四人帮"的可耻下场成了对于父亲的最好祭奠。

现在,当我和同志们一起伫立灵前悼念父亲的时候,我默默地对父亲说:爸爸,把你手中的武器交给我们吧!这一场战斗已经胜利,林彪、"四人帮"已经被粉碎,你可以安息了。今后我们一定要紧握你们父辈传下来的武器,跟着党中央和华主席去进行新的长征!

(原载《厦门大学》(校刊)1979年1月6日第22期)

生活·人格·精神——琐忆我的爸爸王亚南

王岱平

我时常在梦中见到爸爸。

梦中的他仍然一如昨天那样挺着胸,迈着坚实、宽大的步子走着,走着,在他的身边始终是那永远奔腾的大海在伴着他……

大海呵,我看到了你,就想起了爸爸。

"青年人,不应想到舒服"

人们提起大学教授、大学校长,往往比较容易想到他们优裕的物质条件和舒适的生活环境。可我的爸爸呢……

我记得在我十五岁的时候,一次,爸爸又要开人民代表大会去了,我一边帮他整理行装,一边不胜羡慕地说:"爸爸,你真舒服,又上北京,又能住北京饭店了……"我的话音未落,正在阳台上散步的爸爸戛然停住了脚步,目光严峻地凝视着我,异常严肃地对我说:"你们青年人,不应该想到舒服,根本就不许想到这两个字!我们年轻的时候……"于是,就在这一天,爸爸给我详细地讲述了他青少年时代艰苦生活的情景。

爸爸的青少年时代,家境贫寒,但他顽强地为能多学得一点知识,和生活搏斗着,就像一个用锤头开山劈路的人那样,一锤一锤,历尽艰苦,终于凿出了一条前进的道路。上中学时,因为穷,他付不起学费,百般无奈,只得托亲拜友,四处奔波,终于在离他住地十里外找到了一个家庭教师的职务。就这样,白天读书,晚上教书,夜半温书……他度过了生活窘迫,道路坎坷的学生时代。那时候,因为晚上的时间都用在出门教书上面了,所以从半夜到天明这段时间成了他最宝贵的时光。他为了使自己不至于太贪眠,特意用一方青砖当枕头,床板故意架得摇摇晃晃,这样一翻身，人便会惊醒了，于是，他可以一直读书到天亮……他还讲当年出国求学的艰辛，讲起在杭州大佛寺和郭大力叔叔共译《资本论》时的困境，他感慨地说:"那个时候，谁还会想到舒服呵！"

解放后，他受党和人民的委托来到厦门大学。时代不同了，境遇不同了，身份不同了。总会想一想"舒服"了吧？然而，没有。他还是那样生活马虎，吃住随意。解放初，因为海氛未宁，他独自一人先到厦大，直到一九五六年妈妈才带着我把家迁到厦门。我们这才知道爸爸这些年的生活过得是多么简陋。

妈妈在收拾他卧房时发现，在他睡觉木板床上竟然垫的都是稻草！一把一把的稻草！每天睡一觉床下就洒满了零零落落的稻草碎。我在爸爸的床前站了很久很久，这一堆堆的碎草，霎那间竟像金色的小花那样在我的心中闪耀。"舒服"吗？我从未问过爸爸，但我想他认为这是很舒服的了，因为他曾不止一次地说过:"要想'舒服'就什么事情也做不成了！"

他的确也是从来没有贪过舒服。一九五六年他的血压非常高，领导关心他的身体健康，强迫他到无锡太湖疗养院去休养。结果没有住满一星期他就"跑"回来了。他一进门就对我们说:"吃不消，吃不消……"后来在给一个朋友的信中他写道:"我不打扑克，不下棋，也没有一套病史可以津津乐道，住在疗养院很无聊，反而会住出病来。"这就是爸爸一生中唯一的一次"疗养"。

我还记得，在三届人大召开前夕，又是我给他整理行装，当我看到他带去的两件汗衫左一洞右一孔的，便展开汗衫的背面让他看:"爸爸，像渔网了，还带去开会？""蛮好！这样更通风透气！"会议结束回来时，他笑呵呵地告诉了我，这两件"蛮好"的汗衫在北京饭店果然有着一番"经历"。原来会议期间，女服务员竟把这两件破汗衫当作是别人留下来作抹布的，而未送去洗涤。直到他要换洗时，左查右问，人们才在女服务员的橱柜里找到了它。爸爸指着身上这件后来被女服务员洗得格外洁白的"网眼"汗衫，又一次对我说"蛮好！"

不知哪个作家说过，坚定而有信念的人，他的生活是简单的。现在，当我思念爸爸时，闭上眼睛，就看到那一张他一直睡到生命最后一息的木板床，那一副他戴了一辈子的老式黑框眼镜，那一件洁白的"网眼"汗衫……

"长夜漫漫睡不得"

爸爸的一生献给了为宣传马列主义真理而奋斗的事业，他坚信马列主义必定胜利，即使在林彪集团、"四人帮"把他打成了"反动学术权威"，说他"翻译《资本论》是为了抵制毛泽东思想"，污水、秽语阵阵泼来的时候，他也从未动摇过对真理的追求。一九六八年初夏，我收到了他的一封信，信文很短，在末尾附了一首词，这是我长到这么大第一次也是最后一次看到爸爸写的诗词，词中写道：

人生无处不作客，莫谓有家归不得，

小楼遥看海天月，不嫌窄，

古稀之年早不惑。

栖栖羁旅南复北，笔墨生涯枉自责，

真理错误一纸隔，何所获？！

长夜漫漫睡不得。

读着，读着，我的泪水濡湿了薄薄的信笺，这里有苦恼，但却没有消沉，有困惑，但没有退却，有的只是追求和探索！当时的形势，他理解了吗？不理解！搞了一生的马列主义，到头来是"为了抵制毛泽东思想"——这叫人怎么能想得通？！但也正因为如此，他更坚信，这不是毛主席的革命路线，他在盼望着漫漫长夜早见曙光。"睡不得"呵，我理解我的爸爸是"睡不得"的……

那是在我进入大学的第二年，我得了严重的脊椎类风湿关节炎和骨质增生，一年年病不见好，反而越来越厉害，到一九六五年我去参加"四清"后，真的几乎瘫痪在床了。就在这个时候，爸爸给我寄来了许多信，在一封信中他这样写着："治病是一种搏斗，要想办法克服自己日常习惯上的惰力，自我创造出一种有利于病情的生活规律。……你一定要努力学习毛著，我觉得《中国社会各阶级分析》、《中国革命与中国共产党》、《改造我们的学习》、《在延安文艺座谈会上的讲话》这几篇要精读，每篇至少读五十遍，做笔记，写心得或小结，把它们弄熟，熟到使自己能用毛泽东的思想语言来思考，借以改造自己的思想和学习方法，这几篇读过后，再读《实践论》、《矛盾论》。我们生长在毛泽东时代，没有好好学习毛著，我们对于这个时代的理解就非常抽象……"

我就是捧着这样的一团火，走出了病房，丢掉了双拐，而且踏上了工作岗位。现在，难道这样的污水泼来能动摇他对马列主义的信仰吗？虽然行动不得自由，除了校园的几条小路和家中小小的斗室，哪儿也不准他去，但他告诉我们，他正在酝酿着一本有关毛泽东经济思想的书。

今天，当我再次展开这首遗词，我觉得我又听到了大海的涛声。大海呵，在前进中会遇到种种暗礁峭石，但它停止过前进么？它怀疑过自己的步伐么？现在呵，我才真正地懂得，爸爸在生前为什么那样热爱大海。他曾对我说过："大海永远是看不厌的，你知道为什么吗？"当时十五岁的我，迷茫了。因为它朴素的颜色？因为它不息的喧哗？"都对，但是，大海之所以永远叫人看不够，因为它在不休止地运动，它体现了宇宙最基本的规律……"爸爸在身后没有留给我们什么遗产，他的永远前进，永远追求真理的精神，就是留给我们最珍贵的财富！

"只要我的两只手没有瘫痪"

爸爸经常对我们说："一个人的一生，要不断地和自己的惰性作斗争。"他的话，正是他自己一生实践的总结。一九六九年，夏季的一天，爸爸突然感到双腿不听使唤，接着三天之中他的下肢就瘫痪了。对于一个身体从来都是十分健康的人来说，这是一个不堪设想的打击。然而，爸爸呵爸爸，他不愧为是个真正坚强的人。我从晋西北的工作地赶到厦门来看望他，见面时他的第一句话就是："不要紧的，只要我的双手没有瘫痪，我就可以工作！"这是一个卧床不起的人说的话，这是他见到久别的女儿时说的话，我忍不住泪水潸然而下……

霜叶红于二月花
—— 王亚南随笔、书信集

后来,他的病情越来越恶化,齐胸以下都感到麻痹和无知觉了。看着他日渐萎缩的双腿,我真恨哪,恨上帝还帮着那伙妄图打倒他的人来折磨他,我不禁暗暗担心:"他忍受得了么?"可是,当领导去医院看望他时他还是对他们说:"我下半身不能动了,但是脑子还可以动,两只手还可以写……"我又一次听到这坚强的声音。从医院出来,我不知不觉走到了海边,在暮色苍茫中,大海是那样地深沉庄严。猛地,我仿佛看到,在不远的前方,有一个高大魁梧的背影,我惊喜地喊了声"爸爸!"但是,回答我的只有那不息的涛声……

我坐在礁石上,一件件往事都从心中升起;一九六七年在他被打成"反动学术权威"以后,在挨批斗之间隙,他还在抓紧学习法语——他给我写信说:"过去我的法语没有很好的学习一下,现在,时间有了……"他要我在上海给他买法语的马、恩、毛主席著作。后来,他又高兴地来信说:"用了七个月的时间,我又掌握一门外语了,以后的翻译又多了一根拐杖。"

"文化大革命"前,他虽然已经年过六旬,每天还要工作十至十二小时,累了就拿起一本书念一念,在房间里走一走。他从来没有过过一个星期天,只有星期天下午的两小时是他"法定"的休息时间。在这段时间里他会去看看电影或和家人到公园里去走一走。除此而外,任何外界的东西都不能打乱,也不可能干扰他的工作。

记得是空政文工团首次在上海演出歌剧《江姐》时,票非常紧张,妈妈托人好不容易买到三张票,我们兴致勃勃准备去看了。他说什么也不肯去,因为这一天不是星期天。最后第三次托人买到星期天下午的票才由我陪他去看了,他看得很兴奋很满意。但第二天清晨四时就起床了,他说要在今后三天中每天提早一个钟头起床,以补回这次看歌剧的损失。

我时常觉得,爸爸就像一个不停地旋转的陀螺,外界的一切都不能干扰他的运动。那个时候,他的书房是朝北的,一到冬天就冻得叫人手都伸不出,然而,任尖厉的西北风从窗缝不停地钻进来,他依然伏在桌上写呵,写……后来手实在冷得不能握笔了,就让我给他结一个半截手套。我记得那天当他戴上新结好的手套时是多么地欣喜呵,嘴里不停地说:"这样完全不成问题了","完全不成问题了"……我的爸爸呵,他何时停止过他生命的运动,他还在旋转,即使在他生命的弥留之际,他竟然没有留给他的儿女一句有关家庭的遗嘱,当他昏迷不省人事的时候,他的手还下意识在床单上划着……在他的谵语里都是一些经济学的术语和断断续续的"毛泽东……经济……思想……"

后来由于病情不断恶化,已经确诊是脊椎恶性肿瘤,他被同意转至上海华东医院,医院的条件相当舒适,但是他还盼望着能早一些出院,快一点回到他的书桌旁。当他高烧过后,自己觉得好一点的时候,就要我们扶他靠起来,因为他要读书,他想学习。他放不下那部早已在心中酝酿成熟的论毛泽东经济思想的著作,因此他不仅一次地说过,"人必须时时刻刻跟自己的惰性作斗争。"

有一天,医生告诉我们,他的病情相对稳定一点了,他听到后,就要我们把他的钢笔拿来。这是一支从一九五〇年一直用到他去世的老型金星钢笔。当他又握到那支粗大的黑色钢笔时,像见到久别的战友一样,在他虚弱的双肩上,绽开了病后第一次舒心的笑容……我永远不会忘记,在他逝世前的一个月,有一次他望着窗外草坪上坐着手推车的病人,马上像是自语又像是安慰我说:"只要我的手没有瘫痪就好,将来出院了,有那么一辆手推车就不成问题了……"那天从医院回家,走出医院大门,太阳已经落到草坪尽头去了,我再次望着那一片碧绿的草坪和那幢高大的病房大楼,默默地说:"好爸爸,谢谢你!"

岁月呵,一晃就是九年过去了,九年里多少次梦魂相见,在梦中是一片欣喜,我听到爸爸的声音,我看到爸爸的身影,待醒时却是枕边的一汪泪水……那些年,在"四人帮"猖獗的日子,我梦见的爸爸,经常是在我们逃难的时候他来了,而现在,在打倒了"四人帮",玉宇澄清的日子,我多么希望能把这个喜讯告诉他呵,可是,他再也没有来过。有人说,死者如果有一件心事放不下,便会死不瞑目的。现在大约是这天大的喜讯也传到了九泉之下,他的在天之灵也得到宽慰了吧。

作为子女，爸爸的死，对于我们是个莫大的损失，然而他的崇高的人格，为我们树立了一个不灭的榜样；然而，大海依然在，依然是波涛滚滚不息，看见了大海，我就想起了爸爸……

（原载《厦门大学学报》（哲社版）1979年第1期）